DIE GALERISTIN

SIEGFRIED SCHNEIDER

DIE GALERISTIN

ZWEITER FALL FÜR FARNER UND TERRANOSTRA
DER MERAN-KRIMI

ATHESIA VERLAG

25. Jänner

Der letzte Tag ihres Lebens begann mit einem Lächeln. Nach mehreren schlaflosen Nächten stand für Nicole Angerer fest, was zu tun war. Sie würde sich von ihrem Mann Gernot scheiden lassen, das Sorgerecht für die Kinder beantragen und ihren Geliebten zum Teufel jagen. Ein Gefühl der Erleichterung überkam sie. Als hätte sie den Schlüssel zu der Tür gefunden, hinter der das Leben weiterging.

Die gebürtige Französin lebte seit zwölf Jahren in Meran. Sie war mit einem angesehenen Architekten verheiratet, hatte zwei wohlgeratene Kinder und war mehrheitliche Teilhaberin einer Kunstgalerie. Alles schien in geordneten Bahnen zu verlaufen. Bis vor einem halben Jahr die Bombe platzte, die in ihrer Umgebung für erhebliche Erschütterungen sorgte. Knall auf Fall hatte sie ihre Familie verlassen und war mit Stefan Gaiser, ihrem Geschäftspartner, zusammengezogen, mit dem sie ein Verhältnis angefangen hatte.

Nicole hatte ihn, im Beisein ihres Mannes, bei einer Benefizveranstaltung im Kurhaus kennengelernt. Der 40-jährige Nordtiroler, ein charmanter Blickfang, eloquent und aufmerksam, war nach Meran gekommen, um das Management eines Hotels zu übernehmen. Daraus wurde aber nichts. Gaiser blieb trotzdem in Meran. Sie sah ihn hin und wieder bei verschiedenen Anlässen. Bis er sie eines Tages um ein Tête-à-Tête bat. Nicole ließ sich, mehr aus Neugier, darauf ein. Von da an trafen sie sich häufiger, in aller Heimlichkeit, meistens außerhalb der Stadt, wo sie niemand kannte. Nicole Angerer steckte zu der Zeit in einer finanziellen Klemme, und als er ihr vorschlug, sich mit 20 Prozent an ihrer Kunstgalerie zu beteiligen, zögerte sie nicht lange. Woher er das Geld hatte, interessierte sie nicht. Jedenfalls hatte sie ihn nie danach gefragt.

Stefan Gaiser war ein Irrtum, musste sie sich inzwischen eingestehen, und es war höchste Zeit, sich von ihm zu trennen. So geräuschlos wie möglich. Keine langen Diskussionen, keine gegenseitigen Vorwürfe und vor allem keinen Streit um Besitzstände. Sie würden sauber trennen, was ihr und ihm gehörte. Höchstens mit einem kleinen Zugewinn für ihn.

Gaiser hielt sich zurzeit auf einer Kunst- und Antiquitätenmesse in Brüssel auf und wollte vor Mitte der Woche nicht zurück sein. Bis dahin hoffte sie, vollendete Tatsachen geschaffen zu haben. Doch es kam anders.

Nicole, immer noch beschwingt von ihrem Entschluss, alles hinter sich zu lassen, packte an diesem Januarmorgen nur ein paar persönliche Sachen ein, vor allem Wäsche und Kleidung sowie einige Papiere, die ihr wichtig schienen. Unten vor dem Haus wartete der Taxifahrer, der ihre Koffer in die kleine Pension in Gratsch bringen sollte, in der sie eine Weile wohnen würde, bis sich etwas anderes ergab. Der Taxifahrer half ihr beim Einladen. In diesem Moment bog der Wagen von Gaiser um die Ecke und hielt unmittelbar hinter dem Taxi. Das hätte nicht sein müssen, dachte Nicole und spürte, wie ihr trotz der Kälte plötzlich ganz heiß wurde. Gaiser sprang aus dem Wagen und kam wütend auf sie zu.

»Was wird das?«

Statt zu antworten, wandte sich Nicole dem Taxifahrer zu, dem die Szene offensichtlich peinlich war. Sie gab ihm die beiden Geldscheine, die sie in der Hand hielt. Den Preis hatte sie vorher ausgemacht.

»30 Euro. Der Rest ist für Sie. Die Adresse haben Sie?«

»Ja.«

Der Mann bedankte sich und stieg in seinen Wagen. Nicole ließ sich aufreizend viel Zeit, bevor sie auf Gaisers Frage zurückkam.

»Nach was sieht es denn aus?«

Gaiser war sichtlich bemüht, seine Beherrschung nicht zu verlieren.

»Nach einem Abschied auf Französisch.« Er stieß mit der Fußspitze in den harten Schnee, der sich seit einigen Tagen an den Straßenrändern festgefressen hatte. »Ich habe es geahnt. Du warst schon bei meiner Abreise so ... so merkwürdig.«

»So?«, gab sie schnippisch zurück, um ihre eigene Unsicherheit zu verbergen. »Ich weiß es erst seit heute Morgen.«

»Was weißt du?«

»Dass ich dich verlassen werde.« Sie knöpfte ihren Mantel zu und ging zu ihrem Wagen.

»Warte«, rief er ihr nach. »Wir können doch darüber reden.«

»Nicht hier auf der Straße.« Sie schaute auf ihre Uhr. »Ich muss ins Geschäft.«

Gaiser ging ihr ein paar Schritte nach. Sie blieb stehen und sah ihn an. »Du hast eine anstrengende Fahrt hinter dir. Schlaf dich erst mal aus.«

»Ich denk nicht dran.«

Sie stieg ein und fuhr los. Im Rückspiegel sah sie, dass er ihr in seinem Wagen folgte. Beide kamen fast gleichzeitig vor der Galerie an. Nicole ging voraus, sperrte die Tür auf, legte ihren Mantel ab und betrat das Büro, das neben dem Verkaufsraum lag. Gaiser war einige Schritte hinter ihr. Er schien sich beruhigt zu haben. Sie setzte sich an ihren Schreibtisch, zündete sich eine Zigarette an und hielt ihm die Packung hin. Gaiser, der in der Tür stehen geblieben war, lehnte ab.

»Wo wirst du wohnen? Gehst du zu deinem Mann zurück?«

»Nein.«

Sie holte einen Terminkalender aus der Schublade und begann, darin zu blättern. Gaiser zog einen Stuhl heran und setzte sich vis-à-vis von ihr vor den Schreibtisch. Er spürte ihre Kälte und ihre Entschlossenheit und versuchte über einen Umweg, mit ihr in ein vernünftiges Gespräch zu kommen.

»Ist die Uhr wiederaufgetaucht?«

»Nein. Frag nicht so scheinheilig. Du hast doch gesagt, dass sie dir gestohlen wurde.«

»Ja, das stimmt«, sagte er und musste zugeben, dass das eine dumme Frage war.

Sie legte den Terminkalender zur Seite und musterte ihn. »Hör zu. Es gibt noch etwas, was ich dir sagen muss. Ich werde meine Beteiligung an der Galerie aufgeben.«

Sie wusste, dass er das Geschäft nicht allein weiterführen konnte, weder finanziell noch fachlich. Umso überraschter war sie über seine Reaktion. Er protestierte nicht, blieb ganz ruhig. Nur in seinem Gesicht arbeitete es.

»Was sagst du dazu?«

»Ich bin einverstanden. Ich meine, wenn schon Trennung, dann auf der ganzen Linie. Vorausgesetzt ...«

Er nahm die Visitenkarte, die auf dem Schreibtisch lag, und las: »Werner und Marlies Böckmann. Reinigung. Wer ist das?«

»Die Frau, die uns das Bild verkauft hat«, antwortete sie ungehalten. »Lenk jetzt nicht ab. Vorausgesetzt, was ...?«

»Vorausgesetzt, wir verkaufen vorher den Watteau*. Ich habe einen Käufer, der bereit ist, drei Millionen dafür auf den Tisch zu legen. Den Erlös teilen wir. Halbe-halbe, versteht sich.«

»Der Watteau, der Watteau. Das Bild gehört uns nicht. Begreif das endlich.«

Vor zwei Wochen war eine Frau in die Galerie gekommen, mit einem Bild unter dem Arm, 40 x 50 Zentimeter groß, in Seidenpapier eingepackt. Sie brauche Geld, hatte sie gesagt, und jemand habe ihr diese Adresse gegeben.

»Lassen Sie mal sehen.«

Die Frau hatte das Bild vorsichtig aus dem Papier gewickelt, und zum Vorschein kam eine grandiose Scheußlichkeit, eine Bergseelandschaft in einem geschmacklosen, pseudobarocken Rahmen.

Eines von diesen Bildern, die zu Dutzenden auf Flohmärkten und bei Ramschverkäufen angeboten wurden. Gaiser hatte den Kopf geschüttelt, aber Nicole kaufte in einer Anwandlung von Generosität und Mildtätigkeit das Bild für 500 Euro an.

»Du bist verrückt«, hatte Gaiser gesagt. »Das taugt nicht mal für den Kamin.«

Sie gab ihm recht. Ein Geschäft war das nicht. Aber dann erlebten sie eine Überraschung, die Nicole den Atem verschlug und Stefan Gaiser sofort einen Schatz wittern ließ. Hinter dem kitschigen Bergsee steckte ein zweites Bild, ein Rokoko-Motiv, das sie spontan an die ›Fêtes galantes‹* von Watteau erinnerte. Das Bild hatte keine Signatur, auch das sprach für Watteau, und es war außer zwei, drei kleinen Beschädigungen in einem guten Zustand.

Ihre Suche im Internet war erfolglos geblieben. Also hatte sie Arnold Palm, ihren alten Kunstprofessor in Basel, angerufen, ihm das Bild beschrieben, und ihm, um sicherzugehen, noch einige Fotos, die sie gemacht hatte, per E-Mail zugeschickt. Palm war sofort voll eingestiegen. Sie kannte seine Vorliebe für die französische Malerei. Noch am selben Tag wusste sie, dass es sich bei ihrem ›Fund‹ um ›Die Hochzeit des Apoll‹ handelte, ein Bild, das Watteau ein Jahr vor seinem Tod gemalt hatte, vermutlich eine Auftragsarbeit für den Conte de Charissée, und dass das Bild jahrzehntelang als verschollen galt.

Gestern hatte Palm angerufen, dass er auf dem Weg nach Meran sei. Es gebe Neuigkeiten.

Stefan Gaiser klopfte mit den Fingerspitzen ungeduldig auf die Tischplatte. »Halbe-halbe. Die drei Millionen sind nur ein Anfangsgebot. Wahrscheinlich ist noch viel mehr drin. Lockt dich das nicht?«

Nicole schlug den Terminkalender zu. »Meine Antwort ist Nein. Das Bild wird nicht verkauft. Ich werde die rechtmäßigen Besitzer ausfindig machen, und Palm wird mir dabei helfen.«

»Ist er in Meran?«

Nicole nickte nur. Sie fand, dass ihn das jetzt nichts mehr anging.

Gaiser nahm den Meterstab, der vor ihm auf dem Schreibtisch lag und tippte sich damit an die Stirn. »Ihr habt sie doch nicht mehr alle. Das ist 80 Jahre her. Die leben gar nicht mehr.«

»Das werden wir rausfinden. Egal, wie viel das Bild wert ist, das ist eine Frage der Ehre.«

Gaiser stand auf und knallte den Meterstab auf den Tisch. »Zum Teufel mit deiner Ehre. Hier geht's um Millionen.«

»Die uns nicht zustehen.«

Gaiser sprang auf, um den Raum zu verlassen, blieb noch mal in der Tür stehen und drehte sich zu ihr um. »Dann sieh mal zu, wie du aus unserem Vertrag rauskommst. Ich lass mich nicht über den Tisch ziehen.«

Nachdem Katrin Hessler, eine junge Kunststudentin, die dreimal in der Woche auf den Laden aufpasste, aufgekreuzt war, machte sich Nicole Angerer auf den Weg zu ihrem Mann.

Das Gespräch mit Gernot Angerer in seinem Büro war anfangs entspannt und unaufgeregt. Er schien sich zu freuen, sie zu sehen.

»Wie geht es den Kindern?«

»Sie vermissen dich.«

»Ich sie auch.«

»Marc hat gestern die beste Französischarbeit in der Klasse geschrieben, und Daniel ist gut im Rechnen. Christine hat sie zur Belohnung ins Gardaland* eingeladen.«

Nicole spürte, wie leichter Zorn in ihr aufstieg. »Welche Christine?«

»Meine Schwester.«

»Ja, natürlich.«

Sie war Gernots Schwester vor ein paar Wochen auf der Straße begegnet, wollte sie begrüßen, aber Christine Angerer hatte sie ignoriert, war einfach weitergegangen, als kenne sie sie nicht.

»Sie kümmert sich ganz rührend um die beiden«, fuhr Angerer fort, nachdem er bei seiner Sekretärin einen Kaffee für Nicole bestellt hatte.

»Ich denke, sie arbeitet in der Apotheke.«

»Sie hat sich für ein halbes Jahr beurlauben lassen, um mehr Zeit für die Kinder zu haben.«

War das ein Vorwurf? Natürlich war das ein Vorwurf. Nicole wurde unruhig. Die Wendung, die das Gespräch genommen hatte, gefiel ihr nicht. »Um es kurz zu machen. Ich möchte die Scheidung.«

»Damit habe ich gerechnet«, sagte Gernot Angerer mit leicht belegter Stimme und begann, sich eine Pfeife zu stopfen. »Ist es wegen Gaiser?«

»Nein, das ist aus.«

»Ich nehme an, du wirst nach Frankreich zurückgehen.«

»Ja. Vielleicht. Aber nur mit den Kindern.«

Von einer Sekunde zur anderen war die Luft zwischen ihnen eiskalt geworden. Angerer sah sie an, als hätte sie ihm gerade den Eingang zur Hölle gezeigt.

»Kommt gar nicht infrage«, stieß er hervor. »Schlag dir das aus dem Kopf. Die Kinder bleiben bei mir. – Ich bekomme das Sorgerecht.«

Nicole Angerer hatte noch einen Trumpf in der Tasche, den sie jetzt zog. »Sei dir da nicht so sicher. – Du hast dieses kleine Mädchen vergessen.«

Angerer wäre beinahe die Pfeife aus dem Mund gefallen. »Das wirst du nicht tun.«

»Aber sicher werde ich das. Wenn du nicht nachgibst.« Sie stand auf, ignorierte den Kaffee, der gerade gebracht wurde, und ging, ohne sich zu verabschieden. Zwei Tretminen auf dem Weg in ein neues Leben, beide explodiert, konstatierte sie, als sie das Gebäude verließ. So schwer hatte sie sich das nicht vorgestellt.

Für Stefan Gaiser stand fest, dass er etwas unternehmen musste. Er fuhr heim, nahm ein Bad, zog sich um und telefonierte. Zuerst mit Lamberti. Bruno Lamberti war Steueranwalt und Wirtschaftsberater und einer der wenigen gemeinsamen Freunde, die er und Nicole nach ihrer Trennung von Angerer hatten. Anfang des Winters hatten die beiden Männer begonnen, sich einmal in der Woche zum Squashspielen zu treffen.

»Bleibt's bei heute Abend?«, fragte Gaiser, nachdem ihn die Sekretärin durchgestellt hatte.

»Ich denke, du bist in Brüssel.«

»War ich auch. Aber ich bin eher zurückgekommen.«

»Fein. Dann werde ich meinem Bruder absagen, der für dich einspringen wollte. Ist sowieso ein lausiger Spieler.«

Gaiser zögerte einen Moment. »Außerdem muss ich was mit dir besprechen.«

»Hast du Ärger mit Nicole?«

»Ja.«

»Dann bis heute Abend«, beendete Lamberti das Gespräch. »Um sieben vor der Halle.«

Gaiser drückte die Off-Taste seines Telefons und rieb sich nachdenklich das Ohr. Als Nächstes war dieser Kunstprofessor aus Basel an der Reihe. Vielleicht konnte der ihm dabei helfen, Nicole umzustimmen. Was den Watteau betraf. Die private Trennung empfand er als geringeres Übel.

Gaiser probierte es im ›Meranerhof‹, in dem Palm beim letzten Mal abgestiegen war, und er hatte Glück. Sie stellten ihn zu ihm durch.

»Ja, bitte«, meldete sich Palms sonore Stimme mit dem unverkennbaren Schweizer Akzent.

»Guten Tag, Herr Professor. Gaiser ist hier. Ich hätte gern mit Ihnen gesprochen ...«

»Tut mir leid. Ich bin in Eile«, kam es unterkühlt zurück. Dann, nach einer kurzen Pause: »Worum geht's?«

Gaiser schöpfte Hoffnung und versuchte, das Flattern in seiner Stimme zu unterdrücken. »Um den Watteau.«

»Da sind Sie bei mir an der falschen Adresse. Das müssen Sie mit Frau Angerer besprechen.«

Gaiser gab nicht auf. »Ich hoffe, dass Sie sie vielleicht davon abbringen können ...«

»Nein«, unterbrach ihn Palm. »Das habe ich nicht vor. Nicole will die ehemaligen Eigentümer des Bildes beziehungsweise deren Erben ausfindig machen. Und das respektiere ich.«

»Das ist doch hirnrissig«, rutschte es Gaiser heraus.

»War's das?«

»Ja«, sagte Gaiser kleinlaut, aber da hatte Palm schon aufgelegt.

Nicole traf Arnold Palm im Foyer des Hotels. Sie ging auf ihn zu und umarmte ihn. »Sind Sie gut untergekommen?«

»Ja. Dasselbe Zimmer wie beim letzten Mal. Mit Panoramablick. Optimal.«

Auf dem Weg in die Bar hakte sie sich bei ihm ein. »Bevor Sie mir Ihre Neuigkeiten verraten – ich habe auch eine. Ich habe mich von Stefan Gaiser getrennt.«

Sie nahmen in einer Sitzecke Platz, weit genug von den anderen Gästen entfernt, um sich ungestört unterhalten zu können.

»Jetzt versteh ich. Er hat mich angerufen.«

»Was wollte er?«

»Mich auf seine Seite ziehen. Aber da ist er bei mir auf Granit gestoßen.«

Nicole legte ihre Hand auf seinen Arm. »Danke.«

»Neuigkeiten. Ja.« Er zog ein Papier aus seiner Jackentasche und faltete es auseinander. »Bis zum Ende des vorigen Jahrhunderts, nein, was red ich, des vorvorigen Jahrhunderts selbstverständlich, bis dahin hing der Watteau in diversen französischen Adelshäusern. Kauf und Verkauf, Auktionen etc. Alles nachweisbar. 1890 kam das Bild in den Besitz des lothringischen Industriellen Louis Bleichrodt, der später ins Rheinland übersiedelte. Letztmalig registriert wurde das Bild im Jahre 1929 in einem Ausstellungskatalog. Darin ist es als Leihgabe aufgeführt.«

»Aber?«

»Anfang der 1930er-Jahre ist die Familie in die Schweiz emigriert. Danach verliert sich jede Spur von dem Bild.« Palm goss sich von dem Mineralwasser nach, das Nicole bestellt hatte, und nahm einen Schluck aus dem Glas. »Damals haben einige Kunstliebhaber ihre wertvollen Gemälde übermalt oder hinter unauffälligen Bildern versteckt, um sie vor den Nazis in Sicherheit zu bringen.«

»Davon hab ich gehört. Weiß man, was aus der Familie geworden ist?«

Arnold Palm steckte das Papier wieder ein. »So weit bin ich noch nicht. Was ist mit dieser Frau, die euch das Bild verkauft hat?«

»Ich habe sie vor zwei Tagen ausfindig gemacht.« Sie zeigte Palm die Visitenkarte. »Sie und ihren Mann. Aber sie können uns auch nicht weiterhelfen. Das Bild stammt angeblich aus der Hinterlassenschaft eines Onkels, dessen Haushalt sie aufgelöst haben. Ich glaube ...« Nicole brach ab.

»Du glaubst was?«

»Ich glaube, dass es ein Fehler war, mit den Leuten noch mal Kontakt aufzunehmen. Ich habe sie nur hellhörig gemacht. Die haben plötzlich ganz gierige Augen bekommen, als sie mein Interesse an der Herkunft des Bildes bemerkt haben.«

»Das bildest du dir ein«, sagte Palm und gab ihr die Visitenkarte zurück.

Nicole sah ihn an. »Ich hab noch ein Attentat auf Sie vor. Sie kennen Kastan in Bozen?«

»Ich habe von ihm gehört.«

»Er ist nicht nur ein hervorragender Restaurator, er hat auch die technische Einrichtung, um die Echtheit eines Bildes zu überprüfen. Radiografie und Infrarot, aber auch die für eine Pigmentanalyse nach einem ganz neuen Verfahren, das in den USA entwickelt wurde. Nennt sich Terahertzstrahlung.«

»Kenn ich.«

»Ich wollte damit warten, bis Sie hier sind.«

»Du hast immer noch Zweifel?«

»Ich will ganz sichergehen, dass wir uns nicht lächerlich machen.«

Palm zuckte mit den Schultern. »Wenn du darauf bestehst …«

»Ich habe uns für heute Abend angemeldet. Sind Sie einverstanden?«

»Ja.«

»Gut. Ich hole Sie gegen halb acht hier ab.«

Eine halbe Stunde später kam Nicole Angerer mit einem Klimakoffer aus der Bank. Sie ging zu ihrem Wagen, legte den Kasten in den Kofferraum und entdeckte beim Einsteigen einen Strafzettel, der unter dem Scheibenwischer klemmte. Sie ahnte nicht, dass sie die ganze Zeit aus einem Hauseingang auf der gegenüberliegenden Seite beobachtet wurde. Sie stieg ein. Im Wagen schaute sie auf die Uhr. Es war 20 Minuten nach vier.

Drei Stunden später war Nicole Angerer tot.

26. Jänner

Marga Kofler betrat gegen halb acht die Galerie. Der Ablauf war jeden Morgen der gleiche. Sie hängte ihren Mantel auf, ging in den Abstellraum, band sich die Arbeitsschürze um und holte Staubsauger und Putzzeug aus dem Schrank. Dann setzte sie sich an den kleinen Verkaufstisch in der Nähe des Fensters, breitete die Zeitung aus, die morgens immer vor der Tür lag, und las die Schlagzeilen des Tages. Erst jetzt schoss es ihr durch den Kopf, dass sie hereingekommen war, ohne dass sie das Sicherheitsschloss hatte aufsperren müssen. Und warum stand der Wagen von Nicole Angerer, ihrer Chefin, um diese Zeit vor dem Haus? Die plötzliche Unruhe, die sie erfasst hatte, zwang sie hoch. Irgendetwas war anders als sonst. Die Tür zum Büro, die normalerweise offen stand, war zu. Vorsichtig drückte sie die Klinke herunter, öffnete die Tür einen Spalt weit und erstarrte. »Oh Gott!« Nicole Angerer lag mit weit aufgerissenen Augen neben dem Schreibtisch, den Mantel halb über die Schulter gezogen und um den Hals einen festgezurrten Schal. Die Wunde auf ihrer Stirn und das eingetrocknete Blut. – Marga Kofler konnte gar nicht hinsehen. Sie taumelte, wie von einem Schlag getroffen, zurück, fingerte das Handy aus ihrer Manteltasche und wählte mit zittrigen Händen die Nummer der Polizei.

Die MeBo hatte den ersten Berufsverkehr schon hinter sich. Lukas Farner war auf dem Rückweg vom Ritten, wo er den gestrigen Abend im Haus seiner Eltern verbracht hatte. Seine Mutter hatte zum Abendessen eingeladen, einfach so, ohne besonderen Anlass, weil sie die Familie mal wieder an einem Tisch haben wollte, die beiden Söhne, die Schwiegertochter Claudia und den Enkel Leo, der seit dem Herbst in Bozen aufs Gymnasium ging.

Farner war über Nacht geblieben. Es gibt viel zu reden, wenn man sich nicht so oft sieht. Sein Vater war im Laufe des Abends an seine wohlbehüteten Weinreserven gegangen und hatte zur Feier des Tages einen San Guido Sassicaia, einen Brunello di Montalcino und einen 2007er Quintarelli Amarone Riserva aufgemacht. Danach kann man sich nicht mehr ins Auto setzen und nach Hause fahren. Er hatte nach langer Zeit zum ersten Mal wieder in seinem alten Zimmer geschlafen, und als er heute Morgen mit seinen Eltern am Frühstückstisch saß, war es ihm vorgekommen, als hätte jemand die Zeit um zwanzig Jahre zurückgedreht.

Doch damals gab es diese vierspurige Straße noch nicht. Kurz vor Terlan überholte er einen Sattelschlepper mit polnischem Kennzeichen, ein breiter Koloss, für den auf der alten Staatsstraße 38 eine Fahrspur nicht ausgereicht hätte. Aber hier war das kein Problem. Anfangs hatte es viel Widerstand gegen den Bau einer Schnellstraße zwischen Bozen und Meran gegeben, von Umweltschützern, Obstbauern und denen, die sowieso immer dagegen sind, egal, worum es geht. Inzwischen war die MeBo eine der meistbefahrenen Straßen Südtirols und obendrein eine imposante Blickachse.

Vor ihm die schneebedeckten Dreitausender der Texelgruppe, linker Hand der Penegal, die Laugenspitze, das Vigiljoch, alle weiß angezuckert, und darüber ein stahlblauer Himmel ohne ein einziges Wölkchen. Am liebsten hätte er die ganze Schönheit dieses Wintermorgens mit ins Büro genommen. Seine fünf Jahre bei Europol in Den Haag waren weit weg. Im letzten September war er als Chefinspektor zurückgekommen und hatte die Leitung der Meraner Kriminalpolizei übernommen. Vielleicht, dachte er, muss man erst eine Weile fort gewesen sein, um dies alles hier, die Berge, den Himmel, das wohlige Gefühl der Geborgenheit, bewusster erleben und genießen zu können.

Die ersten Monate im Kommissariat am Kornplatz waren gut gelaufen. Das Team war okay – Reisinger, Furlan und die anderen, alles gute Leute, die ihm den Neuanfang leicht gemacht hatten.

Und er hatte sich mit der Stadt angefreundet, die so viel Sehenswertes bot. Nicht nur für Touristen.

Aber es gab in den zurückliegenden Wochen auch etwas, das ihm mehr zu schaffen machte als er zugeben wollte. Die Auseinandersetzungen mit Terranostra. Giovanni Terranostra, Maresciallo bei den Carabinieri, und er waren zusammen zur Schule gegangen und konnten sich nicht ausstehen. Anfangs hatte er gehofft, sie könnten sich aus dem Weg gehen. Aber dann hatte Reno Martell, der Staatsanwalt in Bozen, angeordnet, dass Staatspolizei* und Carabinieri* im Mordfall Waldner zusammen ermitteln. Danach, bei dem Schlag gegen die albanischen Drogenhändler, nochmals. Und es hatte funktioniert.

Natürlich schlugen sie sich nicht mehr wie früher auf dem Schulhof die Nasen blutig, aber sie prügelten sich mit Worten. Wann immer der eine provozierte, schlug der andere mit scharfer Zunge zurück. Anspielungen und Gemeinheiten im Sekundentakt. Keiner blieb dem anderen etwas schuldig. Diese ständige Spannung zwischen ihnen war mal unterschwellig, mal offenkundig, aber immer spürbar. Wer ist schlauer? Wer macht den besseren Job? Wer hat einen besseren Schlag bei Frauen? Das reichte bis zur kindischen Frage, wer der bessere Weinkenner ist. Ein Wettstreit, eine Rivalität auf allen Ebenen. Befeuert noch durch die unterschiedliche Herkunft. Terranostras Großeltern waren in den 1930er jahren aus Kalabrien nach Südtirol gekommen, und Farners Familie stammte aus Bozen, vom Ritten, wo seine Eltern ein 4-Sterne-Hotel betrieben, das inzwischen sein älterer Bruder übernommen hatte. Für Außenstehende mochte das amüsant sein, wenn sie sich beharkten, für Lukas Farner war es Stress. Wahrscheinlich hätten sie einen Mediator gebraucht, um aus dieser Spirale rauszukommen.

Der Staatsanwalt hatte keinen Zweifel daran gelassen, dass er bei der Aufklärung von Kapitalverbrechen, insbesondere bei Mordermittlungen, weiterhin so verfahren werde. Polizia di Stato und Carabinieri in einem Boot. Zitat: »Ich erwarte, dass die besten Leute, egal ob in Uniform oder Zivil, Hand in Hand arbeiten. Also vergessen Sie Ihre persönlichen Befindlichkeiten.« Es war klar, dass er Giovanni und ihn damit gemeint hatte.

Der Anruf von Franz Reisinger erreichte ihn auf der Höhe von Gargazon. Er mochte den ›Alten‹, der zwei Jahre vor seiner Pensionierung stand, wegen seiner Scharfsinnigkeit, seines Humors und seiner uneingeschränkten Loyalität. Seine Erfahrung war für die Kollegen – und Farner nahm sich da nicht aus – von unschätzbarem Wert. Reisinger war ein Mannschaftsspieler, wie Gianni Furlan, der Fußballer, es mal auf den Punkt gebracht hatte. Und er kannte sein Revier, das Burggrafenamt, wie kein Zweiter.

»Wo steckst du?«

»Im Auto. Auf der MeBo.«

»Du kommst weit rum. Falls du es heute noch bis Meran schaffst ... Wir haben einen Mord.«

Reisinger gab ihm den Namen des Opfers und die Adresse der Galerie durch, in der man die Besitzerin tot aufgefunden hatte. »Also gib Gas. Furlan und die Spurensicherung sind schon da.«

»Und die Carabinieri?«

»Man muss mit dem Schlimmsten rechnen«, stichelte Reisinger, der das ›Kasperletheater‹ zwischen Farner und Terranostra nicht so tragisch nahm.

»Anordnung von oben?«

»Ja. Der Staatsanwalt hat Blut geleckt. Er sagt, das hat zuletzt gut funktioniert, die Carabinieri und wir. Ich weiß, dir gefällt das nicht.«

»Nein.«

»Tja. Wir können's nicht ändern. Noch was. Dein Freund, der Maresciallo, hat die Frau angeblich gekannt, sagt Furlan.«

»Und warum sagst du mir das?«

»Weil ich dich darauf aufmerksam machen will, dass er wahrscheinlich einen Vorsprung hat.«

»Das glaubt er doch immer. Was ist mit Gebhard?«

»Erzähl ich dir später. Pfiati.«

Bei der Ausfahrt in Sinich, die leicht bergauf ging, war ein Streudienstfahrzeug vor ihm. Farner hielt Abstand, um keine Lackschäden an seinem 64er Alfa Romeo Touring Spider zu riskieren. Oben an der Brücke bog der Winterdienst links Richtung Lana ab, und er hatte wieder freie Fahrt. Er sah die streikenden MEMC-Arbeiter, die aus Sorge um ihre Arbeitsplätze einen Informationsstand vor dem Tor der Siliziumfabrik aufgebaut hatten, und er kam, einige hundert Meter weiter, an dem Haus vorbei, in dem in den 1990er-Jahren eines der Opfer einer Mordserie gefunden wurde, die damals für schaurige Schlagzeilen gesorgt hatte. Wie können die Bewohner dieses Haus damit leben, fragte er sich, wenn man schon im Vorbeifahren immer daran denken muss.

Ein Krähenschwarm begleitete ihn wie eine Eskorte bis zu den ersten Häusern von Untermais und bog dann in Richtung Trauttmansdorff ab. Oder waren es Raben? Vom Auto aus konnte man das nicht so gut erkennen. Vögel, die gescheiter sind als viele Menschen. Jedenfalls in der Mythologie, die wie Odins Raben Hugin und Mumin den ganzen Tag unterwegs sind, um zu erfahren, was es Neues in der Welt gibt, und die die Wahrheit von der Lüge unterscheiden können. Womit sie für den Polizeidienst bestens geeignet wären, dachte Farner. Also gleich mit einspannen in die neuen Ermittlungen. Aber die da oben hatten offenbar andere Informationen und einen anderen Tatort, den sie anflogen.

Auf dem Ortseingangsschild war zu lesen, dass Meran die Partnerstadt von Salzburg ist. Seine Eltern hatten in Salzburg geheiratet, und das beantwortete die Frage, warum bei ihnen zu Hause so oft Mozart gehört wurde, beinahe von selbst. Wenn seine Mutter gut drauf war, trällerte sie die Arie der ›Königin der Nacht‹, allerdings mindestens eine Tonlage tiefer als die Callas, was bei seinem Vater immer einen Lachanfall ausgelöst hatte, der ähnlich klang. Dieses ›Hahahahahahahahaha‹ hatte Farner immer noch im Ohr.

9.32 Uhr. Die Digitaluhr links vor dem Autohaus zeigte ihm an, dass er spät dran war. Dann sah er die Streifenwagen der Carabinieri und der Stadtpolizei rechts und links der Straße sowie eine Ansammlung von Schaulustigen. Da musste es sein.

Die Galerie befand sich in einem ockerfarbenen Flachbau mit viel Platz vor und neben dem Haus. Ein seltener Luxus in dieser dicht bebauten Straße, ein richtiges Filetstück. Vermutlich war es nur eine Frage der Zeit, bis Investoren ihre Krallen danach ausstreckten, um ein schönes großes Kondominium* auf dem Grundstück zu errichten.

Lukas Farner hielt vor dem Absperrband, das quer über die Einfahrt gespannt war, und wartete, dass ihn der Kollege in Uniform durchließ. Jemand klopfte an seine Scheibe, ein Mann, den er vom Sehen kannte, ein Reporter vom hiesigen Stadtradio.

Aber er winkte ab. Er musste sich erst mal selber ein Bild machen, bevor er irgendwelche Fragen beantworten konnte.

Zwei Männer in Schwarz trugen einen Zinksarg aus dem Haus und schoben ihn in den Leichenwagen. Neben dem Kleinbus, mit dem die Leute vom Erkennungsdienst da waren, war noch Platz.

Er stellte seinen Wagen ab, schaute sich um und entdeckte Gianni Furlan, der neben einer mannshohen Holzskulptur stand und telefonierte. Furlan hatte von ihnen allen den besten Draht zu den Carabinieri, speziell zu dem Brigadiere* Sandro Valetta, der wie er aus der Gegend von Padua stammte. Sie spielten im selben Verein Fußball. Wenn es zwischen Farner und Terranostra geknallt hatte, hatten die beiden schon einige Male zur Schadensbegrenzung beigetragen.

Furlan beendete sein Telefonat und kam auf ihn zu. »Ich hab den Ehemann erreicht. Er kommt her.«

»Langsam, langsam. Erst mal Guten Morgen.«

Furlan steckte sein Handy ein. »Der Morgen ist doch schon fast rum ... und richtig gut hat er auch nicht angefangen.«

Sie sahen dem Leichenwagen nach, der vom Gelände fuhr und auf die Straße einbog. Für einen Moment spiegelte sich die Sonne in der Heckscheibe, und man konnte nicht erkennen, ob das Licht von außen oder von innen kam. Farner wischte sich über die Stirn. Was für ein unsinniger Gedanke. Ein leuchtender Sarg ...

»Seit wann bist du hier?«

»Seit kurz nach acht. Eine halbe Stunde später war auch der Staatsanwalt schon da.«

»Wo ist er?«

»Wieder weg. Er hatte es eilig, ein Termin bei Gericht.«

Da gehört er auch hin, dachte Farner, der sich mit der Wichtigtuerei des Doktor Martell immer noch schwertat. »Und vorher hat er sich noch mal eben die Mühe gemacht und ist hergekommen. Was tut man nicht alles für die Karriere.«

Gestern hatte in Bozen der Prozess im Mordfall Waldner begonnen. Der Termin war schon einige Male verschoben worden, obwohl die Faktenlage eindeutig war. Dafür hatten Giovanni Terranostra und er bei ihrer ersten gemeinsamen Ermittlung, zusammen mit ihren Leuten, gesorgt. Aber die Justiz in Italien hatte ihr eigenes Tempo, und wenn Anwälte auch nur den kleinsten Einwand finden, dann zieht sich das hin. Es war ja auch nicht das erste Mal, dass er sich über die unterschiedliche Beurteilung einer Straftat wunderte. Für den kommenden Donnerstag hatte ihn Martell als Zeuge der Anklage vor Gericht geladen, und im Fall von Ariane Falk, die er seit 25 Jahren kannte, war ihm gar nicht wohl dabei.

»Wolltest du ihn sprechen?«, holte ihn Furlan in das aktuelle Geschehen zurück.

»Muss nicht sein. Ich nehme an, das hat Terranostra schon besorgt.«

»Ja, und nicht zu knapp. Er hat Martell gesagt, dass er von diesen gemeinsamen Ermittlungen mit uns nichts hält.«

»Mit uns oder mit mir?«

»Mit dir. Aber der Staatsanwalt hat ihn auflaufen lassen und vor allen zur Minna gemacht.«

»Und der Maresciallo?«

»Hat den Schwanz eingezogen. Damit sind deine Aktien bei Martell enorm gestiegen. Wunder dich also nicht, wenn er dir den Hof macht.«

»So lange, wie's dauert. Hat er mit der Presse gesprochen?«

»Ja, aber nur kurz. Keine Einzelheiten. Er hat ihnen versprochen, sie auf dem Laufenden zu halten.«

Furlan sah zur Absperrung hinüber. »Einige von den Journalisten sind noch da und warten, wie sich das hier entwickelt. Nach dir hat auch einer gefragt. Er hat gesagt, du wärst ihm noch was schuldig.«

»So?« Das muss der gewesen sein, der vorhin mit ihm sprechen wollte. Aber er erinnerte sich nicht, worum es ging. »Erzähl mal, was ihr bisher rausgefunden habt. Wenn's geht, der Reihe nach.«

»Nicole Angerer«, begann Furlan, während sie langsam auf das Haus zugingen, »gebürtige Französin, 37 Jahre alt. Ihr gehört die Galerie. Sie ist mit einem Schal erwürgt worden. Der Arzt sagt, gestern Abend, zwischen 19 und 21 Uhr.«

»Ziemlich viel Luft, wenn man das in diesem Zusammenhang sagen darf.«

»Ja. Die Putzfrau hat sie heute Morgen im Büro gefunden.« Er zog einen Zettel aus seiner Jackentasche. »Sie heißt Marga Kofler.«

»Hast du mit ihr gesprochen?«

»Nein. Die Frau stand unter Schock und hat kein verständliches Wort rausgekriegt. Valetta hat sie erst mal nach Hause gefahren.«

»Bleib da dran.«

»Längst vorgemerkt.«

»Denkst du, es war Raubmord?«

»Nein. Wir haben ihre Handtasche mit sämtlichen Papieren, Kreditkarten etc. und 560 Euro Bargeld. Ob Bilder gestohlen wurden, weiß ich nicht.«

Vor der Tür blieben sie stehen.

»Den Rest wird dir der Maresciallo erzählen. Er ist schon ganz heiß auf dich«, grinste Furlan und wollte sich abseilen.

»Was hast du vor?«

»Drüben in der Tankstelle haben sie eine Überwachungskamera. Mal sehen, was die hergibt.«

»Gute Idee.«

Als Farner die Galerie betrat, sah er zwei helle, ineinander übergehende Räume, ein Dutzend Bilder an den Wänden, eine Sitzgruppe mit einem flachen Intarsientisch und vier orangefarbenen Sesseln in der Mitte des Raumes, Topfpflanzen in bunten Kübeln, ein Paravent, auf dem Monets ›Frühstück im Grünen‹ abgebildet war, und einen Kamin mit einer Sitzbank davor. Dazu ein naturbelassener Parkettboden, Lärche, schätzte er. Den gleichen hatte er in seinem Apartment. Die Galerie von Nicole Angerer glich eher einem geschmackvoll eingerichteten Wohnzimmer als einem Geschäftsraum. Von dem Verkaufstisch neben dem Eingang mal abgesehen. Elmar Gilli, der Leiter der Spurensicherung, saß an dem Tisch und untersuchte einen Alukoffer auf Fingerabdrücke.

»Servus, Farner.«

Lukas Farner grüßte zurück. »Wie sieht's aus?«

»Wir sind so weit durch. Ich muss nur noch diesen Koffer zum Reden bringen. Bis spätestens heute Mittag sagt er mir, wer ihn alles angefasst hat.«

»Klar«, lächelte Farner, denn das würde nur stimmen, wenn die Fingerabdrücke, die Gilli fand, in einer Datenbank zum Abgleich vorlagen.

»Was ist in dem Koffer?«

»Nichts. Er ist leer.«

»Hast du den Maresciallo gesehen?«

Gilli zeigte auf die Tür zum Büro. »Er ist da drin. Für wen ist der Bericht?«

»Fragst du das im Ernst?«

»Reicht dir das bis heute Nachmittag?«

»Überschlag dich nicht.«

Er betrat das Büro, das von zwei Neonröhren an der Decke hell erleuchtet wurde. Eine Designerlampe auf einem der beiden Schreibtische, die im rechten Winkel zueinander aufgestellt waren, sorgte für zusätzliches Licht.

Giovanni Terranostra stand vor einem offenen Schrank und blätterte in einem Aktenordner. »Ausgeschlafen?«

Farner ignorierte die Frage und das süffisante Grinsen in Giovannis Gesicht. Sachlich bleiben, nicht provozieren lassen, nahm er sich vor.

Es war lange her, aber Giovannis Vater, ein Eisenbahningenieur, hatte sich nach einer Schlägerei auf dem Schulhof mal für seinen Sohn bei ihm entschuldigt, und Farner erinnerte sich noch an jedes Wort. »Nimm's ihm nicht übel«, hatte er gesagt, »er kann sich selber nicht leiden.« Sein eigener Vater hatte ihm die Schuld gegeben, weil er sich von Giovanni immer wieder herausfordern ließ. »Ich dachte, du bist gescheiter.« Auch das hatte er immer noch im Ohr.

»Furlan hat mit dem Ehemann gesprochen. Er wird gleich hier sein.«

»Benissimo.« Terranostra klappte den Aktenordner zu und stellte ihn in den Schrank zurück. »Die Signora hatte außerdem einen Geschäftspartner. Der Mann heißt Stefan Gaiser. Schon mal gehört?«

»Nein. Die Frau kannte ich auch nicht.«

Das war ein kleiner Wink, aber Terranostra ging nicht darauf ein.

»Garibaldistraße 33. Merk dir das mal. Das ist seine Adresse.«

»Hat er kein Telefon?«

»Ich hab ihn nicht erreicht.«

Farners Blick fiel auf die Kreidestriche und Markierungstäfelchen auf dem Teppichboden sowie auf das eingetrocknete Blut.

»Da hast du was verpasst«, sagte der Maresciallo und schloss die Tür hinter Farner. »Ich kann dir ja mal beschreiben, wie sie dalag. Bluse und BH zerrissen, den Rock bis zur Hüfte hochgeschoben und das Höschen an den Fußknöcheln.« Es schien ihm Lust zu bereiten, die Geschichte in allen Einzelheiten auszubreiten.

»Das reicht.«

Aber es war nicht Farners Einspruch, der ihn aufhielt, sondern ein Hüsteln an der Tür. Dottore Ernesto Pironi – der Arzt, der die Leiche untersucht hatte – war zurückgekommen.

»Mi scusi. Hab ich mein Handy hier liegen lassen?«

Farner sah das Handy auf dem Schreibtisch und reichte es ihm.

»Das hier?«

»Sì, danke.«

»Wir sprechen gerade über die Tote. Ist sie vergewaltigt worden?«

Pironi legte seine Stirn in Falten. »Auf den ersten Blick sieht es so aus. Warten wir mal die Obduktion ab. Aber nicht gleich morgen. Ich hab noch zwei andere auf dem Tisch liegen.« Er wollte gehen, blieb aber in der Tür noch mal stehen. »Achten Sie bei Ihren Ermittlungen auf Kratzspuren. Die Frau hat sich gewehrt. Ich habe Hautpartikel und Blut unter ihren Fingernägeln gefunden.«

Kaum, dass sie wieder allein waren, ging Terranostra zu einem der beiden Telefonapparate und drückte eine Taste auf dem Anrufbeantworter. »Hör dir das mal an.«

Eine männliche Stimme war zu hören, ungeduldig, beinahe zornig: »Nicole, wo bleibst du denn? Es ist schon nach acht. – Melde dich.«

»Schweizer Dialekt«, stellte Farner fest, »wer ist das?« Und hätte sich im nächsten Moment am liebsten auf die Zunge gebissen, dass ihm diese bescheuerte Frage rausgerutscht war.

Die Reaktion kam auch prompt. Verächtlich, wie ein Veganer die Schweinshaxe von sich schiebt, schob Terranostra den Apparat beiseite. »Frag ihn doch. Woher soll ich das wissen?« Er nahm die Latexhandschuhe, die auf dem Waschbeckenrand lagen, warf sie in den Papierkorb und ging zur Tür. »Komm jetzt. Wir haben noch viel Arbeit.«

»Hast du sie identifiziert?«

Terranostra ließ die Türklinke, die er schon in der Hand hatte, wieder los. »Wie kommst du denn da drauf?«

»Ich habe gehört, dass du die Frau gekannt hast.«

»So? Und von wem?«

»Das ist doch egal. Hast du sie gekannt oder nicht?«

»Ich will dir mal was sagen, Lukas Klugscheißer ...« Er winkte ab. »Ach was ... Vai al diavolo ... Scher dich zum Teufel.«

Er ging hinaus, durch den Verkaufsraum, an Furlan vorbei, der gerade die Galerie betrat, und knallte wütend die Ladentür zu.

»Mein lieber Mann. Das kann ja heiter werden.« Furlan setzte sich auf den Verkaufstisch und wartete, dass Farner aus dem Büro kam.

»Hast du ihn schon wieder geärgert?«

»Ich hab ihn gefragt, ob er die Frau gekannt hat.«

»Ich weiß es von Valetta.«

»Was ist mit der Tankstelle?«

»Pech gehabt. Die Überwachungskamera erfasst nur die Innenräume, die Zapfsäulen und die Waschanlage.«

»Hätte ja sein können.«

»Das Klinkenputzen hat auch nichts gebracht, hat mir einer der Carabinieri-Kollegen gesagt. Keiner von den Nachbarn hat etwas gesehen.«

›One night in Bangkok.‹ Das war der Klingelton von Furlans Handy.

»Si?« Er hörte und malte dabei ein großes S in die Luft.

Farner wusste, dass Sandro Valetta damit gemeint war.

»Warte. Ich stell auf laut, dann kann der Chefinspektor mithören.«

»C'è ancora la polizia scientifica? Ist die Spurensicherung noch da?«

»Nein.«

»Ich vermute, die haben vergessen, den Wagen der Toten zu untersuchen. Die Putzfrau hat mir gesagt, dass Nicole Angerer einen weißen Renault fährt.«

Furlan schaute hinaus. »Der steht hier. Okay, ich sag denen Bescheid.«

»Habt ihr den Autoschlüssel gefunden?«

»Nein.«

»Du weißt ja, wie man den auch ohne aufkriegt.«

»Ja.«

»Ich bin in fünf Minuten da.«

»Ciao.«

Furlan steckte sein Handy ein und wollte gehen. »Ich kümmere mich mal darum. Du hast nicht zufällig einen Tennisball dabei?«

»Bedaure, heute nicht.«

Der erste Zorn schien verraucht, als Terranostra wenig später zurückkam. Hinter ihm der Mann, auf den sie gewartet hatten, Gernot Angerer, der Ehemann der Toten. Farner bekundete sein Beileid und zeigte auf die Sitzgruppe in der Mitte des Ladens.

»Setzen wir uns.«

Er hätte zu gern gewusst, ob die beiden sich gerade zum ersten Mal begegnet waren oder auch schon vorher gekannt hatten. Aber weder der Maresciallo noch Angerer ließen sich etwas anmerken.

Terranostra hielt sich zurück und überließ Farner die Befragung.

Der Mann, Farner schätzte ihn auf Mitte 40, machte einen gefassten Eindruck. Seine Antworten waren kurz und emotionslos. Sie erfuhren, dass Nicole Angerer ihn vor einem halben Jahr verlassen hatte und dass Gaiser nicht nur ihr Partner in der Galerie, sondern auch im Bett war.

»Wann haben Sie Ihre Frau zuletzt gesehen?«

Angerer überlegte nicht lange. »Gestern Mittag. Sie kam in mein Büro und wollte ...« Er stockte. »Sie hat mir gesagt, dass die Geschichte mit Gaiser zu Ende ist.«

»Wollte sie zu Ihnen zurückkehren?«

Angerer räusperte sich und lockerte seine Krawatte. »Ich glaube, schon. Sie hing sehr an den Buben.«

»Sie haben Kinder?«

»Ja, zwei. Zwölf und zehn Jahre alt.«

»Wer hat sich um die Kinder gekümmert, nachdem Ihre Frau sie verlassen hat?«

Angerer war auf der Hut und zögerte mit der Antwort. »Meine Schwester. Und das wird sie auch weiterhin tun. Sie hat sich deshalb für ein halbes Jahr von ihrem Job beurlauben lassen.«

Farner musste unwillkürlich schmunzeln. »Keine Sorge. Wir sind nicht vom Jugendamt.«

Sandro Valetta erschien in der Tür und gab seinem Chef ein Zeichen. Terranostra stand auf und ging zu ihm.

Lukas Farner musterte sein Gegenüber. »Sie sind Architekt.«

Angerer nickte.

»Haben Sie den Sandplatz …«, er suchte nach dem richtigen Wort, »verschönert?«

»Nein, das war ich nicht.«

»Und den Brunnenplatz?«

»Auch nicht.«

»Das hören wir häufig«, sagte Farner. »Es waren immer die anderen.«

Terranostra kam zurück. Er hatte ein Mobiltelefon in der Hand und wandte sich an Angerer. »Das haben wir im Auto Ihrer Frau gefunden. ›Nimm dich vor G. in Acht. Er ist zu allem fähig.‹ Haben Sie diese SMS geschrieben?«

»Nein.«

Terranostra hakte nach. »Aber Sie wissen, wer mit G. gemeint ist.«

Gernot Angerer bejahte. »Gaiser. Das ist doch wohl klar. Er hat Nicole von Anfang an ausgenutzt.«

Farner klinkte sich wieder ein. »Was geschieht jetzt mit dieser Galerie?«

»Das weiß ich noch nicht.« Er rieb sich die Augen. »Ich werde mich mit Gaiser einigen müssen, ihn auszahlen und das Geschäft neu verpachten. Mal seh'n.«

»Ist das Ihr Grundstück?«

»Ja.«

»Nicht schlecht. Könnte es sein, dass Sie das Grundstück verkaufen wollen, aber Ihre Frau …«

»Denken Sie das nicht zu Ende«, unterbrach ihn Angerer, »das ist eine Sackgasse.«

Terranostra sagte nichts, aber in seinem Gesicht war unschwer abzulesen, dass ihm diese Abfuhr gefiel.

Farner stand auf. »Das war's fürs Erste. Wenn wir noch Fragen haben …«

Angerer erhob sich ebenfalls, holte eine Visitenkarte aus seiner Brieftasche und legte sie auf den Tisch. »Sie können mich jederzeit erreichen.«

Nachdem der Mann gegangen war, wurde es wieder hitzig. Farner war schon fast an der Tür, als ihn Terranostras Häme traf. »Das ist eine Sackgasse. Hast du das gehört?«

Er vergaß alle guten Vorsätze und keilte zurück. »Und ich habe gehört, dass dir der Staatsanwalt eins übergebraten hat.«

Giovanni trat gegen den Sessel. »Das geht dich einen Scheißdreck an. Pass lieber auf, dass deine Pistoleros nicht in der Gegend rumballern.« Wahrscheinlich hätte er noch weitergebellt, wenn ihn sein Handy nicht unterbrochen hätte.

»Vergiss deine Rede nicht«, sagte Farner und ging hinaus.

Draußen atmete er tief durch. Die frische Winterluft brachte ihn schnell wieder zur Besinnung. Kindisch war das, sich mit Terranostra auf so einen Wortwechsel einzulassen. Er sah Sandro Valetta im Gespräch mit einem Mann vom Erkennungsdienst und hinter ihnen einen zweiten Spusi-Mann, der dabei war, Nicole Angerers Wagen unter die Lupe zu nehmen.

Valetta teilte ihm mit, dass Furlan schon ins Büro gefahren sei, und der andere fühlte sich zu einer Erklärung veranlasst, die sich eher nach einem Vorwurf als nach einer Entschuldigung anhörte. »Uns hat keiner gesagt, dass der Wagen der Frau gehört.«

»Ja und? Jetzt wisst ihr's und macht eure Arbeit. Wo ist das Problem?«

»Ich wollte es nur gesagt haben.« Der Mann reichte ihm einen Zettel. »Den Strafzettel haben wir im Handschuhfach gefunden. Ich nehme an, das interessiert euch.«

Farner las, dass der Wagen mit dem Kennzeichen BZ-566134 gestern Nachmittag um 16 Uhr in der Freiheitsstraße falsch geparkt war.

»Danke.« Er steckte den Zettel ein. »Drinnen auf dem Tisch liegt eine Visitenkarte, von dem Ehemann der Toten. Tüte die mal vorsichtig ein. Wir werden seine Fingerabdrücke für einen Abgleich brauchen.«

Der Mann nickte und ging, und Farner wandte sich wieder an Valetta. »Hat die Putzfrau noch was gesagt?«

»Ja, dass sie sich jetzt eine neue Arbeitsstelle suchen muss.«

»Sonst nichts?«

»Nein. Aber wir sollten uns noch mal mit ihr unterhalten.«

»Auf jeden Fall. Ich werde das mit dem Maresciallo abstimmen. Bis später.«

Er ging zu seinem Wagen. Mit Valetta konnte man vernünftig reden. Ihm fiel ein, was Pepi Weirather, ein Freund von Reisinger, der in der Stadtverwaltung arbeitete, mal gesagt hatte. Auf jeden sympathischen Italiener kommt ein Südtiroler Kotzbrocken. Und umgekehrt. So halten wir das Land in der Balance.

Der Beweis folgte auf dem Fuß.

»Aspetta, Cretino!*«, rief Terranostra.

Diesmal blieb Farner ruhig. »Was gibt's?«

»Der Partner von der Angerer hat zurückgerufen. Er sagt, er kann in zwei Stunden in Meran sein.«

»Wo ist er?«

»In Innsbruck.« Terranostra sah auf die Uhr. »Wir treffen uns um eins vor dem Haus. Garibaldistraße 33.« Und als Farner die Frage auf den Lippen lag, wieso nicht hier in der Galerie – am Tatort –, was ja logisch gewesen wäre, knallte Terranostra ein herrisches »Basta« hinterher und wandte sich zum Gehen.

»Jetzt warte mal. Hast du ihm gesagt, was passiert ist?«

»Nein. Ich will sein Gesicht sehen, wenn ich es ihm sage.«

Franz Reisinger stand am Fenster seines Dienstzimmers und beobachtete das rege Treiben auf dem Kornplatz. Die Stände waren belagert, als gäbe es etwas umsonst. Der Mann hinter ihm hatte gerade eine Vermisstenmeldung gemacht. Arnold Palm, Kunstprofessor aus Basel, zurzeit wohnhaft im ›Meranerhof‹, war auf der Suche nach Nicole Angerer.

Reisinger schloss das Fenster, ging zu seinem Schreibtisch zurück und forderte den Mann, der nervös in ein Papiertaschentuch schnupfte, zum zweiten Mal auf, Platz zu nehmen.

»Nicole Angerer ist tot«, sagte Reisinger. »Man hat sie heute früh in ihrer Galerie gefunden. Erwürgt.«

Palm sackte auf den Stuhl, den ihm Reisinger hingestellt hatte und starrte vor sich hin.

»Als ob ich's geahnt hätte«, sagte er düster. Und nach einer Pause. »Haben Sie das Bild gefunden?«

»Was für ein Bild?«

Arnold Palm holte weit aus und erzählte die ganze Geschichte.

Wie Nicole Angerer an den Watteau gekommen war, dass sie und Gaiser das Bild für echt hielten und welche Rolle er, Palm, dabei spielte.

»Wie viel ist so ein Bild wert?«

»Mehrere Millionen.«

»Aber Sie glauben nicht, dass das Bild echt ist.«

»Nein.«

Reisinger konnte nicht ganz folgen. »Warum sollte jemand eine Fälschung unter einem anderen Bild verstecken?«

»Das hat mich Nicole auch gefragt. Ich will es Ihnen sagen. Um es echt erscheinen zu lassen. Man versteckt nur, was wertvoll ist. Oder?«

Reisinger ließ sich das Bild beschreiben. Der Mann hörte sich gern reden und nutzte die Gelegenheit zu einer Nabelschau, die nur schwer zu ertragen war. Und das auch noch in Schwyzerdütsch. Reisinger versuchte, höflich zu bleiben.

»Entschuldigen Sie, mehr muss ich nicht wissen«, unterbrach er den Professor schließlich und stand auf. »Wie lange werden Sie in Meran bleiben?«

Palm war enttäuscht, dass man seine Vorlesung so abrupt abgebrochen hatte, und blieb wie eine beleidigte Diva auf seinem Stuhl hocken. Umständlich holte er ein neues

Papiertaschentuch heraus, schnäuzte sich laut und warf es in den Papierkorb. »Was haben Sie gefragt?«

»Wie lange Sie in Meran bleiben.«

»Ein paar Tage. Halten Sie mich auf dem Laufenden?«

Reisinger hätte gelacht, wenn seine Laune nicht schon so weit unten gewesen wäre. »Eher nicht. Polizeiliche Ermittlungen sind kein Gegenstand von Plaudereien am Telefon. Aber rufen Sie uns an, bevor Sie die Stadt verlassen. Kann sein, dass wir noch Fragen haben.« Er ging zur Tür. »Kommen Sie, ich bringe Sie hinaus.«

Palm folgte ihm. Auf dem Flur kam ihnen Furlan entgegen. »Bleibst du lange weg?«

»Nein, ich bin gleich zurück.«

»Lassen Sie nur, ich finde allein raus«, sagte Palm. »Danke, dass Sie sich die Zeit genommen haben. Ich muss diesen Schlag erst mal verdauen.«

Dass Reisinger seine ausgestreckte Hand ignorierte, quittierte er mit einem Achselzucken. Dann ging er schnurstracks in Richtung Treppe, schaute sich noch mal um und wäre fast über seine eigenen Beine gestolpert.

Reisinger wartete, bis er außer Hörweite war. »Den schenk ich dir. Manche Menschen kann man nur im Suff ertragen.«

Furlan sah ihm die Erleichterung an. »Wer war das?«

»Ein Bekannter von Nicole Angerer. Einer, der gern redet, aber nichts von sich gibt.«

Sie gingen in Reisingers Büro.

»Er hat sie als vermisst gemeldet. Ich habe ihm gesagt, dass sie nicht mehr lebt. Dass sie erwürgt worden ist. Ist doch so?«

»Ja, mit ihrem eigenen Schal.«

Reisinger setzte sich an seinen Schreibtisch und schob die Notizen, die er sich während des Gesprächs mit Palm gemacht hatte, zur Seite.

»Er glaubt, dass es bei dem Mord um ein bestimmtes Gemälde ging. Weißt du was darüber?«

»Nein. Farner und der Maresciallo haben mit dem Ehemann gesprochen. Ich war nicht dabei.«

»Wie läuft's mit den beiden?«

»Frag nicht nach Sonnenschein. Wie bei Don Camillo und Peppone. Es kracht.«

»Die müssen sich erst mal wieder einspielen.«

Furlan wollte gehen. »Ich muss noch telefonieren. Hast du was von Eller und Hallmeier gehört?«

»Sie müssen gleich hier sein. Eller sagt, es gibt Neuigkeiten.«

»Hoffentlich gute.«

»Das hoffe ich auch.«

Einen Mord aufklären, dachte Farner, ist das eine. Einem Kollegen aus der Patsche helfen das andere. Beides musste jetzt nebeneinander laufen. Auf der Fahrt ins Kommissariat kam er an der ›Cortina-Bar‹ vorbei, wo sie vor drei Wochen Ivo Gebhards 32. Geburtstag gefeiert hatten. Da war die Welt noch in Ordnung. Aber jetzt saß der Kollege ganz tief in der Scheiße. Ivo Gebhard war seit einer Woche vom Dienst suspendiert. Außerdem lief ein Disziplinarverfahren gegen ihn. Der Vorwurf: unrechtmäßiger Gebrauch einer Schusswaffe.

Eine ärgerliche Geschichte. Was war passiert? Er hatte Gebhards Schilderung des Vorfalls so bildhaft im Kopf, als wäre er selber dabei gewesen.

Es ist später Abend. Die Straßen sind menschenleer. Gebhard ist auf dem Weg vom Dienst nach Hause. Zu Fuß, weil sein Wagen in der Werkstatt ist. In der Klosterstraße sieht er zwei Männer, junge Burschen, die dabei sind, ein Auto zu knacken. Die sehen ihn auch, rennen aber nicht weg, sondern kommen auf ihn zugelaufen. Einer der beiden hat ein Messer in der Hand. Gebhard fordert ihn auf, das Messer fallen zu lassen. Mehrfach. Aber der Typ denkt nicht dran. Die beiden kommen immer näher. Als er dem Angriff nicht mehr ausweichen kann, zieht er seine Dienstwaffe, schießt und trifft den Mann, der das Messer hat, ins Bein. Der stürzt zu Boden. Der andere rennt weg Richtung Bahnhof. Reflexartig nimmt Gebhard die Verfolgung auf. Später sagt er, das sei ein Fehler, ein Aussetzer gewesen, er hätte sich um den Verletzten kümmern müssen. Den Flüchtenden verliert er aus den Augen. Er gibt die Verfolgung auf. Als er einige Minuten später zurückkommt, ist der Rettungswagen schon vor Ort. Anwohner haben den Schuss gehört, den Mann auf der Straße liegen sehen und die Notrufzentrale angerufen. Der Verletzte wird abtransportiert. Kurz darauf taucht auch eine Carabinieri-Streife auf, und Gebhard gibt alles zu Protokoll. Aber die Polizisten glauben ihm nicht. Denn das Messer, mit dem er angegriffen wurde, ist weg, wie vom Erdboden verschluckt, und wird auch am nächsten Morgen, als bei Tageslicht noch mal danach gesucht wird, nicht gefunden. Es gibt auch sonst niemanden, der ein Messer gesehen hat. Er steht allein da mit seiner Aussage. Niemand glaubt ihm.

Damit nahm das Dilemma seinen Lauf. Ivo Gebhard musste seine Dienstwaffe und den Polizeiausweis abgeben und wurde bis auf Weiteres beurlaubt.

»Ausgerechnet Ivo«, hatte Reisinger gesagt und – weil sie mit dieser Bemerkung nichts anzufangen wussten – hinzugefügt, dass der heilige Ivo der Schutzpatron der Juristen und all derer, die im Dienst der Justiz stehen, natürlich auch. Also müssten sie sich um Ivo keine Sorgen machen.

Für die Kollegen im Kommissariat gab es von Anfang an keinen Zweifel, dass die Sache so abgelaufen war, wie Gebhard sie ihnen geschildert hatte. Nein, sie würden ihn nicht im Regen stehen lassen und die offizielle Untersuchung abwarten, sondern selber Beweise finden, die Gebhards Aussage, dass er in Notwehr geschossen hatte, bestätigten. Das war wie ein Rütlischwur, erinnerte sich Farner an diesen Morgen in seinem Büro. Wenn man der Geschichte etwas Positives abgewinnen wollte, dann war es der Teamgeist, den sie in dieser misslichen Situation gezeigt hatten. »Wir sind befangen, aber genau das treibt uns an«, hatte Hans Eller gesagt und sich mit Desmond Hallmeier an die Aufklärung der Geschichte gemacht. Aber noch hatten sie Gebhard nicht entlasten können.

Lukas Farner stellte seinen Spider im Hof des Kommissariats ab. Wie's aussah, würde er in den nächsten Tagen wenig Gelegenheit haben, damit zu fahren. Aber hier stand das alte Schätzchen auf jeden Fall besser als am Passeirer Tor auf der Straße. Das waren die zwei Seiten der Medaille. So schön es war, im Steinachviertel zu wohnen, so sehr fehlte es da an Garagen und privaten Stellplätzen. Womit man sich wohl oder übel abfinden muss, wenn man den Autoverkehr aus den engen Gassen raushalten will. Was ja richtig war.

Er nahm die kleine Reisetasche, die ihm seine Mutter mitgegeben hatte, und den Lodenmantel vom Rücksitz und ging um das Haus herum zum Vordereingang. Auf dem Kornplatz herrschte wieder Hochbetrieb.

Oben in seinem Büro musste er das Fenster, das er gewohnheitsgemäß bei seinem Eintreten geöffnet hatte, gleich weder schließen, weil der Lärm von draußen zu groß war. Er stellte die Tasche in den Schrank, wusch sich die Hände und setzte sich an seinen Schreibtisch, der noch so aufgeräumt war, wie er ihn gestern verlassen hatte. Keine neuen Akten, keine Telefonzettel, niemand, den er zurückrufen sollte. Diese ruhige Phase war jetzt vorbei. Es gab eine Menge zu tun. Eigentlich sollte er so schnell wie möglich Anne Felderer anrufen und ihr sagen, dass aus dem Theaterbesuch heute Abend wahrscheinlich nichts werden würde. Nein, nicht wahrscheinlich, sondern definitiv nicht. Denn selbst wenn es sich zeitlich ausginge, hätte er für einen ›Käfig voller Narren‹ nicht mehr den Nerv.

Reisinger erschien in der Tür und erkundigte sich nach seinem Wohlbefinden. »Hast du's überlebt?«

»Wie du siehst. Wir haben uns noch ein paar Gemeinheiten für die nächste Runde aufgehoben.«

Reisinger fasste sich an den Kopf. »Ich begreif es nicht, dass sich zwei erwachsene Menschen ...«

»Das musst du auch nicht begreifen. Das ist nur was für Insider.«

»Für bornierte Hornochsen, wenn du mich fragst. Aber bitte, wenn ihr euren Spaß daran habt.«

Farner sah auf seine Uhr. »In einer Stunde geht der Spaß weiter. Wir treffen uns mit dem Geschäftspartner von Nicole Angerer, einem gewissen Gaiser.«

»Dazu kann ich dir auch was sagen.«

»Vorher sagst du mir, wie es Ivo Gebhard geht. Hast du was von ihm gehört?«

Reisinger nahm sich einen Stuhl und setzte sich vor Farners Schreibtisch. »Ich habe vorhin mit ihm telefoniert. Er sitzt beim Zahnarzt und verabschiedet sich gerade von seinem Backenzahn. Er sagt, er will die Zwangspause nutzen, um seine Zähne in Ordnung zu bringen. Übermorgen hat er ein Konzert mit seiner Bläsertruppe im KiMM. Ich denke, wir sollten ihm eine Freude machen und hingehen.«

»Vorausgesetzt, wir sind bis dahin mit unseren Ermittlungen ein Stück weiter.«

»Ich lass mal drei ... vier ... fünf Plätze reservieren. Absagen können wir immer noch.«

Ivo Gebhard spielte seit seinem 16. Lebensjahr Flügelhorn in einer der traditionsreichen Meraner Musikkapellen. Schmissige Blasmusik war in Südtirol schon immer sehr beliebt und die Trachtenmusiker hatten es drauf. Märsche, Polkas und alpenländische Volksmusik sowieso, aber auch Funk, Swing und Dixieland. Farner hatte sich schon einige Male vorgenommen, in eins ihrer Konzerte zu gehen. Aber es war immer was dazwischengekommen. Auch jetzt, mitten in einem Mordfall, war das kein günstiger Zeitpunkt.

»Mal seh'n, wie's läuft«, nahm er den Faden noch mal auf. »Jetzt zurück zu diesem Gaiser. Was weißt du über ihn?«

Reisinger suchte nach dem passenden Einstieg. »Kennst du Watteau?«

»Schon mal gehört. Ein französischer Maler ...?«

»Ja. Ich hab auch nachschauen müssen. Antoine Watteau, Rokoko, 18. Jahrhundert.« Er rückte den Stuhl noch ein Stück näher an Farners Schreibtisch und berichtete vom Kunstprofessor aus Basel, der Nicole Angerer als vermisst gemeldet hatte, und vom Streit um ein Gemälde, den es zwischen der Galeristin und ihrem Geschäftspartner, eben diesem Gaiser, gegeben haben soll. »Ein Bild, das Millionen wert ist, wenn es echt ist, das er selber aber für eine Fälschung hält.«

»Wie heißt der Mensch?«

»Professor Arnold Palm. Er wohnt im ›Meranerhof‹«.

»Aus Basel, sagst du.«

»Ja. Er hat gesagt, dass er gestern Abend mit Nicole Angerer verabredet war. Sie wollte ihn im Hotel abholen, aber sie ist nicht gekommen.«

»Dann war er es, der auf ihren Anrufbeantworter gesprochen hat. Ein Mann mit einem Schweizer Dialekt. Du behältst ihn im Auge?«

»Ja, hab ich vor.« Reisinger legte das Lineal, das er von Farners Schreibtisch genommen hatte, wieder zurück. »Gibt es irgendwelche Instruktionen vom Staatsanwalt?«

»Ich hab noch nicht mit ihm gesprochen. Als ich zum Tatort gekommen bin, war er schon weg. Vor übermorgen will ich ihn auch nicht sehen.«

»Da hast du deinen Gerichtstermin?«

»Ja.«

»In der Zeitung ist heute ein Foto von ihm. Er sieht aus, als hätte man ihn bei einer Casting-Show abgelichtet.«

»Ich hab's immer geahnt, an Martell ist ein Schauspieler verloren gegangen«, spottete Farner, und Reisinger schloss sich ihm an.

»Was erwartest du von Leuten, die sich selber inszenieren und einen Gerichtsprozess als Theatervorstellung ansehen.«

»Und Leute wie uns brauchen sie als Statisten.«

Gianni Furlan kam herein, einen Kaffeebecher in der Hand, und setzte sich an den Besprechungstisch.

»Lasst euch nicht stören.«

»Wenn der Franz nichts mehr hat …«

»Wir sind so weit durch. Ich hol uns auch mal 'nen Kaffee.«

»Für mich einen Cappuccino.«

Furlan räusperte sich. »Was hat der Ehemann gesagt?«

»Sekunde. Ich bin gleich bei dir.«

Farner suchte und fand in einer der Schubladen seines Schreibtisches einen DIN-A4-Zeichenblock, griff sich einen Filzstift und einen Kugelschreiber und setzte sich zu Furlan an den Tisch.

Er holte den Strafzettel, den die Spurensicherung im Wagen von Nicole Angerer gefunden hatte, aus seiner Jackentasche und reichte ihn dem Kollegen.

»Der war in ihrem Handschuhfach, ausgestellt gestern Nachmittag in der Freiheitsstraße. Wenige Stunden vor ihrem Tod. Schau mal, ob du den Polizisten ausfindig machst, der den Zettel an ihr Auto geklemmt hat.«

»Dürfte nicht allzu schwer sein.«

»Möglich, dass er gesehen hat, was sie da gemacht hat.«

»Aber vorher fahr ich mit Valetta zu der Putzfrau. Er hat mit ihrer Tochter gesprochen. Die sagt, dass man wieder mit ihr reden kann.«

Reisinger kam mit dem Kaffee und stellte die beiden Becher ab. »Vorsicht, heiß. Ich frag mich, wo Eller und Hallmeier bleiben. Die wollten längst hier sein.«

Farner skizzierte aus dem Gedächtnis mit wenigen Strichen den Verkaufsraum der Galerie, das Büro mit den beiden Schreibtischen und dem Fundort der Leiche, riss das Blatt ab und schob es Reisinger hin.

»Damit du dir ungefähr eine Vorstellung vom Tatort machen kannst ... Halten wir mal fest, was wir haben. Am besten, nach der Methode Reisinger.«

Er hielt ihm den Filzstift hin. »Willst du das nicht machen?«

Reisinger wehrte ab. »Nein, nein. Mach nur. Wenn etwas auf fruchtbaren Boden gefallen ist, will man auch sehen, wie es wächst.«

»Na schön.« Er schrieb den Namen Nicole Angerer auf und kreiste ihn ein. »In der Mitte der Name des Opfers. So. Und drumherum die Bezugspersonen, von denen wir bisher wissen. Als Erstes Gernot Angerer, der Ehemann.«

»Was hat er gesagt?«, wiederholte Furlan seine Frage von vorhin.

»Er verdächtigt Stefan Gaiser, den Geschäftspartner und Lover der Angerer. Das ist unsere Nummer zwei. Terranostra und ich haben gleich eine Verabredung mit ihm. Dann dieser Professor aus Basel.«

»Palm heißt er«, sagte Reisinger.

»Schließlich die Putzfrau, die die Tote gefunden hat. Um die kümmern sich Gianni und Valetta. Mehr haben wir noch nicht. Aber wir sind ja auch erst am Anfang. Heute Nachmittag kriegen wir den Bericht der Spurensicherung. Vielleicht sind wir dann schlauer.«

Nebenan läutete das Telefon. Reisinger stand auf und ging in sein Büro.

Furlan trank den Rest aus seinem Kaffeebecher. »Hast du gelesen, diese Einbruchserie ...«

»Ich hab heute noch gar nichts gelesen. Was ist damit?«

»Vorletzte Nacht haben sie wieder zugeschlagen. Bei einem Juwelier unter den Lauben. Das fünfte Mal in den letzten drei Wochen.«

»Soviel ich weiß, sind die Carabinieri da dran.«

»Ja. Valetta sagt, dass sie dafür den Rupp wieder aus Bozen geholt haben. Du erinnerst dich – der, der uns bei dem Waldner-Fall geholfen hat.«

»Ein guter Mann.«

»Jetzt soll er dem Maresciallo helfen, die Einbruchserie aufzuklären.«

»Heißt das, dass sie Terranostra das nicht zutrauen?«

»Nein. Er hat ihn selber angefordert, sagt Valetta.«

Reisinger hatte sein Telefonat beendet und kam an den Tisch zurück.

»Das war ein Kollege aus Innsbruck. Ich hab mich mal nach Gaiser erkundigt, nachdem Palm kein gutes Haar an dem Mann gelassen hat.«

»Genau wie der Ehemann. Wie bist du auf Innsbruck gekommen?«

»Über das hiesige Meldeamt. Gaiser ist vor einem Dreivierteljahr von Innsbruck nach Meran gezogen. Wohnhaft in der Garibaldistraße. Er kommt ursprünglich aus dem Hotelgewerbe. Skilehrer war er auch mal. Er scheint sauber. Es liegt nichts gegen ihn vor.«

Farner stand auf und heftete das Blatt mit den Namen an die Pinnwand. »So viel zu seiner Vergangenheit. Fragt sich, ob der Mann immer noch sauber ist.«

Von draußen, vom Flur, hörte man Eller und Hallmeier reden, kurz darauf kamen die beiden herein. Bei Hallmeier mit seinen ein Meter sechsundneunzig musste man immer Angst haben, dass er mit dem Kopf an den Türbalken stieß.

Eller warf die zusammengefaltete Zeitung, die er in der Hand hatte, auf den Tisch, zog seinen Mantel aus und setzte sich. »Die Zeitung mussten wir erst noch besorgen. Darum hat's etwas länger gedauert. Da steht etwas drin, was uns vielleicht weiterhilft. Zeig ich euch gleich.«

Doch vorher gab es noch einen kurzen Schlagabtausch zwischen Furlan und Hallmeier. Der Lange war mit den

Worten »Hier riecht's« zum Fenster gegangen und hatte es geöffnet.

»Aber erst, seit ihr reingekommen seid«, gab Furlan zurück.

»Du kannst es dir aussuchen. Beim Erfrieren schläfst du langsam ein, beim Ersticken wird dir vorher schlecht«, konterte Hallmeier ganz souverän.

»So weit die neuesten Erkenntnisse unseres Sonderkorrespondenten, der beides schon überlebt hat, und damit zurück in die Sendezentrale«, setzte Furlan den Schlusspunkt.

Farner gefiel dieses Pingpongspiel, solange es keine Verletzten gab. Nur Punktsieger. Für Schlagfertigkeit und Originalität. Diesmal, fand er, war es ein Remis, mit leichtem Vorteil für Gianni Furlan.

Draußen auf dem Kornplatz war es jetzt nicht mehr so laut.

Reisinger stieß Eller an. »Leg los. Du hast gesagt, es gibt Neuigkeiten.«

Eller wartete, bis sich Hallmeier gesetzt hatte. »Miro Janotta, der Bursche, den Ivo angeschossen hat, ist mehrfach vorbestraft, unter anderem auch wegen Messerstecherei. Er liegt immer noch auf der Krankenstation. Ist zwar wieder ansprechbar, aber sein Anwalt hat ihm in unserem Beisein gesagt, dass er den Mund halten soll. Niente. Von dem werden wir nichts erfahren. Danach haben wir uns noch mal die Anwohner vorgenommen und sind fündig geworden. Heute Morgen hat uns ein Mann erzählt, dass er alles mit angesehen hat. Er sagt, dass es nicht zwei, sondern drei Autoknacker waren. Ein Dritter ist nach dem Schuss zu dem Verletzten gelaufen, hat kurz mit ihm gesprochen, sich dann gebückt und etwas vom Boden aufgehoben. Als dieser Typ den Rettungswagen gehört hat und die Leute aus ihren Häusern gekommen sind, ist er weggerannt.«

»Hat er gesehen, was der Mann aufgehoben hat?«, hakte Farner ein.

»Nein. Aber wenn du denkst, was ich denke, dann sind wir beide bei dem Messer.«

»Warum hat der Zeuge sich nicht gleich gemeldet und ausgesagt?«

»Das ist eine heikle Geschichte, und wir mussten ihm versprechen, dass sie unter uns bleibt.«

»Mach's nicht so spannend«, moserte Furlan.

»Der Mann hat ein Verhältnis mit einer verheirateten Nachbarin. Deren Mann war an dem Abend nicht zu Hause, und die beiden haben die Gelegenheit für ein Schäferstündchen genutzt, und zwar im Keller, während seine eigene Frau oben in der Wohnung war.«

»Tja, wer den Nervenkitzel braucht.«

Eller überging Furlans Bemerkung. »Durchs Kellerfenster haben sie gesehen, was unmittelbar nach dem Schuss auf der Straße passiert ist.«

»Den dritten Mann«, wiederholte Reisinger den entscheidenden Hinweis. »Konnte er ihn beschreiben?«

»Groß, schlank, auffallend lange Haare, ca. 30 bis 35 Jahre alt und einen Rucksack auf dem Buckel.«

»Einen Rucksack?«

»Einen stinknormalen Zaino*, ja. Und da hat es bei Hallmeier Klick gemacht. Ihm ist eingefallen – bravo, Desmond –, dass er diesen Typen schon mal gesehen hat. Vor zwei Wochen, in der Zeitung. Auf dem Bild einer Überwachungskamera vor einem Schmuckgeschäft.«

Eller schlug die Zeitung auf und zeigte auf das Foto, auf dem zwei Männer zu sehen waren, die aus einem Laden rannten und in ein Auto sprangen. Einer der beiden hatte lange Haare und einen Rucksack. Er faltete die Zeitung wieder zusammen und trank von dem Mineralwasser, das auf dem Tisch stand. »Das heißt, wir sind hinter denselben Leuten her wie die Carabinieri.«

Reisinger war nicht so schnell zu überzeugen. »Immer vorausgesetzt, dass der Mann in der Zeitung derselbe Rucksack-Mann ist, den euer Augenzeuge gesehen hat.«

»Nun mach uns mal diese kleine Hoffnung nicht kaputt.«

Farner spürte, dass Eller Zuspruch brauchte, und munterte ihn auf. »Das habt ihr prima gemacht. Ich bin sicher, ihr habt die richtigen Leute im Visier.« Und mit einem Blick auf Hallmeier: »Aber ihr müsst ja nicht beide da dran bleiben. Jetzt, wo es gilt, einen hässlichen Mord aufzuklären, wär es besser, wenn der Lange wieder bei uns mitmacht. Ein Mann mit seinem Näschen wird immer gebraucht.«

Hallmeier fasste sich an die Nase, grinste und wollte den Spruch loswerden, den Männer mit großen Nasen immer draufhaben.

»Lass es«, sagte Reisinger, »das ist nur ein Gerücht. Es ist wissenschaftlich erwiesen, dass es da keinen Zusammenhang gibt.«

Allgemeines Gelächter.

»Stichwort Überwachungskamera: Fällt dir dazu etwas ein?«, fragte Farner.

Furlan war gemeint, und der war auch sofort wieder ernst. »Die Tankstelle.«

»Genau. Die Leute, die gestern Abend da getankt haben. Vielleicht hat jemand von denen was gesehen. Über die Autokennzeichen kommst du an ihre Namen.«

»Molto faticoso.*«

»Schon. Aber es könnte sich lohnen. Und damit es schneller geht, wird dir Hallmeier dabei helfen.«

Farner nahm den letzten Schluck aus dem Kaffeebecher und erhob sich. »Ich muss los. Bis später.«

Sie saßen in Farners Wagen und warteten vor dem Haus in der Garibaldistraße, in dem Gaiser wohnte. Aber von dem war noch nichts zu sehen. Terranostra hatte sich von einer Streife herfahren lassen, weil irgendetwas mit seinem Wagen war, und Farner hatte ihn über alles informiert, was Reisinger ihm über Professor Palm und das ominöse Gemälde, echt oder nicht, erzählt hatte.

»Erinnerst du dich an die Stimme auf dem Anrufbeantworter?«

»Ja.«

»Und die SMS auf ihrem Handy war wahrscheinlich auch von Palm.«

»Jetzt ist erst mal Gaiser dran«, kam es mürrisch zurück.

Dann sahen sie einen Mann, der zwanzig Meter vor ihnen die Straße überquerte.

»Das ist er«, sagte Giovanni und steckte den Messeausweis mit dem Foto von Gaiser, den er aus der Galerie mitgenommen hatte, wieder ein.

Sie stiegen aus. Gaiser sah die beiden und kam sofort auf sie zu.

Lässiger Typ, dachte Farner, das genaue Gegenteil von Gernot Angerer, der ihnen steif und bieder gegenübergesessen hatte.

Kein Wunder, dass die Frau aus ihrer ›heilen Welt‹ ausgebrochen war. Und noch etwas unterschied den Lover von dem Ehemann: die Betroffenheit, mit der er die Nachricht von Nicole Angerers gewaltsamen Tod aufnahm. Es sah aus, als kämpfe er mit den Tränen. Aber auf Farner machte das keinen Eindruck. Er war schon einigen Leuten begegnet, die in solchen Situationen eine Show abgezogen hatten.

Gaiser hatte sich denn auch schnell wieder gefasst. »Ist etwas gestohlen worden?«

Terranostra hielt ihm die hintere Wagentür auf. »Ich nehme an, das können Sie uns besser beantworten. Steigen Sie ein.«

Auf der Fahrt zur Galerie kam der Maresciallo gleich zur Sache. »Wo waren Sie gestern Abend zwischen 19 und 21 Uhr?«

Gaiser gab an, dass er mit einem Freund beim Squashspielen in Bozen war. »Sie können das nachprüfen«, sagte er und nannte ihnen den Namen des Freundes.

»Hab ich nicht verstanden«, herrschte Terranostra ihn an. Er riss eine leere Seite aus seinem Notizbuch und reichte sie zusammen mit einem Kugelschreiber nach hinten. »Aufschreiben. Name und Telefonnummer.«

Farner beobachtete den Mann im Rückspiegel. Gaiser schien beleidigt, dass man ihn nach seinem Alibi gefragt hatte. »Ich habe Nicole Angerer nicht umgebracht. Fragen Sie lieber ihren Mann.«

»Angerer sagt, dass seine Frau zu ihm zurückkehren wollte.«

Gaiser reagierte mit einem höhnischen Lachen. »Reines Wunschdenken. Sie wollte die Scheidung und das Sorgerecht für die Kinder. Wenn das kein Motiv ist. Gernot Angerer ist ein Arschloch.«

»Er mag Sie auch nicht«, sagte Farner, und Terranostra setzte nach. »Sie hatten Streit mit Nicole Angerer. Ging es dabei um ein Gemälde?«

»Sie wissen davon?«

»Ja. Und Sie sagen uns jetzt, wo dieses Bild ist.«

»Keine Ahnung.« Und, als begreife er erst jetzt: »Heißt das, das Bild ist weg? Das wäre ein Desaster.«

»Vielleicht auch nicht«, widersprach Farner. »Kennen Sie Professor Palm?«

»Ja.«

»Palm glaubt, dass das Bild eine Fälschung ist.«

Gaiser war einen Moment verunsichert. »So, sagt er das?« Dann, im Brustton der Überzeugung: »So ein Unsinn. Das Bild ist echt.«

Der Tatort war immer noch abgesperrt und die Eingangstür zur Galerie versiegelt. Terranostra entfernte das Siegel und ließ sich von Gaiser den Schlüssel geben. Ohne sich abzusprechen, blieben Farner und Terranostra beim Betreten des Verkaufsraums hinter Gaiser. Dessen erster Weg führte in das Büro zum Schrank.

»Das Bild ist weg.«

Wie glaubwürdig war der Schreck in seinem Gesicht? Farner fragte sich wieder, ob das nicht Schauspielerei war.

Nachdem Gaiser auch die anderen Räume inspiziert und festgestellt hatte, dass sonst offenbar nichts gestohlen worden war, lenkte ihn Terranostra zu der Sitzgruppe in der Mitte des Ladens. »Krempeln Sie mal Ihre Ärmel hoch.«

Gaiser reagierte nicht und ging einfach weiter.

Terranostra hielt ihn am Arm fest, und sein Ton wurde um einiges schärfer. »Na los, machen Sie schon. Manche Dinge sage ich nur einmal …«

Ein kurzes Schulterzucken, dann zog Gaiser langsam, sehr langsam, den Mantel aus und schob die Ärmel seines Pullovers bis zu den Ellenbogen hoch. »Ich fixe nicht.«

»Reine Routine«, lächelte der Maresciallo hinterlistig. »Heutzutage schauen wir immer zuerst nach Einstichen. Manchmal passiert etwas im Drogenrausch, was man nicht wollte und hinterher nicht mehr weiß.«

»Wollen Sie damit sagen, dass ich Nicole Angerer umgebracht habe?«

»Wir wollen gar nichts sagen. Wir wollen nur sehen …«

Ob Sie Kratzspuren an den Armen haben, ergänzte Farner im Stillen.

Terranostra besah sich Gaisers Unterarme. Aber da war nichts, außer einer alten, längst verheilten Narbe. »Das war's.«

Gaiser setzte sich – in denselben Sessel, in dem drei Stunden vor ihm der Ehemann gesessen hatte. Dieselbe Frau. Derselbe Sessel. Dasselbe Motiv?

»Wann haben Sie Nicole Angerer zuletzt gesehen?«, übernahm Farner die Befragung.

»Gestern Nachmittag. Nicole war in der Stadt und ist gegen halb fünf zurückgekommen.«

»Wissen Sie, was sie in der Stadt gemacht hat?«

»Sie wird etwas eingekauft haben, nehme ich an. Wir haben nicht darüber gesprochen.«

»Ist Ihnen an ihr etwas aufgefallen?«

Er sah Farner an, als hätte er die Frage nicht verstanden.

»Sie sind dran. Das war doch eine einfache Frage.«

»Aber die Antwort ist nicht leicht. Ehrlich gesagt, habe ich nicht darauf geachtet. Nein, mir ist nichts aufgefallen.«

»Und weiter?«

»Gegen halb sieben, kurz nachdem Katrin Hessler gegangen ist, bin ich zu meiner Squashverabredung nach Bozen gefahren. Ich bin ein paar Minuten zu spät gekommen. Wie gesagt, Lamberti wird Ihnen das bestätigen.«

»Wer ist Katrin Hessler?«

»Eine Kunststudentin, die dreimal in der Woche bei uns arbeitet und sich damit ihr Studium verdient.«

»Die Adresse.«

Die Antwort kam diesmal pfeilschnell. »Katharinastraße 4.«

Farner schrieb Namen und Adresse auf.

Giovanni war mit seinem Handy beschäftigt und Farner fragte sich, ob er überhaupt zuhörte.

»Und später, als Sie nach Hause gekommen sind. Wann war das?«, fuhr Farner mit der Befragung fort.

»Gegen elf.«

»Sie wohnen doch zusammen?«

»Ja.«

»Haben Sie sich nicht gewundert, dass sie nicht da war?«

»Nein. Nicole ist gestern …« Er zögerte, rieb sich verlegen das Kinn.

»Ja …?«

»Nicole ist gestern früh ausgezogen.«

Das stimmte mit dem überein, was Gernot Angerer ihnen gesagt hatte, dass die Beziehung zwischen seiner Frau und Gaiser zu Ende war.

»Da überkommt einen doch die Wut, oder?«

»Sie wollen mir schon wieder ein Motiv anhängen.«

Farner ging nicht darauf ein. »Und wohin ist sie … gezogen?«

»Das weiß ich nicht.«

»Wer hat einen Schlüssel zu dieser Galerie?«

Gaiser nahm seine Finger zu Hilfe und zählte auf. »Nicole, die Putzfrau und ich.«

»Sonst niemand?«

»Nein. Das heißt, so genau weiß ich das nicht.«

Er sah Farners erstaunten Blick. »Marga Kofler, unsere Putzfrau, hat vor zwei oder drei Wochen ihren Schlüssel verloren. Nicole hat daraufhin das Schloss auswechseln lassen. Wem sie danach alles einen Schlüssel gegeben hat, weiß ich nicht.«

»Merkwürdig.«

»Ja. Wir hatten in der letzten Zeit viel Stress miteinander. Es ging nicht nur um das Bild. Noch schlimmer war für sie wohl der Verlust einer alten Taschenuhr, für den sie mich verantwortlich gemacht hat. Eine ›Dodane Lepine‹, wenn Ihnen das was sagt.«

»Nein.«

»Ich hatte auch keine Ahnung. Ein Freund, der sich mit Uhren auskennt, hat mich aufgeklärt. Diese alten Chronometer, hat er gesagt, werden hoch gehandelt. Aber Nicole ging es nicht um den materiellen Wert. Die Uhr war ein altes Familienstück, ein Andenken an ihren Vater. Als ich dem Freund hier im Geschäft die Uhr gezeigt habe, das war in der vorigen Woche ...«

»Sind Sie bald fertig?«, unterbrach ihn der Maresciallo rüde. »Das interessiert uns nicht.«

»Mich schon«, widersprach Farner. »Erzählen Sie weiter.«

»Es waren einige Leute im Laden. Jemand muss gesehen haben, dass ich die Uhr in meine Jackentasche gesteckt habe. Nachdem der Freund gegangen war und ich sie wieder in Nicoles Schreibtisch zurücklegen wollte, war sie weg.«

»Haben Sie den Diebstahl gemeldet?«

»Nein, weil ich am nächsten Tag nach Brüssel gefahren bin. Aber ich habe Nicole geraten, zur Polizei zu gehen.«

»Sagen Sie uns noch, was Sie heute Morgen in Innsbruck gemacht haben.«

»Ich war in der Kirche.«

»In der Kirche.« Für einen Augenblick fühlte sich Farner verarscht. »Sagen Sie mal ...«

»Wenn ich's Ihnen sage. In der Stiftskirche in Wilten. Bei einem Gedenkgottesdienst für einen kürzlich verstorbenen Onkel, der mein Pate war. Auch das können Sie nachprüfen.«

Farner steckte seine Notizen ein. »Das werden wir, und sollten wir feststellen, dass das nicht stimmt, was Sie uns hier erzählt haben, sind wir wieder bei Ihnen. Dann wird's ungemütlich.«

Gaiser erhob sich aus seinem Sessel. »Wann kann ich hier wieder aufmachen?«

»Warten Sie's ab. Ich denke, bei einem Trauerfall sollten Sie es nicht so eilig haben.«

Nachdem sie Gaiser in der Garibaldistraße abgesetzt hatten – nicht ohne den obligatorischen Hinweis, sich zu ihrer Verfügung zu halten –, wollte Terranostra in sein Büro gefahren werden. Aber schon an der nächsten Ecke hatte er es sich anders überlegt. »Stopp. Lass mich hier raus.«

»Nicht so eilig. Wir haben noch etwas zu besprechen.«

Terranostra befreite sich von seinem Gurt. »Red schon.«

»Du kümmerst dich um Gaisers Alibi und um die Musikstudentin.« Farner gab ihm den Zettel, auf dem er den Namen und die Adresse von Katrin Hessler notiert hatte. »Und um fünf in meinem Büro.«

»Falsch. Um fünf bin ich im ›Dopolavoro‹. Du weißt ja, wo das ist.« Und weg war er.

Farner kannte diese Abgänge. Das waren Giovannis Ausrufezeichen, wenn er jede weitere Diskussion vermeiden wollte. Das Basta hatte noch gefehlt. Nicht aufregen, ermahnte er sich, lieber an etwas Schönes denken, als sich von diesem Stinkstiefel den Tag verderben lassen. Er gab sich einen Ruck und fuhr weiter. Auf einmal überkam ihn die Lust auf etwas Süßes. Einen Apfelstrudel mit Sahne zum Beispiel. Er wusste auch schon, wo es den gab.

Als er das Café in der Freiheitsstraße betrat, klingelte sein Handy, und er ging gleich wieder hinaus.

Es war Anne Felderer. »Lukas, ich hoffe, du bist nicht böse. Mir ist was dazwischengekommen. Ich kann heute Abend nicht.«

Es fügt sich, hätte Reisinger gesagt. Nun musste er selber nicht absagen. »Etwas Schlimmes?«

»Nein. Eine Freundin aus Lienz, die ich lange nicht gesehen habe, will auf der Rückfahrt aus dem Skiurlaub einen Zwischenstopp in Bozen machen. Wir werden etwas essen gehen.« Kurze Pause. »Du kannst ja dazukommen, wenn du Lust hast.«

»Nein, nein. Ist mir im Augenblick ganz recht ...«

»Du hast viel zu tun?«

»Ja, und deshalb ...«

»Ist es dir ganz recht, wenn mir etwas dazwischenkommt«, unterbrach sie ihn, wobei sie das *dir* und das *mir* so nachdrücklich betonte, dass er schmunzeln musste.

»Genauso ist es.«

»Verstehe. Wir telefonieren.«

»Falls dir nichts dazwischenkommt.«

»Wie meinst du das? Kannst du das mal näher erklären?«

»Ich werde mich hüten. Ciao, mia bella.«

Er steckte das Handy ein, ging ins Café zurück und fand einen freien Tisch. Die Bedienung kam und nahm seine Bestellung auf.

»Mit Sahne bitte. Und einen Cappuccino.«

Er dachte an Anne Felderer. Aus der Geschichte war mehr geworden, als er eigentlich wollte. Eine verrückte Geschichte, wenn er noch weiter zurückdachte. Acht oder neun Jahre zurück. Anne Felderer hatte damals schon den Buchladen beim Obstmarkt in Bozen und war die Freundin von Giovanni. Und er, Lukas Farner, hatte versucht, sie ihm auszuspannen.

Eine Teufelei, von Anfang an, denn er war nicht mal in Anne verliebt, sondern wollte Giovanni nur etwas heimzahlen. Außer einem Ausflug an den Gardasee, ein paar Küssen und ein bisschen Fummeln war auch nichts gewesen. Giovanni war wie ein Stier auf ihn losgegangen, als er davon Wind gekriegt hatte, und fast wäre es zu einer üblen Schlägerei gekommen, wenn Anne nicht mutig dazwischengegangen wäre. Kurz danach war es mit der Liebschaft der beiden vorbei. Aber da hatte Farner die Frau schon aus den Augen verloren und in den Jahren bei Europol auch nicht mehr an sie gedacht.

Die Kellnerin brachte den Apfelstrudel und den Kaffee, und Farner zahlte gleich.

Dann, Jahre später, aus heiterem Himmel, ihr Anruf. Wie geht es dir? Schön, dass du wieder da bist. Pipapo und dies und das ... Schließlich ihre Frage, ob sie nicht zwei lose Enden wieder verknüpfen sollten. Wie sinnig. Das war im September, kurz nachdem er das Kommissariat in Meran übernommen hatte.

Von da an trafen sie sich, anfangs nur sporadisch auf einen Kaffee oder zum Essen, dann immer häufiger, und eines Tages, das war absehbar, landeten sie im Bett. Die Frau gefiel ihm immer mehr. Sie war gescheit, roch gut, hatte herrliche Brüste und Humor. Aber, trotz all dieser Vorzüge ... Nach der Geschichte mit Liesbeth, die so unschön zu Ende gegangen war, hatte er keinen Bock mehr auf eine feste Beziehung. Immerhin – nach einem Wochenende, das sie größtenteils in der Horizontalen verbracht hatten, hatte er ihr den Schlüssel für sein Apartment gegeben. Manchmal fragte er sich, wie Giovanni reagieren würde, wenn er davon wüsste, und warum das immer noch eine Rolle spielte. Er pickte mit der Kuchengabel die letzten Krümel vom Teller. Dumm, wenn man in Gedanken die ganze Zeit woanders war. Der schöne Apfelstrudel. Weg war er. Er hätte nicht mal sagen können, wie er geschmeckt hatte, weil ihn der

Gedanke an Anne von der Gaumenfreude abgelenkt hatte. Sei's drum.

Als er das Café verließ, wurde er auf einen Carabinieri-Offizier aufmerksam, der sich wenige Meter entfernt mit einem Autofahrer stritt. Sofort war er wieder bei Giovanni. Er musste sich etwas einfallen lassen, um diese hirnrissigen Aggressionen abzubauen. Wenigstens für die Dauer der Ermittlungen.

Es war schon fast drei, als er wieder in seinem Büro war. Durch die halb geöffnete Tür hörte er Reisinger nebenan telefonieren. Er hängte seinen Mantel in den Schrank und befreite sich von der Beretta. In den fünf Monaten, in denen er jetzt das Kommissariat leitete, hatte er seine Dienstwaffe nur ein einziges Mal gebraucht, als er einen Dealer, der eine Geisel genommen hatte, mit einem Warnschuss zur Aufgabe überredet hatte.

Er ging zu seinem Schreibtisch, nahm einen Stift und schrieb den Namen Katrin Hessler zu den anderen Namen auf die Pinnwand.

»Wer ist das?« Reisinger hatte sein Telefonat beendet und sich neben ihn gestellt.

»Eine Kunststudentin, die ab und zu in der Galerie von Nicole Angerer arbeitet. Ich glaub zwar nicht, dass sie etwas mit dem Mord zu tun hat, aber ich schreibe sie der Vollständigkeit halber dazu. Man weiß ja nie.«

»Was hat dieser Gaiser gesagt?«

»Er ist, im Gegensatz zu Palm, davon überzeugt, dass das Bild echt ist. Für die Tatzeit hat er ein Alibi, das Terranostra gerade überprüft.«

Farner ging zu seinem Schreibtisch zurück und setzte sich. »Ist Furlan schon zurück?«

»Er telefoniert.«

»Warte mal. Magst du Marillenmarmelade?

Reisinger sah man an, dass er mit der Frage nichts anfangen konnte. »Wie kommst du jetzt da drauf?«

Farner stand auf und holte die kleine Reisetasche aus dem Schrank, die ihm seine Mutter mitgegeben hatte. »Von zu Hause. Eine Spezialität meiner Mutter.« Er stellte die beiden Marmeladengläser und eine Flasche Nusseler* auf den Schreibtisch.

Reisinger nahm die Flasche in die Hand und betrachtete das handgeschriebene Etikett. »Der Nusseler wär mir lieber.«

»Den trinken wir, wenn wir den Fall gelöst haben«, sagte er und verstaute die Flasche in seinem Schreibtisch. Sein Telefon läutete. »Sag Furlan, dass wir uns in zehn Minuten zusammensetzen.«

Reisinger nickte und verschwand wieder in sein Büro.

Farner nahm den Hörer ab. »Ja, Farner.«

»Gilli ist hier.«

»Ich warte schon auf deinen Bericht.«

»Das klappt heute nicht mehr. Wir stehen, wie soll ich sagen, auf dem Schlauch.«

Farner sah ihn vor sich, den kleinen Dicken, den sie Fässchen nannten und der bei der Verbreitung von guter Laune immer mit dem Fuß auf dem Gaspedal stand.

»Habt ihr zu wenig Leute?«

»Nein, zu viele Spuren. Wir haben jede Menge Fingerabdrücke, aber konnten bisher nur die von dem Opfer zuordnen. Keine von den anderen ist registriert. Wir können sie nicht abgleichen. Sie sind in keiner Datenbank.«

»Und das heißt was?«

»Ich wollte dich bitten, dich bis morgen zu gedulden.«

»Du wolltest uns sagen, dass wir bei unseren Ermittlungen gefälligst für mehr Vergleichsmaterial sorgen sollen.«

»Ja, auch.«

»Okay, ich habe verstanden. Was ist mit den Fingerabdrücken auf der Visitenkarte, die ich einem deiner Leute …«

»Fehlanzeige«, unterbrach ihn Gilli. »Die war'n nirgendwo. Weder in dem Laden noch im Büro. Das muss aber nichts heißen.«

»Was meinst du?«

»Na ja, mit Handschuhen hinterlässt man keine Fingerabdrücke.«

»Also gut. Ich werde es weitergeben und dafür sorgen, dass wir ab jetzt alle mit dem Tuschkasten rumlaufen.«

»Nicht übertreiben.«

»War's das?«

»Fast. Du erinnerst dich an den Alukoffer, den ich in der Galerie untersucht habe.«

»Ja.«

»Ein sogenannter Klimakoffer, in dem wertvolle Kunstgegenstände, Gemälde etc. aufbewahrt oder transportiert werden, um Temperatur und Luftfeuchtigkeit zu regeln und Erschütterungen zu dämpfen.«

»Aber der Koffer war leer«, hast du gesagt.

»Ja. Einen Reim darauf müsst ihr euch selber machen.«

»Dann bis morgen.«

Farner legte auf. Das ist scheiße. Giovanni und er hatten es versäumt, Gaisers Fingerabdrücke zu sichern. Damit hätte Gilli jetzt etwas anfangen können. Verdammter Mist.

»Was ist Mist?« Furlan war reingekommen, und Farner hatte nicht gemerkt, dass er laut gedacht hatte.

»Ich hab einen Fehler gemacht. Einen saublöden Anfängerfehler.«

»Und jetzt bist du ganz enttäuscht von dir und willst deinen Beruf aufgeben.«

»Ja.«

Der Vizeinspektor setzte sich an den Besprechungstisch. »Überleg's dir noch mal. Ich will mich nicht schon wieder an einen neuen Chef gewöhnen müssen.«

Furlan war nicht nur ein guter Polizist, der längst eine Beförderung verdient gehabt hätte, sondern auch ein Kollege, mit dem das Zusammenspiel funktionierte. Sie hatten auch schon mal über eine Beförderung gesprochen, aber Furlan hatte ihm zu verstehen gegeben, dass er nicht scharf darauf war, und einen amerikanischen Country-Sänger zitiert, den Farner nicht kannte und dessen Namen er schon wieder vergessen hatte. Aber den Spruch hatte er behalten. ›Too many Chiefs and not enough Indians.‹ Da war etwas dran. Die Zahl der Häuptlinge, die anderen Befehle erteilen, wächst unaufhörlich, und eines Tages wird es mehr Anführer als Gefolgsleute geben.

»Auf Eller brauchen wir nicht zu warten«, sagte Reisinger, der aus seinem Büro kam und sich zu Furlan setzte. »Er trifft sich mit Simon Rupp. Du weißt schon, der Carabiniere, der die Juwelenbande jagt.«

»Und Hallmeier ist bei der Tankstelle und notiert sich die Autokennzeichen«, fügte Furlan an. »Blöd, dass wir keine exaktere Tatzeit haben.«

Reisinger wurde ungeduldig und rückte den Stuhl am Kopfende, auf dem Farner immer saß, wenn es was zu besprechen gab, demonstrativ ein Stück vom Tisch weg. »Was ist? Kommst du? Wir wollen ja nicht bis Josefi* hier sitzen.«

Langsam ging er zu den beiden hinüber und setzte sich. »Ich denke gerade über etwas nach. Ich frage mich, warum Terranostra so ausgeflippt ist, als ich ihn gefragt habe, ob er Nicole Angerer gekannt hat. Wenn er sie wirklich näher gekannt hat, dann hätte er ein persönliches Interesse, den Mord an ihr aufzuklären.«

»Aber dann muss er auch damit rechnen, dass ihm der Staatsanwalt wegen Befangenheit die rote Karte zeigt und ihn von dem Fall abzieht«, warf Furlan ein.

»Genau.«

»Wir sollten aufhören zu spekulieren und uns mit den Tatsachen beschäftigen«, mahnte Reisinger. »Was hat Gilli gesagt? Du hast doch mit ihm telefoniert.«

»Er sagt, dass wir seinen Bericht erst morgen kriegen. Aber er hat uns auf einen Koffer aufmerksam gemacht, der in der Galerie war. Eine sogenannte Klimakiste, in der wertvolle Kunstgegenstände transportiert werden.«

»Das passt.« Furlan spielte gedankenverloren mit dem Kuli in seiner Hand und zog damit erst recht die Aufmerksamkeit der beiden auf sich.

»Du machst uns neugierig.«

»Ich hab mit dem Kollegen von der Stadtpolizei gesprochen, der Nicole Angerer gestern Nachmittag den Strafzettel verpasst hat. Er hat gesehen, wie die Frau mit einem Alukoffer aus der Bank gekommen ist und ihn in ihrem Wagen verstaut hat.«

Farner nahm ihm den Kugelschreiber ab. »Und woraus schließt du, dass das Bild da drin war?«

»Einen leeren Koffer wird sie wohl nicht in einem Banktresor aufbewahrt haben.«

»Sie kann es ja auch hingebracht haben.«

»No, no. Ich hab mich bei der Bank erkundigt. Das Schließfach ist leer, gekündigt und noch nicht wieder vermietet.«

»Wir gehen also davon aus, dass Nicole Angerer das Bild aus der Bank geholt und in die Galerie gebracht hat«, versuchte Reisinger die beiden auf eine Linie zu bringen.

»Aber der Koffer war leer, hat Gilli gesagt«, gab Farner zu bedenken.

Reisinger verzog das Gesicht. »Wir können hier noch lange diskutieren, aber für mich steht fest: Wenn das Bild das Motiv für den Mord war, dann ist Gaiser unser Hauptverdächtiger. Zwischen Nicole Angerer und Gaiser hatte es vorher schon Streit gegeben, wie uns der Professor aus Basel verraten hat. Gaiser wollte das Bild, von dem er glaubt, dass es mehrere Millionen wert ist, verkaufen, und sie wollte es den rechtmäßigen Eigentümern zurückgeben. Da wird man schon mal handgreiflich.«

»Außerdem hat er sich verdächtig gemacht, weil er an der falschen Stelle nach dem Bild gesucht hat«, ergänzte Farner, der jetzt ganz bei Reisinger war. »Als Geschäftspartner von Nicole Angerer muss er gewusst haben, dass das Bild in der Bank war. Aber er hat in seinem eigenen Büro danach gesucht.«

Furlan schien noch zu überlegen. »Du meinst, er hat eine Show abgezogen?«

»Genauso ist es mir vorgekommen. Hat die Putzfrau noch etwas gesagt?«

»Ja.« Furlan nahm seine Notizen zur Hand. »Die Frau hat mehr geweint als geredet. So viel haben wir immerhin verstanden. Sie war mehr als nur die Putzfrau. Nicole Angerer hat auch ihren persönlichen Dreck bei ihr abgeladen. Sie hat das ganze Dilemma ihrer gescheiterten Ehe miterlebt, und vor ein paar Tagen hat die Angerer ihr eröffnet, dass sie aus Meran weggehen und die Kinder mitnehmen werde.«

»Gaiser hat so was angedeutet«, bestätigte Farner.

Furlan setzte seinen Bericht fort. »Mit Gaiser, sagt sie, habe sie sich nicht gut verstanden. Aber sie hat ihn nicht belastet. Eher glaubt sie, dass der verlassene Ehemann zu so etwas fähig ist.«

»Den müssen wir uns sowieso noch mal vornehmen«, sagte Farner. »Der hat uns einiges verschwiegen. Wo er zur Tatzeit war, wissen wir auch nicht. Damit kriegt Gaiser als Reisingers Hauptverdächtiger Gesellschaft.«

»Ich hab ja nicht gesagt, dass der Streit um das Bild das einzige Motiv ist«, rechtfertigte der sich.

»Und dann Katrin Hessler«, machte Gianni Furlan weiter. »Wie ich sehe, habt ihr sie schon auf dem Zettel. Marga Kofler glaubt, dass sie ein Verhältnis mit Gaiser hatte oder hat.«

»Sieh an. Dann kriegt das Mädchen noch mal Besuch von uns.«

»Die junge Frau«, korrigierte ihn Furlan.

»Wie alt ist sie?«

»Einundzwanzig.«

»Wir können jetzt streiten, wann aus einem Mädchen eine junge Frau wird. Da kennst du dich besser aus, denk ich mal. Ab achtzehn ist man volljährig, hat der Gesetzgeber festgelegt.«

»Da würde ich mich nicht festlegen. Ich hab eine Cousine in Bologna, die ist vierzehn und möchte schon als junge Frau angesehen werden. Die Volljährigkeit interessiert sie dabei überhaupt nicht.«

»Seid ihr mit eurem Gequatsche jetzt durch? Das nervt, was ihr da abzieht«, mokierte sich Reisinger.

»Vielleicht war sie, die junge Frau, der Grund, warum sich Nicole Angerer von Gaiser trennen wollte«, kam Farner wieder auf den Ausgangspunkt zurück. »Wir machen das wie immer. Wir gehen allen Motiven nach, die zu diesem Mord geführt haben könnten, egal wie läppisch oder absurd sie auf den ersten Blick erscheinen.« Er stand auf. Die Besprechung war zu Ende.

Sein Telefon läutete. Er ließ sich Zeit, bevor er den Hörer abnahm. Nach Telefonieren war ihm jetzt nicht. »Farner hier.«

Es war der Staatsanwalt, und Farner stellte auf laut. »Mein lieber Farner. Wir haben uns heute Morgen nicht gesehen. Sind Sie schon weitergekommen?«

»Wir sind ... mittendrin. Es gibt, sagen wir mal, einen überschaubaren Kreis von Tatverdächtigen.«

Furlan, der ihm gegenüberstand, nickte zustimmend, und Reisinger kreuzte an der Pinnwand die Namen an.

»Handelt es sich um ein Sexualdelikt?«

»Das können wir erst sagen, wenn wir den Obduktionsbericht haben.«

»Und wann rechnen Sie damit?«

»Der Doktor sagt, nicht vor morgen.«

»Hm. Sie können sich vorstellen, dass mir die Presse hier sprichwörtlich die Türen einrennt.«

»Wir tun unser Bestes.«

»Davon bin ich überzeugt. Farner ...«

»Ja?«

»Ich setze voll auf Sie. Bis dann.«

»Eine Frage noch, Herr Staatsanwalt, die uns allen hier sehr am Herzen liegt. Was ist mit der Untersuchung gegen Ivo Gebhard?«

»Das macht ein Kollege. Glauben Sie mir, das wird ganz fair abgewickelt.«

»Aber das dauert, und ich brauche den Mann. Gerade jetzt.«

»Ist mir klar. Ich will sehen, was ich tun kann.«

»Danke.«

»Farner ...«

»Ja?«

»Sie denken an den Gerichtstermin am Donnerstag?«

»Sowieso.«

»Ihre Aussage ist sehr wichtig, sozusagen das Fundament, auf das die Anklage baut.«

»Schon verstanden.«

»Dann bis Donnerstag. Das heißt, wir telefonieren sicher vorher noch mal. Arrivederci.«

»Das sind ja ganz neue Töne«, wunderte sich Reisinger, nachdem Farner aufgelegt hatte.

Furlan hatte eins von den beiden Marmeladengläsern von Farners Schreibtisch genommen, den Deckel aufgemacht und daran gerochen. »Hab ich's dir nicht gesagt? Er säuselt. Der Maresciallo hat bei ihm verschissen.« Er stellte das Glas wieder zurück. »Was ist mit der Marmelade?«

»Eine ist für Eller und eine für dich. Beste Rittner Qualität.«

»Hast du dem Staatsanwalt auch eine geschenkt? So zuckersüß, wie der war ...«, fragte Furlan nach.

»Du kennst ihn doch. Mit Leuten wie Martell ist kein ewiger Bund zu flechten. Das kann morgen schon wieder umschlagen. Je nachdem, wie's ihm gerade in die Karten spielt.«

Farner schaute auf die Uhr. »Ich treff jetzt Terranostra im ›Dopolavoro‹.«

»Das ist sein Stammlokal. Also zieh dich warm an.«

»Kommst du mit?«

»Nein. Ich fahr zu der Tankstelle und werde Hallmeier bei den Autokennzeichen helfen. Aber ich kann dich beim ›Dopolavoro‹ absetzen.«

»Okay.«

Terranostra saß mit drei Männern am Tisch und teilte Karten aus. Er blickte nur kurz hoch, als Lukas Farner das Lokal betrat und sich zu Valetta setzte, der zwei Tische weiter saß und im ›Corriere dello Sport‹ las.

»Dürfen Sie nicht mitspielen?«

Valetta legte die Zeitung zusammen und nippte an seinem Weinglas. »Das sind Profis. Die haben für jede Karte einen eigenen Namen. Wenn Luis den Felix stechen soll, versteh ich nur Bahnhof. Spielen Sie Briscola*?«

»Ich kann nicht mal watten*. Ich weiß, eine Schande, wenn man bedenkt, dass Kartenspielen bei uns quasi zur Grundausbildung gehört. Hat der Maresciallo schon was erzählt?«

»Nein, ich bin auch gerade erst gekommen. Aber er hat gesagt, er unterbricht das Spiel, sobald Sie hier aufkreuzen.«

»Er hat also damit gerechnet, dass ich herkomme.«

»Ja. Da war er sich ganz sicher.«

Er kennt mich besser als ich ihn, dachte Farner und sah sich in dem Restaurant um. Sämtliche Tische waren besetzt. Nur vereinzelt Frauen. Auch an einigen anderen Tischen wurde Karten gespielt. Das letzte Mal, als er hier war, hatten sie draußen gesessen. Das war im September. Hier drinnen war er vorher noch nie. Sicher nicht der richtige Ort, um über Mordermittlungen zu sprechen. Schon gar nicht mit einem, der gerne mal laut wird.

»Die hübsche Kellnerin, die Sie kennen …«

Valetta wusste sofort, von wem er sprach. »Sie meinen Tiziana.«

»Ja. Tiziana hieß sie. Ich erinnere mich an den schönen Namen.«

»Die hat heute frei.«

Stattdessen kam ein bärtiger junger Kellner an den Tisch, der lächelnd ein leeres Tablett auf seinem ausgestreckten Zeigefinger kreisen ließ und von den Leuten am Nebentisch dafür Applaus bekam.

»Che cosa stai bevendo?*«

Farner zeigte auf das halb volle Glas von Valetta.

»Dasselbe bitte.«

»Buono.«

»Das ist ...?«

»Ein Magdalener.«

»Sehr gut. Der Maresciallo trinkt ja nur Wein aus Kalabrien.«

»Stimmt nicht. Das macht er nur, wenn Sie dabei sind.«

»Was für ein Kindskopf ...«

»Aber nicht verraten, dass ich Ihnen das gesagt habe.«

»Versprochen. Furlan sagt, dass es bei der Putzfrau sehr emotional zugegangen ist.«

»Ja. Wir haben ziemlich lange gebraucht, bis sie einigermaßen zusammenhängende Sätze hingekriegt hat.«

Terranostra trat an den Tisch und forderte sie auf, mitzukommen. Er ging quer durch das Lokal auf eine Tür zu, die in eine Art Gesellschaftszimmer führte. Farner und Valetta folgten ihm. So, wie sich der Maresciallo hier bewegte und zurechtfand, konnte man den Eindruck bekommen, er sei hier zu Hause. In dem kleinen getäfelten Raum stand ein langer Tisch, an dem mindestens ein Dutzend Leute Platz hatte, bestens geeignet für Familienfeiern aller Art oder sonstige Zusammenkünfte.

»In der vorigen Woche haben wir hier den Geburtstag eines Kollegen gefeiert«, sagte Valetta, als sie den Raum betraten. »Allerdings war da die Heizung noch an«, lachte er.

Es war hier empfindlich kälter als in dem großen Schankraum. Lukas Farner zog seinen Mantel wieder an, den er mitgenommen hatte, und rieb sich die Hände. Was sollte das werden? Ein Härtetest?

»Wenn ihr euren Arsch schneller bewegt, friert er euch nicht ein«, polterte Terranostra und setzte sich ans untere Kopfende. Farner und Valetta nahmen gegenüber Platz.

Einen Augenblick später war der Kellner mit dem Wein schon da und stellte drei volle Gläser auf den Tisch. »Due volte Maddalena e un Maradea* per il Maresciallo.«

Wie Valetta gesagt hatte. Aber der tat so, als hätte er nichts gehört. Warum sollte er sich auch wegen einer solchen Lappalie mit seinem Chef anlegen.

»Du warst bei diesem Lamberti?«, fragte Farner, nachdem der Kellner wieder gegangen war.

Giovanni beschäftigte sich erst mal ausgiebig mit seinem Weinglas, bevor er antwortete. »Er hat bestätigt, dass er gestern Abend mit Gaiser in Bozen Squash gespielt hat. Sie waren den ganzen Abend zusammen.«

»Glaubst du ihm?«

»Ja. Er ist ja Italiener.«

Was für ein umwerfendes Argument. Das fand auch Valetta saukomisch.

»Was dieses Alibi wert ist, wissen wir erst, wenn wir den Obduktionsbericht haben und den genauen Todeszeitpunkt kennen«, merkte Farner dazu an.

Giovanni fing an, an seinem Handy rumzuspielen, als langweilte ihn das alles. Aber Farner wusste, wie er den Maresciallo wieder in Kampflaune bringen konnte. »Wir müssen auch noch mal mit Katrin Hessler sprechen.«

Terranostra stieg auch sofort darauf ein. »Wieso? Bei der war ich doch gerade.«

»Aber da wusstest du noch nicht, dass sie angeblich ein Verhältnis mit Gaiser hat oder hatte. Sagt die Putzfrau.«

Er sah Valetta an. »Stimmt's?«

»Ja.«

»Oder hat sie es dir erzählt?«

»Nein. Darüber haben wir nicht gesprochen. Sie hat mir gesagt, wann sie aus der Galerie weg ist, und hat damit die Aussage von Gaiser bestätigt, was sie danach gemacht hat und dass sie gewusst hat, dass das Bild in einem Banksafe war.«

»Über Gaiser hat sie nichts gesagt?«

»Nur dass es in letzter Zeit Spannungen zwischen ihm und der Angerer gab.«

Er trank aus seinem Glas und knurrte irgendetwas vor sich hin.

»Was hast du gesagt?«

»Dass uns die Kleine nicht weiterhilft. Es ist sinnvoller, wenn wir uns den Ehemann noch mal vorknöpfen.«

»Das machen wir. Gleich morgen früh.«

»A domani.*« Terranostra trank den Rest aus seinem Glas, stand auf und ging. Ende der Veranstaltung.

»Wir hätten Vin brulé* bestellen sollen«, sagte Valetta, als sie mit ihren halb vollen Gläsern in den Schankraum zurückkehrten. Da war es inzwischen voller geworden, und an dem Tisch, an dem sie vorher gesessen hatten, saßen jetzt andere. Terranostra hatte wieder bei seinen Kartenspielern Platz genommen.

Valetta stellte sein Glas auf den Tresen. »Ich werde das in Ruhe austrinken und dann Feierabend machen.«

Und dann kam etwas, was er im Beisein des Maresciallo sicher nicht gesagt hätte: eine Solidaritätsbekundung mit Ivo Gebhard. Natürlich war Valetta durch Gianni Furlan bestens informiert. »Wenn Sie mit dem Kollegen Gebhard sprechen, sagen Sie ihm, dass es bei den Carabinieri einige gibt, die ihm die Daumen drücken. Weil sie zum Teil selber schon in einer ähnlichen Situation waren.«

Farner wollte darauf mit dem Brigadiere anstoßen. Aber sein Handy kam ihm dazwischen. »Sorry«, murmelte er, stellte sein Glas ab und ging hinaus.

Draußen vor dem Lokal hielt ein Bus mit Touristen direkt vor seiner Nase, und die Leute, die ausstiegen, ließen ihm keinen Platz mehr, um in Ruhe zu telefonieren. Rückwärts ging er in den Hauseingang zurück. »Hier zieht's. Kannst du dich etwas beeilen.«

Es war Reisinger, der ihm mitteilte, dass Professor Arnold Palm von der Bildfläche verschwunden war.

Farner versuchte ihn zu beruhigen. »Mach dich nicht verrückt. Wir sprechen morgen darüber.«

Sandro Valetta war in die Speisekarte vertieft, als er nach ein paar Minuten zurückkam.

»Wollen wir was essen? Die Küche hier ist nicht schlecht.«

»Mag sein, aber mir ist es hier zu laut.« Farner steckte sein Handy ein. »Reisinger hat angerufen. Dieser Kunstprofessor aus Basel ist verschwunden.«

»Palm?«

»Ja.«

»Gianni hat mir von ihm erzählt. Welche Rolle spielt er?«

»Das ist noch nicht raus. Ich sag mal, zweite Reihe.«

»Und jetzt?«

»Wir werden bis morgen früh abwarten. Vielleicht taucht er ja wieder auf.«

»Ich sag es dem Maresciallo.«

Für den Weg nach Hause nahm er ein Taxi. Aber nur bis zum Sandplatz. Er hatte sich vorgenommen, das letzte Stück zu Fuß zu gehen, weil er sich heute noch zu wenig bewegt hatte, unten an der Wandelhalle und der ›Villa Fanny‹ vorbei oder obenherum über den Pfarrplatz. Er schlug den Mantelkragen hoch und entschied sich für den Weg an der Passer entlang, weil es da nicht so voll war wie auf der Straße hinter dem Bozner Tor.

Vor dem ›Café Darling‹ sah er eine Nonne im Gespräch mit einem jungen Mädchen. An der Gestik der beiden konnte er erkennen, dass es um das Outfit der Ordensschwester ging. Im Weitergehen erinnerte er sich, dass es vor einigen Jahren auf einer Geburtstagsfeier bei ihnen zu Hause mal eine heiße Diskussion gegeben hatte, ob es Nonnen erlaubt sei, sich zu schminken. Auslöser war eine Schulfreundin seiner Mutter, die Subpriorin in einem Schweizer Kloster war und ganz ungeniert ihr Kosmetiktäschchen dabeihatte.

Als er von der Winterpromenade abbog, spürte er ein leichtes Ziehen in der Magengegend. Keinen großen Hunger, obwohl er den ganzen Tag über nichts außer dem Apfelstrudel gegessen hatte. Weiter oben, beim Passeirer Tor, gab es die ›Santer Klause‹, ein historisches Gasthaus, in dem im Mittelalter das Meraner Gericht untergebracht war und in dem er schon einige Male gut gegessen hatte. Eine Viertelstunde später saß er in der gemütlichen Stube und bestellte eine Portion Schlutzkrapfen und dazu den gleichen Wein, den er im ›Dopolavoro‹ nur halb ausgetrunken hatte, einen drei Jahre alten Magdalener. Und danach noch einen. Von hier waren es nur ein paar Schritte bis zu seinem Apartment. Allzu viele Gedanken über das Verschwinden von Arnold Palm machte er sich nicht. Er hielt ihn eher für eine Randfigur.

Die Abendnachrichten von RAI Bozen hatte er verpasst, aber er war sich sicher, dass der Mord in Meran die Top-Meldung des Tages war. Der Bericht über den Trainer von Inter, einem Portugiesen, der die Nerazzurri* zur fünften Serie-A-Meisterschaft in Folge führen sollte, interessierte ihn nicht. Er schaltete den Fernseher aus und stieg auf klassische Musik um. Angeregt durch ein Weihnachtskonzert im Fernsehen hatte er selber eine CD mit seinen Lieblingsstücken aufgenommen. Mozarts Klavierkonzert Nr. 21, den Boléro von Ravel, den Gefangenenchor aus Nabucco, die Morgenstimmung von Grieg und den Liebestraum von Liszt, Verdis La Traviata und

Gershwins Rhapsody in Blue, eine alte Aufnahme mit Leonard Bernstein und dem New York Philharmonic Orchestra.

Er stellte die Musik so laut, dass er sie unter der Dusche hören konnte. Danach machte er es sich im Bademantel auf dem Sofa bequem und griff zu dem Buch, das ihm Anne Felderer vor ein paar Tagen mitgebracht hatte. Die Biografie eines Mannes, dessen Namen er vorher noch nie gehört hatte. Karl Vollmoeller, ein Universalgenie, wenn man dem Klappentext glauben durfte. Der Mann, 1878 in Stuttgart geboren, entstammte einer schwäbischen Unternehmerfamilie, war Archäologe, Philologe, Lyriker, Dramatiker, Romanschriftsteller, Rennfahrer, Flugzeugkonstrukteur und Tonfilmpionier. Er war mit André Gide, Rainer Maria Rilke und Gabriele d'Annunzio befreundet und der Entdecker von Marlene Dietrich, der er die Rolle der Lola ins Drehbuch ›Der blaue Engel‹ geschrieben hat. Und er war, und das Anfang der Zwanzigerjahre des vorigen Jahrhunderts, als Gründungsmitglied der ›Paneuropa-Union‹ – zusammen mit dem Grafen Coudenhove-Kalergi* – einer der ersten ›Europäer‹.

Aber selbst wenn er damals schon auf den Mond geflogen wäre oder herausgefunden hätte, wo das sagenhafte ›Atlantis‹ liegt, gegen Farners Müdigkeit kam er nicht an. Der lange anstrengende Tag, die wohltuende Wärme, der Wein ... Er hatte das Vorwort noch nicht zu Ende gelesen, als ihm das Buch aus den Händen fiel, ohne es zu merken.

Er wurde wach, als er den Schlüssel in der Wohnungstür hörte. Noch halb im Schlaf versuchte er, sich aufzurichten. Aber da stand sie schon vor ihm, Anne Felderer, die Überraschungsfrau.

»Damit hast du nicht gerechnet.«

»Nein. Was ist passiert?«

»Nichts. Die Freundin hat es sich anders überlegt und ist nach dem Essen noch weitergefahren, weil sie sich Sorgen um ihre Kinder gemacht hat.«

Sie nahm das Buch, das ihm heruntergefallen war, und legte es auf den kleinen Tisch neben dem Sofa. »Und mir war nach Kuscheln.«

»Dafür fährst du nachts von Bozen nach Meran.«

»Ich wär auch noch weitergefahren«, lachte sie und kniff ein Auge zu. »Möchtest du?«

»Ich bin zu müde.«

»Ich mach dich wieder munter.«

Er bezweifelte, dass sie es schaffen würde, ihn von seiner Schläfrigkeit zu befreien. Aber es gibt Dinge, die Frauen besser einschätzen können als Männer.

Sie ging zum Fenster, ließ den Rollladen herunter und begann sich auszuziehen. Und dann legte sie einen Striptease hin, der dem von Sophia Loren in ›Gestern, heute, morgen‹ oder dem von Kim Basinger in ›9 ½ Wochen‹ in nichts nachstand, nein, viel besser war, weil er nicht auf der Leinwand stattfand, sondern in seinem Apartment, direkt vor seinen Augen, zum Anfassen nah. Dazu sang sie leise den Patty-Pravo-Song ›Pazza idea di far l'amore con lui‹*.

Er streckte seine Hand nach ihr aus, sie nahm sie und zog ihn ins Schlafzimmer. Im Bett überließ sie ihm die Initiative, und auf einmal kam es ihm vor, als hätte er den ganzen Tag an nichts anderes gedacht.

Es wurde eine Zaubernummer, die darin gipfelte, dass sich ihre Erregung, seine und ihre, gleichzeitig entlud, begleitet von einem lang gezogenen Seufzer, wie er ihn noch nie von einer Frau gehört hatte. Er sah, wie sich ihr Gesicht langsam entspannte und einem wohligen Lächeln Platz machte. Gern hätte er ihr in diesem Moment etwas Nettes gesagt, aber sie legte ihren Finger auf seinen Mund und schloss die Augen. »Nicht reden.«

27. Jänner

Sie schlief noch und lächelte dabei. Das Lächeln in ihrem Gesicht war über Nacht geblieben. Wie eine stumme Aufforderung, weiterzumachen. Ein anderes Mal, meine Liebe. Vorsichtig stand er auf, um sie nicht zu wecken. Es war noch vor sieben, aber schon Zeit, um den Tag mit seinem Jogging-Programm zu beginnen, auch wenn es noch stockfinster war. Nach dem Umzug vom Hotel in diese Wohnung hatte er die Laufroute um ein paar Kilometer verlängert und das auch in der kälteren Jahreszeit durchgehalten.

Als er nach einer Stunde zurückkam, war Anne Felderer nicht mehr da. Auf der Kommode im Flur lag eine kurze Nachricht: »Ciao, bello. Ich bin spät dran. Das Frühstück holen wir nach. Wir telefonieren. Tausend Küsse, Anne.«

Sie muss es wirklich eilig gehabt haben. Auf der Anrichte in der Küche hatte sie den Wohnungsschlüssel liegen lassen.

Im Treppenhaus fiel ihm ein, dass er gestern nicht in seinen Briefkasten geschaut hatte. Die Werbeprospekte landeten gleich in dem Papierkorb, den ein schlauer Mitbewohner eigens dafür neben der Kellertreppe aufgestellt hatte. Die beiden Briefe wollte er einstecken und im Büro lesen. Aber dann sah er die handgeschriebene Adresse auf dem einen Umschlag, eine Kinderschrift, die ihn neugierig machte, und auf der Rückseite den Absender: Florian Bachmüller, Hallergasse 46, 39012 Meran. Florian war der Sohn seines Friseurs, acht oder neun Jahre alt. Der Bub wusste, dass er bei der Polizei war. In dem Brief bat er ihn, den Dieb seines Fahrrads ausfindig zu machen. Mit einer genauen Beschreibung seines Crossbikes inklusive Tachometer und Gepäcktasche, wie viel es gekostet hatte und dass er jetzt immer zu Fuß zur Schule gehen müsse. Datiert und abgestempelt war der Brief am 18. Jänner. Vor zehn Tagen.

Nicht zu glauben. Zehn Tage braucht die Post, um einen Brief von Meran nach Meran zu befördern. Wenn der Absender ihn selber vorbeigebracht und bei ihm in den Briefkasten gesteckt hätte, wäre die Zustellung in zehn Minuten erledigt gewesen. Und das Porto hätte er sich auch sparen können.

Der andere Brief war von seiner Autoversicherung. Die hatten ihm zwar den Schaden an seinem Spider, der bei dem Crash im September in Frangart entstanden war, erstattet, ihn aber danach in ihrem Bonus-Malus-System zurückgestuft. Sie zahlen den Schaden und holen sich dann das Geld durch höhere Prämien sukzessive wieder zurück. Dann hätte er die Werkstattrechnung auch gleich selber bezahlen können. Er hatte gehört, dass es eine günstigere Versicherung für Oldtimer gebe, wenn man im Oldtimer-Register ›Targa d'oro‹ eingetragen ist. Das wollte er unbedingt nachholen.

Auf halbem Weg ins Kommissariat meldete sich ›Eleanor Rigby‹, der Klingelton seines Handys. Auf dem Display sah er, dass es sein Bruder war, der anrief.

»Hallo, Lorenz.«

»Grüß dich, Lukas. Stör ich?«

»Ich bin auf dem Weg ins Büro. Was gibt's?«

»Nichts Besonderes. Ich bin am Nachmittag in Meran ein paar Dinge erledigen. Ich hab gedacht, vielleicht können wir uns auf einen Kaffee treffen.«

»Na klar … Das heißt …«

»Ihr habt einen Mordfall, hab ich gelesen.«

»Und wir sind noch sehr weit hinten mit unseren Ermittlungen.«

»War ja auch nur so eine Idee.«

»Pass auf, wir machen das so. Bis Mittag weiß ich, was läuft, und dann ruf ich dich an. Aber nicht sauer sein, wenn's nicht klappt.«

»Nein.«

»Okay, dann bis später.«

Er steckte sein Handy ein und entschuldigte sich bei der Frau, die er fast umgerannt hätte. Oder sie ihn? Sie lachte. »Wir haben beide nicht aufgepasst.«

Er erinnerte sich an einen Kollegen in Den Haag, einen Rokkenjager, wie die Holländer sagen, der immer von dem Möglichkeitsduft gesprochen hatte. Man begegnet einer Frau auf der Straße, schaut ihr ins Gesicht, zieht ein paarmal die Luft ein, ganz unauffällig natürlich, und weiß sofort: Da geht was. Aber nach der Nacht mit Anne Felderer ... Danke, kein Bedarf.

Im Büro sorgte Franz Reisinger gleich mal für Tempo. Er schlug vor, Palm zur Fahndung auszuschreiben. Und weil Farner nicht sofort darauf einging, schob er ein energisches Räuspern nach. »Du hast selber gesagt, dass er ein wichtiger Zeuge für die Auseinandersetzung zwischen Gaiser und dem Mordopfer ist.«

»Erzähl erst mal, was gestern war.«

Reisinger fuhr sich mit der Hand durch die Haare. »Ich wollte Palm herbitten, zwecks erkennungsdienstlicher Behandlung. Fotos, Fingerabdrücke, DNA und so weiter ... Wir haben ja nichts von ihm. Ich habe im ›Meranerhof‹ angerufen, und da haben sie mir gesagt, dass der Gast am Nachmittag ausgecheckt hat.«

»Es ist ja nicht strafbar, seinen Hotelaufenthalt abzubrechen.«

»Aber verdächtig.«

»Wie wär's, wenn du erst mal Kontakt mit den Schweizer Kollegen aufnimmst. Vielleicht hat der Mann einfach Heimweh gehabt und ist längst wieder in Basel.«

»Entschuldige, aber du bist naiv.«

»Jedenfalls halte ich eine Fahndung für verfrüht. Wenn er tatsächlich was mit dem Mord zu tun hat, schrecken wir ihn nur auf. Wir sollten uns erst mal auf Gaiser und den

Ehemann konzentrieren. Hat sich der Maresciallo schon gemeldet?«

»Ja. Du sollst ihn in der Kaserne abholen.«

»Allmählich sieht das nach Methode aus. Warum nimmt er nicht Valetta oder einen anderen Brigadiere, wenn er einen Chauffeur braucht.«

»Weil er mit denen nicht so gut streiten kann.«

»Darauf kann ich verzichten.«

Reisinger deutete auf die Akte, die auf Farners Schreibtisch lag.

»Ich hab dir den vorläufigen Obduktionsbericht da hingelegt.«

»Da hast du's. Wenn der Staatsanwalt Dampf macht ... Mir hat der Doc gesagt, dass er nicht so bald dazukommt.«

»Ich hab mit ihm telefoniert. Er sagt, er hat unsere Leiche vorgezogen, weil ihn eine ermordete Frau mehr interessiert als ein toter Mann im Altersheim oder ein Bauer im Ultental, der unter einen Traktor geraten ist.«

»Wer hat gesagt, dass im Tod alle gleich sind.«

Reisinger überging die Bemerkung. »Nicole Angerer ist nicht vergewaltigt worden. Wir können davon ausgehen, dass der Täter absichtlich eine falsche Spur gelegt hat. Die Kopfverletzung und der Blutverlust waren nicht tödlich. Sie ist erdrosselt worden. Todesursache Atemstillstand.«

»Davon konnte man ausgehen. Was mich mehr interessiert, ist der genaue Todeszeitpunkt.«

»Den reicht er uns nach. Auf die DNA-Analyse müssen wir auch noch warten. Übrigens, eine Frau hat angerufen, die Inhaberin einer Pension in Gratsch. Sie sagt, sie hätte im Radio von dem Mord gehört. Nicole Angerer hat bei ihr ein Zimmer gebucht, für länger. Sie hätte ihr Gepäck gestern Morgen mit einem Taxi vorbeibringen lassen, aber sie selber sei nicht aufgetaucht. Jetzt fragt sie, was sie mit den zwei Koffern und der Tasche machen soll. Ich hab ihr gesagt, dass wir die Sachen abholen lassen. Ist schon angeleiert. Eine Streife fährt da vorbei.«

Reisinger stand auf und stellte den Stuhl neben Farners Schreibtisch, ging aber noch nicht.

Eller kam herein und spendierte eine Runde Äpfel. »Red Delicious, die rote Versuchung aus dem Vinschgau. Eigener Anbau. Ohne Pestizide.«

»Dafür ist dann der Wurm drin«, konnte sich Farner nicht verkneifen zu sagen.

»Ja. Das sind unsere Vorkoster. Die Äpfel, die die nicht mögen, schmecken uns auch nicht.« Er warf Farner einen zweiten Apfel zu. »Also immer schön drumherum beißen.«

Farner legte die Äpfel zur Seite. »Wie steht's mit deinen Gebhard-Recherchen? Bist du weitergekommen?«

»Rupp hat gesagt, dass sie einen Hinweis haben, eine vielversprechende Spur. Ich hab mit ihm ausgemacht, dass er uns anruft, wenn sie fündig werden. Mehr kann ich im Augenblick nicht tun. Oder soll ich diesen Rucksack-Mann selber suchen?«

»Auf gar keinen Fall. Wir brauchen dich bei unseren Ermittlungen. Lass dich von Reisinger über den Stand der Dinge informieren. Danach erwarte ich von dir eine geniale Eingebung.«

»Verlass dich drauf.«

»Eine Bitte noch.« Er holte den Brief von Florian Bachmüller aus seiner Jackentasche und gab ihn Eller. »Könntest du den an die Kollegen von der Stadtpolizei weitergeben? Die Beschreibung eines gestohlenen Fahrrads.«

Eller überflog den Brief. »Die Rechtschreibung müssen wir noch üben. Fahrrad mit einem r …«

»Hab ich nicht drauf geachtet. Ich finde auch nicht, dass das so wichtig ist, wenn ein kleiner Junge sein Fahrrad wiederhaben will.«

»Ich hab noch eins im Keller stehen, das ich nicht brauche.«

»Darüber wird er sich bestimmt freuen.«

Nachdem Eller gegangen war, hatte Reisinger noch was auf dem Herzen.

»Hast du Lust, heute Abend zum Essen zu kommen? Verena hat einen neuen Herd, den sie ausprobieren möchte. Und ein neues Rezept.«

Verena war Reisingers Tochter, Anfang 30, unverheiratet, Lehrerin für Musik und Geschichte am Gymnasium. Sie hielt seinen Haushalt in Ordnung. Farner war ihr nur einmal kurz begegnet, beim letztjährigen Traubenfest, als sie ihrem Vater an einem Weinstand auf der Promenade mit einer ungeschickten Handbewegung ein halb volles Glas über das Jackett geschüttet hatte und sich dafür auch bei Farner entschuldigte, der danebenstand und einige Spritzer abbekommen hatte. Über seine Frau hatte Reisinger nie gesprochen, und Farner wusste, wann man fragt oder die Sprache auf etwas bringt und wann besser nicht.

Reisinger, so offen er in allen anderen Dingen war, machte ein Geheimnis aus seiner Ehe und aus dem Schicksal seiner Frau, und das respektierte er.

»Ja, gern«, antwortete er.

»Gegen sieben, wenn du es einrichten kannst. Du weißt ja, wo ich wohne.«

»Ja. Du hast vergessen, dass ich dich schon mal nach Hause gefahren habe. Als du nicht mehr gerade stehen konntest.«

»So was vergesse ich ganz schnell. Übrigens, Verenas Verehrer kommt auch. Bernhard Nathusius, Ingenieur bei den Etschwerken. Ein interessanter Mann. Du wirst dich gut mit ihm unterhalten können.«

»Verehrer, sagst du. Hört sich etwas altmodisch an.«

»Sie ist altmodisch.«

»Kann es sein, dass sie das von dir hat?«

»Ich bin nicht altmodisch. Ich weiß nur Dinge zu schätzen, die sich in der Vergangenheit bewährt haben.«

»Du und die Vergangenheit.«

»Die Vergangenheit ist die Vorratskammer für die Zukunft.«

»Das ist nicht von dir.«

»Nein, aber ich zehre davon.«

Bevor er ging, warf Farner noch einen Blick in die Zeitung, die Reisinger aufgeschlagen auf den Besprechungstisch gelegt hatte. Die Berichterstattung über den Mord. Schlagzeile: Grausame Bluttat in Meran. Ein Foto von Nicole Angerer, eins von der Galerie, eine längere Passage über die Tote, Französin, 37 Jahre alt, Mutter zweier Kinder, lebte seit zwölf Jahren in Meran, vermutlich ein Sexualverbrechen.

Was eine schnelle Recherche und die mageren Auskünfte der Staatsanwaltshaft so hergeben.

»Viel weiter sind wir auch noch nicht«, bemerkte Reisinger. »Im Fernsehen haben sie gesagt, dass es sich um eine Beziehungstat handeln könnte.«

»Jedenfalls ist es gut, wenn die Sache mit dem Bild vorläufig nicht publik wird.«

Fünf Grad minus, leichte Schleierwolken, sonnig. Ein schöner Wintertag. Der »Siemr« unterhalb der Zielspitze war deutlich auszumachen. Der magische ›Siebener‹. Ein waagerechter und ein senkrechter Felsgrat in der Form einer Sieben, die sich dunkel abhoben, weil an ihnen kein Schnee hängen blieb. Solange die Zahl am Berg zu sehen ist, heißt es, ist an Frühling nicht zu denken. Wie auch, Ende Januar, dachte Farner.

Terranostra war pünktlich. Als Farner vor der Carabinieri-Kaserne hielt, kam der Maresciallo mit einem uniformierten Kollegen aus dem Gebäude. Die beiden unterhielten sich, Terranostra hauptsächlich mit den Händen, dann steuerte er auf Farners Wagen zu, klopfte mit der Zeitung, die er dabeihatte, an die Windschutzscheibe und stieg ein.

Sein »Buongiorno«, mehr so dahingesagt, erwiderte Farner mit einer flüchtigen Handbewegung. »Dann woll'n wir mal.«

Terranostra gab ihm einen Zettel mit der Privatadresse von Gernot Angerer.

Farner konnte die Schrift kaum lesen. »Du hast vielleicht eine Klaue …«

»Plantastraße. Das ist weiter oben. Ich zeig es dir.«

»Wie kommst du darauf, dass er zu Hause ist?«

»Weil ich in seinem Büro angerufen habe.« Das kam entschieden, aber nicht patzig oder streitsüchtig.

Farner fuhr los, und Terranostra schlug die Zeitung auf und las den Bericht über den Mord.

»Die Hälfte stimmt, der Rest ist Spekulation«, merkte Farner an.

Terranostra schwieg.

»Jedenfalls ist es kein Sexualmord, wie sie schreiben.« Er bog von der Petrarcastraße in die Romstraße, ließ einen Wagen von der Müllabfuhr, der von rechts kam, vor und ordnete sich dahinter auf der Abbiegespur ein. »Im Obduktionsbericht steht, dass Nicole Angerer nicht vergewaltigt wurde. Da hat jemand ganz bewusst eine falsche Spur gelegt«, wiederholte Farner den Kommentar, den Reisinger vor einer halben Stunde dazu abgegeben hatte.

Terranostra antwortete nicht.

»He, Maresciallo! Bist du noch an Bord? Anscheinend interessiert dich das nicht.«

Terranostra faltete die Zeitung zusammen und legte sie vor sich auf die Ablage. »Du hast mich gefragt, ob ich die Frau gekannt habe.«

»Ja. Und du bist ausgerastet.«

»Ich hab sie gekannt. Ich bin ihr …«

Terranostra brach unvermittelt ab und räusperte sich. Jetzt legt er sich etwas zurecht, dachte Farner und vermied es, zu ihm hinzuschauen. Wenn Angeber von ihren Liebesabteuern erzählen, übertreiben sie meist. Doch es wurde nicht die Macho-Story, die er erwartet hatte, sondern hörte sich eher wie eine nachdenkliche Reminiszenz an.

»Keine große Geschichte«, fuhr Terranostra nach einem Moment des Schweigens fort, und er erzählte, zunächst etwas fahrig, dann immer schlüssiger, wie er Nicole Angerer vor einem halben Jahr an Ferragosto* bei einer Geburtstagsfeier auf Schloss Labers kennengelernt hatte, dass sie miteinander getanzt und geflirtet hatten und später im nächtlichen Garten auf einer Hollywoodschaukel gelandet waren. »Wir waren beide angetrunken. Ich wollte. Sie wollte. Dann wollte sie wieder nicht. Am Ende ist nichts passiert.«

Farner verkniff sich jeden Kommentar.

»Ihn hast du nicht kennengelernt?«

»Nein. Und jetzt sprechen wir mal über Anne Felderer.«

»Was meinst du?«

»Du hältst mich wohl für blöd. Glaubst du, ich weiß nicht, dass du sie vögelst?«

Peng, dachte Farner.

Aber Giovanni schien das nicht wirklich zu interessieren und er hielt sich nicht lange damit auf. Er zeigte auf die nächste Abbiegung. »Da vorne links, sonst landest du in Schenna.«

Farner bog an der Vergilstraße ab und trat auf die Bremse, weil vor ihm ein Feuerwehrwagen stoppte. In Gedanken war er noch bei Giovannis Bekenntnis, und er fragte sich, was ihn veranlasst haben mochte, plötzlich zu reden. Vielleicht war heute ein Tag, um das Kriegsbeil zu begraben. Versuchen wir's mal. »Was denkst du über das Motiv?«

Terranostra war jetzt ganz bei der Sache. »Wenn es kein Sexualmord war … Gaiser sagt, dass außer dem Gemälde nichts gestohlen wurde. Der Täter hatte es also nur auf dieses Bild abgesehen. Er hat Nicole Angerer umgebracht, eine falsche Spur gelegt und dann das Bild aus dem Koffer gestohlen.«

»Wenn der Mörder und der Dieb ein und dieselbe Person sind.«

Terranostra sah ihn an. »Du glaubst, dass es zwei waren?«

»Ausschließen kann man das nicht.«

Gernot Angerer und seine Schwester waren beim Frühstück. Christine Angerer schenkte sich Orangensaft ein. »Sieh das doch mal anders. Ich meine, es tut mir leid, dass sie tot ist. Aber …«

»Aber was?«

»Sie kann uns die Kinder nicht mehr wegnehmen.«

»Du weißt ja nicht, was du sagst«, reagierte Angerer aufgebracht. »Genau aus dem Grund werden sie mich verdächtigen. Und ich kann ihnen nicht sagen, wo ich zur Tatzeit war.«

Christine Angerer sah den Wagen, der vor dem Haus hielt. »Da sind sie schon.«

Angerer legte die Semmel, die er gerade aus dem Brotkorb genommen hatte, wieder zurück und stand auf. »Mach du das. Ich bin noch nicht so weit.«

Giovanni schien einen schlechten Tag erwischt zu haben. Etwas mühsam befreite er sich von dem Gurt, stolperte fast, als er ausstieg, und folgte Farner, der schon einige Schritte voraus war.

Christine Angerer erwartete sie in der offenen Haustür.

Lukas Farner taxierte sie mit einem Blick, wohl wissend, dass er, gerade was Frauen betraf, damit in letzter Zeit ganz schön danebengelegen hatte. Er schätzte sie auf Mitte 30. Kurze rotblonde Haare und grüne Augen, wie er beim Näherkommen feststellte. ›Grüne Augen, Froschnatur, von der Liebe keine Spur‹, fiel ihm ein dämlicher Spruch ein. Aber dieses Grün passte gut zu den leicht rötlichen Haaren. Sie trug einen dunkelblauen Rollkragenpullover, beige Weste und Jeans und war für seine Begriffe etwas zu mager.

Terranostra nahm keine Notiz von ihr und interessierte sich mehr für das Olivenbäumchen neben der Tür.

»Sie möchten zu meinem Bruder?«, fragte sie höflich, nachdem Farner sich und den Maresciallo vorgestellt hatte, und bat sie hinein. »Er ist noch im Bad, wird aber gleich hier sein. Trinken Sie einen Kaffee?«

»Ja, bitte.«

Terranostra lehnte ab und bezog gleich wieder seine Lieblingsposition in fremden Räumlichkeiten, ein Platz am Fenster mit Blick auf die Tür. Entweder es war eine Macke oder es stand irgendwo in einem Carabinieri-Lehrbuch.

Farner sah sich in dem Zimmer um, in dem der Frühstückstisch noch gedeckt war. Die Einrichtung überraschte ihn. Bei einem Architekten hätte er einen modernen, sachlichen Stil erwartet, skandinavisch vielleicht oder eine eigene Linie, aber das hier war ein Sammelsurium von Antiquitäten, alten Möbelstücken, die vielleicht wertvoll waren, aber nicht wirklich zusammenpassten.

Sie sah seinen Blick. »Alte Erbstücke, zum Teil mit eigenen Erinnerungen an unsere Eltern verbunden. Mein Bruder wollte sie nicht hergeben.«

»Ich verstehe.«

Sie deutete auf den Schreibtisch, der neben dem Fenster stand und sicher mehr als ein Jahrhundert auf dem Buckel hatte. Jugendstil oder so was in der Art. Im Hotel seiner Eltern auf dem Ritten stand ein ähnliches Stück.

»An dem Schreibtisch habe ich zehn Jahre lang meine Hausaufgaben gemacht«, sagte sie, und ihrer Stimme war eine leichte Wehmut anzumerken.

Farner nahm ein Buch über Polarforscher in die Hand, das auf einer Kommode lag, und blätterte darin. »Wo sind die Kinder?«

Sie stellte ihm den Kaffee hin und schaute auf die Uhr. »In der Schule. Aber wir haben sie bei Freunden untergebracht, um ihnen das alles zu ersparen.«

»Das ist wohl kaum möglich, oder?«

»Ja, ich meine, nein. Aber sie sollen auch nicht mehr als nötig damit belastet werden. Wir reden ja den ganzen Tag über nichts anderes.«

»Erzählen sie uns was über Nicole Angerer.«

Ein Schatten ging über ihr Gesicht, und Farner sah sofort, dass er sie an einer empfindlichen Stelle getroffen hatte.

»Was soll ich sagen? Sie war ...« Verlegen lächelnd brach sie ab.

»Sie mochten Ihre Schwägerin nicht.«

Christine Angerer war um Haltung bemüht. »Sagen wir mal, ich hatte gewisse Probleme mit ihr. Sie hat meinen Bruder und die Kinder verlassen. Ich fand das nicht anständig.« Sie überlegte. »Andererseits soll man ja nichts Schlechtes über die Toten sagen.«

Gernot Angerer kam herein. Er trug eine Hausjacke und war dabei, seine Krawatte zu binden. »Tut mir leid. Ich wollte Sie nicht warten lassen.« Er ging zum Tisch, trank den Orangensaft, der noch im Glas war, aus und wischte sich mit der Serviette den Mund ab. »Ich habe Ihnen alles gesagt.« Nervös zog er an dem Reißverschluss seiner Hausjacke und wandte sich an seine Schwester. »Hast du mein Jackett aufgebügelt?«

Christine Angerer nickte und ging hinaus.

»Entschuldigen Sie, ich hab's ein bisschen eilig.«

»Wir können es kurz machen. Wo waren Sie vorgestern Abend?«

Statt zu antworten, fing Angerer an, in der Tischschublade nach etwas zu suchen. Er versuchte ganz offensichtlich, Farner ins Leere laufen zu lassen.

»Also keine Antwort. So vergeuden Sie Ihre und unsere Zeit.«

Angerer schob die Schublade wieder zu.

»Warum fragen Sie das?«

»Weil Sie uns nicht die Wahrheit gesagt haben. Sie hatten durchaus ein Motiv ... Ihre Frau wollte sich scheiden lassen, und Ihnen stand ein Sorgerechtsverfahren bevor.«

»Hat Ihnen Gaiser das erzählt?«

»Wir fragen, Sie antworten«, mischte sich Terranostra jetzt ein und ging einen Schritt auf Angerer zu. »Vorgestern Abend, zwischen 19 und 21 Uhr.«

Angerer wich zurück und beeilte sich jetzt mit der Antwort. »Im Pavillon des Fleurs. Ein Kollege hat einen Vortrag gehalten. Anschließend hab ich meine Kinder von einer Geburtstagsparty abgeholt.«

Christine Angerer kam mit dem Jackett zurück. Gernot Angerer zog die Hausjacke aus und krempelte die Hemdärmel herunter.

Terranostra sah die Kratzer auf seinem Unterarm und war sofort bei ihm. »Sekunde. Darf ich mal sehen?«

Angerer schob irritiert den Ärmel wieder hoch.

»Woher haben Sie das?«

»Den Kratzer, meinen Sie. Der ist von einem Nagelbrett. Auf der Baustelle. Ist schon ein paar Tage her.«

Terranostra gab sich mit der Antwort zufrieden.

Aber Farner hatte noch eine Frage. »Was wissen Sie über das Bild?«

Das Erstaunen in Angerers Gesicht schien echt. »Ich habe keine Ahnung, wovon Sie sprechen.«

Farner beließ es dabei. »Na schön. Das war's erst mal. Aber ich fürchte, das war nicht unsere letzte ...«

»›Belästigung‹, wollten Sie sagen«, knurrte Angerer verärgert.

Hoppla, dachte Farner und erwiderte: »Sie sollten sich weiterhin zu unserer Verfügung halten.«

»Sie sind an der falschen Adresse, wenn ich das mal sagen darf.«

»Wir werden sehen.«

Christine Angerer brachte die beiden hinaus.

Als sie zurückkam, stand Gernot Angerer am Fenster und sah dem wegfahrenden Polizeiwagen nach. »Sie glauben mir nicht.«

»Nun wirf mal nicht gleich die Flinte ins Korn«, versuchte sie ihren Bruder zu beruhigen.

Er zog sich das Jackett an, das er immer noch in der Hand hatte, und richtete seine Krawatte. »Ich ruf Dr. Sternberg an. Allein steh ich das nicht durch.«

Auf der Rückfahrt in die Stadt eröffnete ihm Giovanni ohne weitere Erklärung, dass er für den Rest des Tages nicht mehr mit ihm rechnen könne.

Dann eben nicht, dachte Farner, rief im Kommissariat an und beauftragte Eller, das Alibi von Angerer zu überprüfen.

»Montagabend, im Pavillon des Fleurs, ein Vortrag über Architektur. Du musst herausfinden, wer da war, wer von denen Gernot Angerer kennt und ihn dort gesehen hat.«

»Ich nehme an, es ist eilig.«

»Ja. Noch etwas: Sag Furlan, er soll in einer halben Stunde in der Katharinastraße sein. Namen und Adresse kennt er.«

»Mach ich.«

Giovanni zeigte ihm den Vogel. »Sei pazzo.*«

»Sowieso. Aber es ist keine Beleidigung, wenn das einer sagt, der selber verrückt ist. Du weißt ja selbst, es werden jeden Tag mehr, die sie nicht alle haben. Und wenn alle verrückt sind, ist verrückt normal. Kapiert?«

Dass Giovanni ihm grinsend zustimmte, hatte er nicht erwartet. Er bog am Winkelweg ab, um über die Schafferstraße nach Untermais zu kommen.

»Was sagst du zu Angerer?«, fragte Farner.

»Wenn ich mich mal entschieden habe, jemanden unsympathisch zu finden, dann hat der keine Chance mehr bei mir.«

»Wem sagst du das.«

»Trotzdem glaube ich nicht, dass er seine Frau umgebracht hat.«

»Und warum nicht?«

»Weiß ich nicht. Wenn ich es wüsste, könnten wir ihn abhaken.«

Das war's. Danach zog sich Terranostra wieder in sein Innenleben zurück.

Farner setzte ihn an der Kaserne ab, an derselben Stelle, wo er ihn vor einer Stunde aufgelesen hatte. »Du willst nicht sagen, warum du für heute ausfällst?«

»Eigentlich geht es dich nichts an. Aber bitte. Wir verabschieden einen Kollegen. In Leifers. Auf dem Friedhof.

»Requiescat in pace.*«

»Ich werde es weitergeben.« Terranostra stieg aus.

»Vergiss deine Zeitung nicht.«

»Pedante«, blaffte der Maresciallo, nahm die Zeitung von der Ablage und schlug die Wagentür zu.

»Wenn es Ihnen nichts ausmacht, würde ich gern hier draußen mit Ihnen sprechen«, sagte Katrin Hessler, nachdem sie Farner und Furlan durch das Tor hereingelassen hatte. »Wir haben die Maler in der Wohnung.«

Das Gesicht eines Menschen ist immer seine erste Adresse. Farner gefielen die Sommersprossen auf ihrer Nase, die der jungen Frau etwas Freches gaben. Sie trug einen olivgrünen Anorak mit Kapuze und Fellkragen und eine weinrote Cordhose.

»Es ist ja auch nicht mehr so kalt«, sagte sie, zog die Handschuhe aus und steckte sie in ihre Tasche. »Sekunde.«

Sie ging zu dem Cinquecento, der im Carport stand, und kam mit einer Plastiktüte zurück. »Schweinsohren. Für Balu. Er wartet schon darauf.« Als hätte er es gehört, kam im selben Moment ein Golden Retriever um die Hausecke auf sie zugerannt und nahm artig vor ihr Platz. Ruckzuck hatte er ein Schweinsohr in der Schnauze und zog schwanzwedelnd wieder ab.

»Ist das Ihr Hund?«

»Nein, er gehört Nachbarn. Aber wenn die nicht zu Hause sind, kommt er zu mir.«

»Ein schöner Hund.«

»Und so gescheit.«

Furlan merkte man an, dass ihm dieses Geplauder auf den Geist ging. »Können wir mal …?«

»Fragen Sie.« Und noch eine Spur kecker: »Hat Ihnen das nicht gereicht, was ich dem Maresciallo gestern gesagt habe. Sie arbeiten doch zusammen, hab ich in der Zeitung gelesen.«

»Das stimmt«, sagte Farner, »aber manche Fragen ergeben sich erst nach und nach. Wenn der Maresciallo gestern schon gewusst hätte, dass Sie ein Verhältnis mit Stefan Gaiser haben, hätte er Sie sicher danach gefragt.«

Statt zu protestieren, lachte sie. »Hat Gaiser das erzählt?«

»Nein, jemand anders.«

Sie brach einen trockenen Zweig von der Magnolie, neben der sie stand. »Vielleicht wäre es dazu gekommen, wenn ich nachgegeben hätte.«

»Er hat Ihnen Avancen gemacht«

»Avancen. Was für ein schönes Wort für hässliches Benehmen. Gebaggert hat er.«

»Und Nicole Angerer hat das nicht mitgekriegt?«

»Nein. Aber die Putzfrau hat's gemerkt, wie er sich aufgeplustert hat. Sie hat gesagt, ich soll bloß die Finger von dem Mann lassen.«

Lässig zog sie die Kapuze vom Kopf. »Wär aber nicht nötig gewesen. Ich mag dieses Macho-Gehabe nicht, und Gaiser ist einer von denen, die glauben, sie brauchen nur mit dem Finger zu schnipsen …«

Der Hund kam und holte sich eine zweite Mahlzeit bei ihr ab.

»Haben Sie nicht daran gedacht, deshalb den Job aufzugeben?«

»Ehrlich gesagt, war ich kurz davor, aber Nicole hat mich gebeten …«

»Wie war Ihr Verhältnis zu Nicole Angerer?«

»Sehr gut. Freundschaftlich. In letzter Zeit war sie allerdings oft launisch. Die familiäre Situation hat ihr wohl arg zugesetzt.«

»Ihren Mann kennen Sie auch?«

»Ja. Er ist mit meinem Vater befreundet. So hab ich überhaupt den Job gekriegt.«

»Hat sich Gernot Angerer um die Galerie seiner Frau gekümmert?«

»Nein. Jedenfalls nicht, seit ich dort arbeite.«

»Haben Sie einen Schlüssel zu der Galerie?«

»Ja, aber den werde ich Gaiser zurückgeben.«

»Haben Sie die Geschichte mit der Taschenuhr mitgekriegt?«

»O ja, das hat sie sehr getroffen.«

Furlan ging das alles zu langsam. »Erzählen Sie uns was über dieses Bild.«

»Den Watteau, meinen Sie.«

»Ja.«

»Ich weiß, dass es sehr wertvoll ist und dass Nicole es in einem Banksafe deponiert hat.«

»Hatte. Das Bild wurde gestohlen.«

»Ach ja?«

»Wusste Gaiser das auch?«, mischte sich Farner jetzt wieder ein. »Ich meine, welchen Wert dieses Gemälde hat und dass es in einem Banksafe war.«

»Ja. Die beiden haben ja in letzter Zeit über nichts anderes geredet.«

»Mich interessiert Ihre ganz persönliche Einschätzung. Halten Sie es für möglich, dass Gaiser das Gemälde ...«, er überlegte einen Augenblick, »sagen wir mal, an sich genommen hat?«

»Ja. Ich hab zufällig gehört, wie Gaiser an dem Tag, bevor er nach Brüssel gefahren ist, mit jemandem telefoniert hat. Da war von zwei oder drei Millionen die Rede. Ich glaube, das stellt jede Freundschaft und auch die Liebe auf eine harte Probe. Und bei Gaiser bin ich mir sowieso nicht so sicher, was mehr für ihn zählt: Geld oder Liebe.«

»Manchmal tut man den Menschen auch Unrecht, vor allem denen, die man ohnehin nicht leiden kann.«

»Sie haben mich nach meiner persönlichen Meinung gefragt, und ich schätze ihn so ein.«

»Andere Frage. Kennen Sie Professor Palm?«

»Nicht persönlich. Aber Nicole hat oft über ihn gesprochen. Sie hat bei ihm studiert und von ihm geschwärmt. Sie hat gesagt, das wäre auch ein Professor für mich. Er muss wohl so etwas wie ein Vaterersatz für sie gewesen sein.«

»Was werden Sie jetzt tun?«

»Mich wieder mehr auf mein Studium konzentrieren. Vielleicht mach ich ja das, was Nicole mir geraten hat, und gehe zu dem Professor nach Basel.«

Farner und Furlan verständigten sich mit einem Blick, dass die Einvernahme von Katrin Hessler damit zu Ende war.

»Wenn Sie uns jetzt wieder rauslassen …«

Sie begleitete sie zum Tor. Furlan gab ihr seine Visitenkarte.

»Kann ja sein, dass Ihnen noch etwas einfällt, was wichtig für uns ist.«

»Glaub ich nicht. Ich hab Ihnen alles gesagt.«

Der Hund war wieder an ihrer Seite, als sie ins Haus zurückging. Farner war davon überzeugt, dass sie die Wahrheit gesagt hatte. Aber wirklich weitergebracht hatte sie das nicht.

Furlan kickte einen Pinienzapfen in den Waal*, der neben der Straße plätscherte. »Die kannst du von deiner Pinnwand streichen. Wir seh'n uns im Büro.« Er ging zu seinem Wagen, blieb aber auf halbem Weg noch mal stehen. »Reisinger hat gesagt, ich soll ihm eine Pizza mitbringen. Willst du auch eine?«

»Ja. Diavolo. Mit viel Peperoni und wenig Knoblauch.«

Palms Anruf war eine Überraschung. Stefan Gaiser hatte das Handy am Ohr und versuchte, so gut es ging, den Leuten, die ihm auf der Freiheitsstraße entgegenkamen, auszuweichen. »Sie trau'n sich was. Was erzählen Sie denn der Polizei für einen Blödsinn?«

»Ich kann Ihnen das erklären«, sagte Palm. »Ich habe meine Gründe. – Können wir uns irgendwo treffen? Es gibt Neuigkeiten über die Herkunft des Bildes.«

»Der Verbleib des Bildes würde mich mehr interessieren«, entgegnete Gaiser schroff.

»Sie haben recht. Wir reden über ein Bild, das spurlos verschwunden ist.«

Einen Moment lang herrschte Schweigen. »Geht's noch weiter?«, fragte Gaiser.

»Ja. Es gibt vermutlich keine Ansprüche von Dritten. Ich habe mich da juristisch schlaugemacht. Und gemeinfrei ist das Bild sowieso, weil die Schutzfrist von 70 Jahren bei einem Watteau natürlich längst abgelaufen ist.«

»Und warum erzählen Sie mir das?«

»Weil ich glaube, dass Sie das Bild haben.«

»Sie sind ja verrückt«, antwortete Gaiser und beendete das Gespräch. In Gedanken war er schon bei der nächsten Auseinandersetzung. Entschlossen betrat er die Bar, in der er mit Gernot Angerer verabredet war. Er hatte ihn angerufen, weil er Klarheit wollte. Nicole hatte ihm gesagt, dass sie ihre Beteiligung an der Galerie aufgeben wollte. Galt das auch für ihren Mann?

Abgesehen von ein paar Leuten am Tresen, die sich mit dem Barkeeper unterhielten, und zwei, drei besetzten Tischen war nicht viel los in dem Etablissement, in dem man abends und in der Nacht nur schwer einen Platz bekam. Aber um diese Zeit ...

Er sah Angerer, der in der Nähe des Fensters saß und in einem Magazin las. Gaiser trat an seinen Tisch und setzte sich grußlos dazu. Eine Kellnerin, die er beim Reinkommen nicht gesehen hatte, kam und nahm seine Bestellung auf. »Einen Veneziano, bitte.«

»Ich hab noch«, sagte Angerer und zeigte auf sein halbvolles Bierglas.

Die Bedienung ging, und Angerer legte sofort los. »Sie haben mir die Polizei ins Haus geschickt«, schimpfte er und knallte die Zeitschrift auf den Tisch.

Gaiser ließ sich nicht einschüchtern. »Ich denke, es war eher umgekehrt.«

Angerer wurde lauter. »Was wollen Sie?«

Einige der Gäste waren aufmerksam geworden und sahen zu ihnen herüber.

»Wir haben uns mal geduzt.«

Angerer ging nicht darauf ein, und Gaiser zuckte mit den Achseln. »Na schön. Bleiben wir beim Sie.« Er wartete, bis die Kellnerin, die ihm den Veneziano brachte, wieder weg war. »Ich möchte, dass die Galerie wie bisher bestehen bleibt.«

Angerer sah ihn verächtlich an. »Nein. Auf gar keinen Fall. Schminken Sie sich das ab. Ich werde das im Sinne von Nicole abwickeln. Und über die Ansprüche, die wir an Sie haben, reden wir noch.« Er stand auf. »War das alles? Das hätte ich Ihnen auch am Telefon sagen können.«

Gaiser stellte sich ihm in den Weg. »Warten Sie. Erinnern Sie sich an diese Geschichte vor einem Dreivierteljahr? An das kleine Mädchen? Nicole hat mir davon erzählt.« Weiter kam er nicht.

Angerer nahm sein Glas und schüttete ihm das Bier ins Gesicht. Die Leute schauten wieder her.

Gaiser aber blieb ruhig und trocknete sein Gesicht ab. »Sie haben recht, Erpressung ist nicht unser Stil. Aber Nicole …«

»Ich warne Sie.«

»Nicole hätte es auf den Tisch gebracht, wenn Sie beim Streit um die Kinder nicht nachgegeben hätten. Haben Sie sie deshalb umgebracht?«

Angerer holte kurz aus und versetzte Gaiser einen rechten Haken, der diesen auf den Stuhl zurückwarf. »Das war die erste Anzahlung. Beim nächsten Mal werden Sie einen Krankenwagen brauchen. Sie eingebildeter Lackaffe.«

Gaiser kam langsam wieder hoch und rieb sich das Kinn.

»Der Herr zahlt«, sagte Angerer im Hinausgehen und ließ ein Dutzend verblüffter Gesichter zurück.

Minutenlang hatte keiner etwas gesagt.

»Eine gefräßige Stille«, stellte Reisinger fest und schob sich ein Stück von seiner Pizza Margherita rein.

Furlan trank aus einer Cola-Dose. »Wer mich schickt, bekommt, was er bestellt hat. Fehlt nur ein anständiger Rotwein.«

Mitten in das Pizza-Vergnügen platzte der Anruf aus Basel. Die Schweizer Kollegen, die Reisinger am Vormittag um Amtshilfe gebeten hatte, meldeten, dass Palm dort nicht aufgetaucht war, weder bei sich zu Hause noch in der Universität. Damit führte kein Weg mehr daran vorbei, ihn zur Fahndung auszuschreiben. Reisinger sollte sich darum kümmern. Der hatte vorsorglich ein Foto von Palm angefordert, das jetzt, zeitgleich mit dem Anruf, auf seinem PC landete. Er druckte es aus und gab es Farner. »So sieht er aus, der flüchtige Herr Professor.«

Farner erinnerte das Gesicht an den Mann, der im Fernsehen jeden Tag das Wetter moderierte und für seine gute Trefferquote bekannt war. Per E-Mail erfuhren sie weitere Details über Arnold Palm, der in seiner Stadt offenbar ein angesehener Mann war. 68 Jahre alt, verheiratet, keine Kinder, nicht vorbestraft, im Beirat der Messegesellschaft, Verdienstorden für sein Engagement im Naturschutz, Initiator einer Stiftung für Obdachlose, Presbyter in seiner Kirchengemeinde …

»Ein durch und durch ehrenwerter Mensch«, stellte Farner fest.

»Oder einer, der dafür gehalten wird«, blieb Reisinger bei seiner Skepsis.

Furlan ging hinaus, um Kaffee zu holen, und Reisinger räumte den Tisch ab.

Farner holte sein Handy heraus und rief seinen Bruder an. »Lukas hier. Wie sieht's aus?«

»Ich bin gerade angekommen.«

»Kennst du das ›Café König‹ in der Freiheitsstraße?«

»An der Ecke, ja.«

»Was meinst du? Ist dir 4 Uhr recht?«

»Ja.«

»Gut, dann sagen wir, 4 Uhr ›Café König‹.«

»In Ordnung.«

Reisinger und Furlan nahmen wieder Platz.

»Geh'n wir's noch mal durch«, sagte Farner und nahm sich einen der Kaffeebecher, die Furlan auf den Tisch gestellt hatte. »Wer hatte ein Motiv beziehungsweise wer profitiert von Nicole Angerers Tod?« Er steckte sein Handy ein und zog den Stuhl näher an den Tisch. »Zuerst mal Gaiser. Der Streit um das Bild. Er wollte es verkaufen, sie nicht. Ein Millionengeschäft, das ihm durch die Lappen zu gehen drohte. Dazu die Kränkung, dass sie ihm den Laufpass gegeben hat. Obwohl er das heruntergespielt hat. Aber ich trau ihm nicht.«

Reisinger machte sich Notizen.

»Dann der Ehemann. Angerer vermeidet eine teure Scheidung und behält die Kinder – ohne Sorgerechtsverfahren mit ungewissem Ausgang. Nur was Palm betrifft, tappen wir völlig im Dunkeln. Es sei denn, er hat Reisinger einen Bären aufgebunden und hält das Gemälde auch für echt.«

Furlan meldete sich zu Wort. »Was ist mit der Schwester von Angerer?«

»Gute Frage.«

»Das sagt man immer, wenn man keine Antwort hat.«

Farner nickte. »So ist es. Aber ich versuch's mal. Sie war zwar nicht gut auf Nicole Angerer zu sprechen, aber einen

Mord …?« Er zuckte mit den Schultern. »Das kann ich mir nicht vorstellen.« Er trank den Rest aus seinem Becher. »Wir sollten aber auch nicht außer Acht lassen, dass der Täter in keiner Beziehung zum Opfer stand.«

»Eher unwahrscheinlich«, widersprach Reisinger, »warum sollte der sich die Mühe machen, eine falsche Spur zu legen?«

Farner musste vor der Logik des Kollegen wieder mal den Hut ziehen, was er auch lächelnd andeutete. »Du hast recht. Kein Zufallstäter, sondern jemand aus dem Umfeld von Nicole Angerer, der sein wahres Motiv verbergen wollte. Bleibt eben die entscheidende Frage nach dem Motiv.«

Draußen auf dem Flur waren Stimmen zu hören. Es klopfte. Ein uniformierter Kollege kam herein und blieb an der Tür stehen. »Wir haben das Gepäck aus der Pension geholt. Steht auf dem Flur. Zwei Koffer und eine Tasche.«

»Danke.« Farner stand auf und ging mit ihm hinaus.

Reisinger und Furlan sahen sich an wie zwei Schauspieler, denen der Regisseur plötzlich abhandengekommen war.

»Ich muss noch mal telefonieren«, sagte Reisinger.

»Und ich werde mich an der Gepäckkontrolle beteiligen.«

Zehn Minuten später saß Farner wieder an seinem Schreibtisch. Während Reisinger nebenan noch telefonierte und Furlan im Vernehmungszimmer mit den Koffern beschäftigt war, las er den Bericht der Spurensicherung, den ihm Reisinger zwischendurch auf den Tisch gelegt hatte. Wem die Fingerabdrücke auf dem Alukoffer zugeordnet werden konnten, war immer noch offen und war doch vielleicht der entscheidende Fingerzeig, wenigstens, was den Diebstahl des Bildes betraf.

Reisinger hatte sein Telefonat beendet und bot Farner ein Stück Schokolade an. »Zum Nachtisch.«

»Danke.«

»Habt ihr was in den Koffern gefunden?«

»Ja. Ich kann dir sagen, dass Nicole Angerer mit Vorliebe Designerklamotten trug, vorzugsweise Pierre Cardin, dass sie gern Pernod trank und Gitanes rauchte. Zwischen den Blusen, Pullovern und Dessous war eine Flasche von dem Anisschnaps und eine Stange Zigaretten. Aber sonst nichts. Keinerlei Hinweise auf irgendetwas.«

»Französisches Auto, französische Garderobe, französischer Schnaps, französische Zigaretten … Vive la France. Das nenn ich Patriotismus. Hast du den Spusi-Bericht gelesen?«

»Ich bin gerade dabei.«

Reisinger setzte sich. »Der wirft mehr Fragen auf, als er beantwortet.«

»Sprich dich aus.«

»Ihre Verletzungen hat sich Nicole Angerer in ihrem Büro zugezogen. Das steht fest. Aber wie ist ihr Blut an den Kofferraum ihres Wagens gekommen? Wo sind ihre Autoschlüssel? Und wem gehört die Schuhschnalle, die sie auf dem Boden des Büros gefunden haben?«

Farner stimmte ihm zu. »Mit den Fotos von den Reifenspuren vor dem Haus, die die Kollegen gemacht haben, können wir auch nicht viel anfangen. Gut gemeint, aber so weit sind wir noch nicht, dass uns ein Reifenabdruck sagt, von welchem Wagen er stammt und wem der Wagen gehört. Du siehst, es wartet noch eine Menge Arbeit auf uns.«

»Vielleicht bringt uns das hier weiter«, sagte Reisinger und holte einen Notizblock aus seiner Tasche. »Der Doc hat vorhin noch mal angerufen. Er hat die Tatzeit mittlerweile erheblich eingegrenzt. Er geht davon aus, dass Nicole Angerer zwischen 18.30 und 19 Uhr erwürgt worden ist.«

»Das ist mal 'ne Aussage.«

»Und wir können das in etwa bestätigen.«

Reisinger zog ein Papier aus seiner Tasche und faltete es auseinander. »Ich hab hier die Verbindungsdaten von ihrem Festnetztelefon. Um 18.05 Uhr hat sie eine halbe Stunde lang mit ihrer Mutter in Frankreich telefoniert. Um

19.10 Uhr dann der Anruf einer Freundin aus Bozen, den sie aber nicht angenommen hat, weil sie da wahrscheinlich schon nicht mehr gelebt hat. Um 20.10 Uhr der Anruf von Palm auf dem Anrufbeantworter, definitiv von seinem Handy. Um 20.25 Uhr ein Anruf von einem Mann aus Bozen, mit dem Nicole Angerer und Palm an dem Abend verabredet waren.«

»Du hast das gecheckt?«

»Ja. Die Frau aus Bozen, die Nicole Angerer um kurz nach sieben erreichen wollte, sagt, sie habe es läuten lassen, bis sich der Anrufbeantworter eingeschaltet habe, dann aber nicht draufgesprochen, weil sie in dem Moment Besuch gekriegt habe. Später sei sie davon abgekommen, noch mal anzurufen. Und Kastan – so heißt der letzte Anrufer an dem Abend –, ein Restaurator, hat sich gedacht, dass ihm der Anrufbeantworter sicher nicht sagen würde, warum Nicole Angerer und Palm noch nicht bei ihm eingetroffen waren, und hat deshalb nicht draufgesprochen.«

»Und alle sagen die Wahrheit.«

»Davon geh ich aus. Ich hab ihn auch nach dem Watteau gefragt, und er hat den Preis, wenn er sich denn als echt herausstellt, sogar noch höher angesetzt. Das rückt den Diebstahl des Bildes immer näher in den Zusammenhang mit dem Mord.«

Gianni Furlan kam herein. »Ich bin jetzt damit durch. Was passiert mit den Sachen?«

»In die Asservatenkammer. Aufbewahren, bis wir den Fall abgeschlossen haben. Danach machen wir der Caritas eine Freude. Wenn Angerer und seine Schwester nicht scharf darauf sind …«, antwortete Farner.

»Sieh mal hier, was ich in der Tasche gefunden habe.« Er gab Farner einen Zeitungsausschnitt mit der Schlagzeile ›Fahrerflucht auf der MeBo‹.

Farner las laut: »Gestern Abend kam es auf der MeBo zwischen Vilpian und Terlan in südlicher Richtung zu einem schweren Verkehrsunfall, bei dem die neunjährige Elena Pasquale lebensgefährlich verletzt wurde. Bisher gibt es keine Hinweise auf den Lenker des Wagens, der nach dem Unfall flüchtete …«

»Von wann ist das?«

»Auf der Rückseite ist ein Veranstaltungskalender vom Mai vorigen Jahres.«

»Schon eine Weile her.« Er gab Furlan den Artikel zurück. »Du meinst, das hat was mit unserem Fall zu tun?«

»Nur eine Theorie. Mal angenommen, Angerer war dieser Unfallfahrer und seine Frau hat das gewusst – wovon auszugehen ist –, dann hätte sie das bei der Auseinandersetzung um die Kinder gegen ihn ausspielen können.«

»Oder es war Gaiser, und sie hat ihn damit in der Hand gehabt. Jedenfalls ist das ein weiteres Motiv.«

»In der Tasche sind noch mehr Papiere, die wir uns ansehen sollten. Vielleicht finden wir da weitere Hinweise«, fügte Furlan hinzu.

»Ich schau mir das mal an«, sagte Reisinger und ließ die beiden allein.

Farner wechselte das Thema. »Terranostra hat zugegeben, dass er Nicole Angerer gekannt hat. Du hast das von Valetta, hast du gesagt.«

»Ja. Wir spielen im selben Verein, und da wird nicht nur über Fußball geredet.«

»Und was erzählst du über mich?«

»Das erfährst du dann von dem Maresciallo.«

Furlan lachte und ging. In der Tür wäre er fast mit Eller zusammengestoßen.

»Bleib«, forderte der ihn auf, »dann muss ich das nicht zweimal erzählen.«

Reisinger kam von selber zurück, als er Ellers Stimme hörte.

Eller war in Schwung, das sah man sofort, und legte auch gleich los. »Angerers Alibi ist, sagen wir mal, sehr löchrig.«

»Du weißt noch nicht, dass der Gerichtsarzt inzwischen etwas präziser geworden ist«, unterbrach ihn Farner. »Er geht jetzt von einer Tatzeit zwischen 18.30 Uhr und 19 Uhr aus.«

»Damit wird es für Angerer noch prekärer. Der Vortrag im Pavillon des Fleurs hat um 19 Uhr begonnen. Angerer ist da aber erst gegen halb acht aufgetaucht. Das haben, unabhängig voneinander, drei Leute bestätigt. Und er ist kurz vor neun schon wieder gegangen. Okay, was er dann gemacht hat, interessiert uns jetzt wohl nicht mehr. Aber davor ...?«

Farner stimmte ihm zu. »Diese halbe Stunde Verspätung muss er uns erklären.«

»Wenn du mir seine Telefonnummer gibst, ruf ich ihn an«, sagte Eller.

Farner suchte die Nummer raus und schrieb sie auf einen Zettel. »Herbestellen. Gleich für morgen früh. Am Telefon packen wir ihn nicht.«

»Schon klar.«

Die Runde löste sich auf.

Es war dunkler geworden. Farner machte die Tischlampe an und ging ans Fenster. Leichter Schneefall hatte eingesetzt. Vielleicht sollte er den Spider doch lieber in eine Garage stellen. Aber wo? Ein Stellplatz in einer öffentlichen Tiefgarage war keine Dauerlösung.

Sein Handy klingelte. Es war Anne Felderer.

»Bist du sauer?«

»Nein, warum?«

»Weil ich ... Ich wollte mich noch mal entschuldigen, dass ich mich so ... so unhöflich aus dem Staub gemacht habe.«

»Fluchtartig den Ort der Schande verlassen.«

»Ja. Und diese Schande sollten wir bald mal wiederholen.«

»Nichts dagegen. Du hast die Schlüssel liegen lassen.«

»Gib sie nicht anderweitig weg.«

»Mal seh'n. Man weiß ja nie, wer einem so im Laufe des Tages über den Weg läuft.«

»So einer bist du doch nicht, oder?«

»Weiß man's?«

»Wann seh'n wir uns?«

»Ich ruf dich an. Das heißt, warte mal. Ich hab morgen um drei einen Termin in Bozen bei Gericht. Vielleicht können wir uns vorher sehen.«

»Das wär schön.«

»Du bestellst einen Tisch, und wir essen zusammen zu Mittag. Ich kann dir dann auch den Schlüssel wiedergeben – für zukünftige Schandtaten.«

»Schon überredet.«

Er hörte einen Schmatz. »Was war das?«

»Ein Kuss am Telefon. Mach's gut, mein Freund. Ich freu mich.«

So eine Frau muss man sich malen, dachte Farner und steckte sein Handy wieder ein. Er ging zu seinem Schreibtisch zurück, nahm den Brief der Autoversicherung, den er immer noch nicht gelesen hatte, aus der Innentasche seines Jacketts und legte ihn, ungeöffnet, in eine Schublade.

Keine Lust auf schlechte Laune. Es war kurz vor vier, Zeit für seine Verabredung mit Lorenz.

Aber bitte mit Sahne. Cafés am Nachmittag, daran hätte er eigentlich denken müssen, sind fest in der Hand von meist älteren Frauen, die gut gekleidet sind und viel zu bereden haben. Manche sagen auch tratschen. Einzelne Männer fallen da unweigerlich auf, erst recht, wenn sie einen Tisch für sich alleine haben.

»Wie hast du das denn geschafft«, begrüßte er seinen Bruder mit einem Klaps auf die Schulter.

Lorenz zeigte auf den kleinen Tischreiter, den er an die Seite geschoben hatte. Reserviert für vier Personen ab 16.30 Uhr.

»Wir haben also nicht viel Zeit«, sagte Farner und setzte sich.

»Ich hab auch nicht vor, dich zu lange von deiner Arbeit abzuhalten«, sagte Lorenz und winkte der Kellnerin. »Isst du auch einen Apfelstrudel?«

»Nein, danke. Den hatte ich gestern. Das heißt, warum nicht?«

Die Kellnerin kam und nahm ihre Bestellung auf.

»Was machst du in Meran?«

»Ich hab ein paar Sachen fürs Hotel gebraucht. Hier gibt es einen speziellen Laden.«

»Seid ihr voll?«

»Fast. Viele Stammgäste, aber auch immer mehr Italiener. Apropos voll. Ich zeig dir mal, wer voll ist.«

Er holte ein Foto aus seiner Jackentasche. »Das soll ich dir von Claudia geben. Hat sie vorgestern Abend gemacht, nach der frag mich nicht wievielten Flasche Wein. Schau dir mal den Senior an und du daneben …«

Er reichte seinem Bruder das Foto. »Wir sehen alle schon ein bisschen hinüber aus.«

»Das kannst du laut sagen.«

Lukas Farner steckte das Foto ein. »Lieber nicht.«

»Auf dem letzten Foto, das wir von dir haben, sitzt eine schöne Frau neben dir. Was ist eigentlich aus deiner holländischen Freundin geworden? Unsere Mutter war ja ganz begeistert von ihr.«

Die Kellnerin brachte den Kaffee und den Apfelstrudel, sodass ihm Zeit für die Antwort blieb. Sollte er seinem Bruder die ganze Geschichte erzählen?

Lorenz zahlte gleich, und die Kellnerin bedankte sich mit einem freundlichen Lächeln für das Trinkgeld.

»Liesbeth hieß sie, oder?«

»Ja.«

Lukas Farner streute etwas Zucker in seinen Kaffee, rührte versonnen in seiner Tasse und nahm einen Schluck. »Liesbeth. An demselben Abend, an dem wir bei euch oben waren, hat sie mir im Hotel zwei Ringe aufs Bett gelegt.«

»Das heißt, sie hat dir einen Heiratsantrag gemacht. Wie originell.«

»Ich hab wohl nicht so reagiert, wie sie es erwartet hatte. Ich habe mein Bettzeug genommen, wortlos, und auf der Couch geschlafen. Sie hat kein Wort mehr mit mir geredet und ist am nächsten Tag abgereist. Seitdem hab ich nichts mehr von ihr gehört.«

»Bedauerst du es?«

Jetzt, fand er, wollte Lorenz zu viel wissen, Dinge, über die er sich selber lange nicht im Klaren gewesen war. »Können wir mal das Thema wechseln? Leo liebt Tiere, hat er gesagt.«

Lorenz nickte. »Er will Tierarzt werden. Das ist das Neueste.«

»Sag ihm, wenn es wieder etwas wärmer wird, fahr ich mit ihm zu der Greifvogelschau im Schloss Tirol. Wart ihr schon mal auf dem Kaserhof?«

»Bei den Lamas? Mehr als einmal. Ist ja bei uns um die Ecke. Am liebsten würde er eins von den Alpakas mit nach Hause nehmen.«

»Wär doch 'ne Idee. Ein kleiner Streichelzoo für die Hotelgäste.«

»Du machst mir Spaß. Und wer soll sich darum kümmern?«

Die Kellnerin kam wieder und forderte sie höflich auf, den Tisch freizumachen. »Wenn ich Sie bitten darf.« Sie räumte das Geschirr ab und stellte den Tischreiter mit dem Reservierungshinweis wieder in die Mitte.

»Schade«, sagte Lorenz, als sie aufstanden. »Wir sollten uns häufiger sehen.«

Beim Hinausgehen legte Lukas Farner die Hand auf den Arm seines Bruders. »Warte mal. Ich brauche noch ein Geschenk.«

»Hast du eine neue Flamme?«

»Für die Tochter eines Kollegen. Die beiden haben mich heute Abend zum Essen eingeladen.«

Lorenz verabschiedete sich. »Komm mal wieder vorbei.«

»Ja. Grüß alle.«

Die Verkäuferin hinter der Theke empfahl ihm eine Schachtel Trüffel-Pralinen. »Für eine Dame, sagten Sie.«

»Ja.«

»Dann empfehl ich Eierlikör.«

»Wie bitte?«

»Als Füllung. Die mögen Frauen sehr gern.«

»Wenn Sie das sagen.«

Sie wickelte die Schachtel in Geschenkpapier und zwinkerte ihm dabei zu. »Damit landen Sie einen Volltreffer.«

Reisinger und Furlan diskutierten miteinander, als er ins Kommissariat zurückkam.

Furlan klärte ihn auf, worum es ging. »Katrin Hessler hat angerufen. Ihr ist doch noch etwas eingefallen. Sie sagt, an dem Nachmittag hätte es drei mysteriöse Anrufe gegeben.«

»Was heißt mysteriös?«

»Anonym. Eine Frau hat angerufen und nach Nicole Angerer gefragt. Als die Hessler gesagt hat, die sei nicht da, hat die Anruferin aufgelegt. Und dann noch zwei Anrufe, und beide Male, sagt sie, hat der oder die Anruferin gleich wieder aufgelegt, nachdem sie sich mit ihrem Namen gemeldet hat. Franz hat die Anrufe im Verbindungsnachweis.« Reisinger zeigte auf die Papiere, die er in der Hand hielt. »Wir haben die Telefonnummer, eine Handynummer, aber wir wissen nicht, wem sie gehört.«

»Prepaid?«

»Was weiß ich. Wir haben die Nummer angerufen, aber es hat sich niemand gemeldet.«

»Das ist wirklich mysteriös.«

»Hab ich ja gesagt«, fühlte sich Furlan bestätigt, »Aber der Kollege, der sich ja selten irrt …«, dabei rempelte er Reisinger leicht an, »… der glaubt nicht, dass die Anrufe für unsere Ermittlungen eine Rolle spielen. Ich bin anderer Meinung.«

»Ich auch«, sagte Farner. »Solange wir für den Grund dieser Anrufe keine Erklärung haben, können wir sie nicht einfach so abtun.«

Er ging an die Pinnwand, fügte den anderen Namen ›Anonyme Anruferin‹ hinzu und drehte sich zu Reisinger um. »Was knurrst du?«

»Glaubst du im Ernst, dass das wichtig ist? Es kommt mir vor, als klammerten wir uns an jeden Strohhalm.«

»Gianni wird herausfinden, ob es ein Strohhalm ist oder eine neue Spur.«

»Hat jemand was dagegen, wenn ich Ivo Gebhard einspanne?«

»Das machst du, ohne dass du jemanden gefragt hast«, antwortete Farner.

Furlan nickte und verließ das Büro.

Farners Telefon läutete. Der Anruf kam von der Zentrale. »Ja, bitte.« Er hörte. »Stellen Sie durch.«

»Rombach am Apparat.«

Auf Anhieb wusste er mit dem Namen nichts anzufangen. Aber dann erkannte er die Anruferin an der Stimme. Lydia Rombach war die alte Dame, die zwei Häuser neben ihm wohnte und mit der er manchmal sprach, wenn sie sich auf der Straße trafen. Einmal hatte er ihre schwere Einkaufstasche in den ersten Stock getragen. Sie wollte sich mit einer Tasse Tee dafür bedanken, aber er hatte an dem Tag wenig Zeit. Zuletzt hatte er sie schon länger nicht mehr gesehen. Es hieß, ihr Mann sei kürzlich gestorben.

»Meine Nachbarin«, begrüßte er sie ehrlich erfreut und senkte seine Stimme gleich wieder. »Mein Beileid.«

»Danke.«

»Was verschafft mir die Ehre?«

»Eine Angelegenheit, die mit dem Tod meines Mannes zu tun hat.«

»Wie kann ich Ihnen helfen?«

»Sehr freundlich, aber ich will Ihnen helfen. Sie haben mal gesagt, dass Sie eine Garage suchen. Ich habe gestern unseren Wagen verkauft und brauche die Garage nicht mehr. Und da habe ich an Sie gedacht. Haben Sie noch Interesse?«

Farner konnte es kaum fassen. »Und ob.«

»Dann schlag ich vor, dass Sie einmal vorbeikommen, sobald es Ihnen passt.«

»Heute schaff ich es nicht mehr. Morgen, wenn es Ihnen recht ist.«

»Jederzeit. Dann holen wir auch unseren Tee nach.«

»Ich rufe Sie vorher an.«

»Meine Nummer haben Sie?«

»Ja, die kann ich hier ablesen.«

»Dann bis morgen.«

»Danke.«

Er legte auf und sah Reisinger an.

»Das war meine Nachbarin. Stell dir vor, sie vermietet mir ihre Garage.«

»Du bist ein Glückspilz. Bevor ich's vergesse, ich soll dir von Eller ausrichten, dass er Angerer für morgen früh um 10 Uhr ins Kommissariat bestellt hat. Ist sonst noch was?«

»Nein, nicht, dass ich wüsste.«

»Ich mach mich dann mal auf den Weg. Um 7 Uhr, hat Verena gemeint. Musst du vorher noch nach Hause?«

»Wegen was?«

»Na, vielleicht willst du dich umziehen.«

Farner sah an sich herunter. »Was meinst du? Du bist der Zeremonienmeister.«

»Dann schmeiß dich mal in deinen Smoking. – Bis nachher.«

Farner vertiefte sich noch mal in den Bericht der Spurensicherung. Hatte der Mörder sie erst verletzt und anschließend erwürgt? Wenn an dem Wagen und im Kofferraum Blut von Nicole Angerer war, dann muss sie nach ihrer

Verletzung noch mal draußen gewesen sein. Und ihre Blutspuren waren auch auf dem Koffer. Dann die Frage nach ihrem Autoschlüssel. Und die Schuhschnalle auf dem Boden? Definitiv nicht von der Toten, hatte Gilli in seinem Bericht vermerkt und extra unterstrichen. Es half nichts. Sie mussten die Laborergebnisse abwarten, die DNA-Analyse, um einen stichhaltigeren Hinweis auf den Mörder zu bekommen. Die Hautpartikel unter ihren Fingernägeln. Wem hatte Nicole Angerer die Kratzspuren verpasst?

Nebenan hörte er immer noch Stimmen, obwohl Reisinger schon vor einer Viertelstunde gegangen war. Farner sah nach. Der Kollege hatte vergessen, den Fernseher auszuschalten. Die Nachrichten liefen, und er blieb ein paar Minuten lang daran hängen, an dem Bericht über eine Initiative des Goethe-Instituts in Rom, die sich ›Va bene?! La Germania in italiano – Italien auf Deutsch‹ nannte und es sich zum Ziel gesetzt hatte, den Einwohnern beider Länder das jeweils andere Land näherzubringen und das Bild, das sie voneinander haben, zu verbessern. Zitat: ›Die alte Liebesgeschichte zwischen diesen zwei außergewöhnlichen Ländern neu entfachen.‹

Das wär's doch auch bei uns, dachte Farner, was das Zusammenleben einfacher und schöner machen würde. Muss ja nicht gleich eine Liebesgeschichte sein, aber mehr gegenseitige Akzeptanz, ein harmonischeres Miteinander ohne Ressentiments und Vorurteile. Es ist ja nicht so, dass es dafür keine Beispiele gäbe, unter Nachbarn, unter Arbeitskollegen, in den Ämtern, aber selbstverständlich war das immer noch nicht.

Danach folgten kurze Berichte über das italienische Kriegsschiff ›Cavour‹, ein Flugzeugträger, der mit Hilfsgütern für die Erdbebenopfer in Haiti unterwegs war, über einen lang zurückliegenden Missbrauchsskandal an einem Berliner Gymnasium und über eine Afghanistan-Konferenz in

London. Er schaltete den Fernseher aus und ging zurück in sein Büro.

Fünf Minuten später war er auf dem Weg in die Bäckergasse. Zu Fuß, weil er sich vorgenommen hatte, alles, was innerhalb eines Radius von fünf Kilometern war, per pedes zurückzulegen. Dienstliche Einsätze ausgenommen. Bei Wind und Wetter? Mal sehen – von Fall zu Fall.

Reisinger und seine Tochter bewohnten in der Bäckergasse eine Maisonettewohnung über einer Weinhandlung, die mal seinen Schwiegereltern gehört hatte und jetzt verpachtet war.

Mit der Tür ins Haus fallen wollte er eigentlich nicht. Aber das Licht im Treppenhaus ging zu früh aus. Lukas Farner übersah die letzte Stufe und stolperte gegen die Wohnungstür.

»Da hat einer einen Mordshunger«, empfing ihn Franz Reisinger und ließ ihn hinein. »Nathusius ist schon da, aber in der Küche dauert es noch ein bisschen. Die Köchin ist seit Neuestem eine Anhängerin von Slow Food.« Er wollte nach dem Geschenkpäckchen greifen, das Farner in der Hand hielt. »Ist das für mich?«

»Wer kocht?«

»Verena.«

»Dann gib es ihr.«

»Mach das mal selbst.«

Farner hängte seinen Mantel auf und folgte Reisinger ins Wohnzimmer. Bernd Nathusius, ein Mann in seinem Alter, saß auf dem Sofa – ein Schachbrett neben sich – und spielte gegen sich selbst. Verrückt, dachte Farner, wie jemand, der sein Auto anschiebt, dann nach vorn rennt, sich vor das Auto stellt, um es anzuhalten, und überfahren wird. Oder ein Fußballer, der versucht, einen Elfmeter, den er selber geschossen hat, auch selber zu halten.

»Schau ihn dir an. Auf den Spuren von Stefan Zweig«, sagte Reisinger, ging an das Bücherregal und fand mit einem Griff, was er suchte. »Hier, die ›Schachnovelle‹. Da geht es auch um einen Mann, der gegen sich selber Schach spielt. Solltest du mal lesen.«

»Bei Gelegenheit.«

Eine Floskel. Das sagt man so, wenn man den anderen nicht brüskieren will oder einem gerade nichts Besseres einfällt.

Reisinger legte das Buch auf einen kleinen Hocker, auf dem schon ein paar andere Bücher lagen. »Stefan Zweig war übrigens ein großer Südtirol-Fan. Im Gästebuch von Schloss Labers kannst du nachlesen, wann er in Meran war.«

Farner deponierte sein Geschenkpäckchen auf der Kommode neben der Tür und ging mit Reisinger zu dem Sofa.

Der Schachspieler dachte gar nicht daran, sein Spiel abzubrechen. »Ich bin gleich so weit. Zwei, drei Züge noch.« Er wechselte die Hand und brachte den weißen Läufer in Position.

»Wer gewinnt?«, wollte Reisinger wissen.

Nathusius hob seine linke Hand. »Die Linke ist klar im Vorteil.« Und dann war es ganz schnell zu Ende. »Schach matt.« Nathusius stand auf und gab Farner die Hand. »Guten Abend. Entschuldigen Sie, aber man hat nicht jeden Tag die Gelegenheit, einem König mit links eins auszuwischen.«

Farner ging auf den lockeren Ton ein. »Das ist Majestätsbeleidigung.«

»Ja. Und seine Majestät kann sich nicht mehr wehren.« Er zeigte auf die schwarzen Figuren, die neben dem Schachbrett lagen. »Seine Bodyguards haben ihn bereits verlassen.«

»Darf ich vorstellen«, unterbrach Reisinger die Witzeleien zwischen den beiden, »Bernd Nathusius …«, er überlegte kurz, »ein Mensch, mit dem man über alles reden kann. Wenn er nicht gerade mit seinen Schachfiguren spricht. Und das ist mein Kollege, Chefinspektor Lukas Farner, von dem ich dir schon erzählt habe. Einer, den man dreimal anstoßen muss, bevor er redet.«

»Du untertreibst.«

»Im Laufe des Abends werdet ihr sicher herausfinden, ob das funktioniert.«

Farner sah die Lachfältchen im Gesicht des anderen. Der Mann war ihm sofort sympathisch. Nur sein Stoppelbart gefiel ihm nicht.

Nathusius bemerkte den etwas abschätzigen Blick und strich sich über das zugewachsene Kinn. »Verena gefällt er auch nicht. Was soll ich machen? Eine verlorene Wette. Juventus gegen Inter. Vor drei Wochen. Ich habe auf Juve gesetzt, aber die haben 0 : 3 verloren. Zu Hause. Sobald Buffon und seine Vorderleute wieder gewinnen, kommt er ab. Aber zurzeit stecken die in einem Tief.«

Sie setzten sich an den gedeckten Tisch. Reisinger kredenzte einen Americano als Aperitif.

Nathusius kam noch mal auf sein Lieblingsthema zurück. »Ihr habt vorhin von Stefan Zweig gesprochen. Sein Dr. B., die Hauptfigur in der ›Schachnovelle‹, hat sich bei dem Spiel gegen sich selber ›Ich Weiß‹ und ›Ich Schwarz‹ genannt.«

Reisinger stellte sein Glas ab. »Ich wage mal, das Wort Schizophrenie auszusprechen.«

Nathusius stieg sofort darauf ein. »Ja, eine positive Schizophrenie, würde ich mal sagen. Die Auseinandersetzung mit sich selber. Das blitzschnelle Umschalten im Gehirn. Jeder Zug verlangt eine bessere Antwort, und die muss man sich selber geben.«

»Und am Ende sind Sie gleichzeitig Sieger und Verlierer.«

Nathusius reagierte gelassen auf Farners Bemerkung. »Aber das ist uns doch nicht fremd. Wie oft sagen wir ›zwar aber‹ und gehen Kompromisse mit uns selber ein, weil wir gleichzeitig zwei konträre Argumente haben. Wie oft trennen wir Herz und Verstand. Und, kein Abend ohne Goethe: ›Zwei Seelen wohnen, ach, in meiner Brust.‹ Gegen sich selber zu spielen, ist eine Spaltung der Persönlichkeit, die man selber steuert.«

Jetzt fehlen nur noch Dr. Jekyll und Mr. Hyde, dachte Farner. Aber Verena Reisinger mit der Suppe war schneller. Sie stellte die Terrine in der Mitte des Tisches auf ein Stövchen. Ihr Vater zündete das Teelicht mit einem Feuerzeug an. Farner stand auf, begrüßte sie und holte das Geschenkpäckchen von der Kommode. Langsam, fast behutsam, wickelte sie es aus.

»Pralinen.«

Sie bedankte sich, aber ihrem Gesicht sah er an, dass das nicht der versprochene Volltreffer war.

»Das hätte ich dir vorhersagen können«, lästerte Reisinger, der damit begonnen hatte, die Suppe auszuteilen. »Sie mag keine Süßigkeiten.«

»Aber ich«, sagte Nathusius.

Verena gab ihm die Schachtel und setzte sich neben ihn. »Guten Appetit«, wünschte sie.

»Eins möchte ich noch geraderücken«, sagte Reisinger, der mit seinem Löffel nachdenklich eine Linie auf das Tischtuch malte. »Schizophrenie ist eine ernst zu nehmende Krankheit, und das sollten wir hier nicht zerreden.«

Trotz dieser Ermahnung war Nathusius schnell wieder bei seiner guten Laune. Er griff in das Brotkörbchen, das er zu sich herangezogen hatte. »Wie schmeckt Ihnen das Brot?«, wandte er sich an Farner.

»Sehr gut.«

»Hat Verena selber gebacken.« Er lachte. »Genau genommen komm ich hauptsächlich deswegen her.«

»Wenn man in der Bäckergasse wohnt, sollte man auch Brot backen können«, lachte sie mit.

Nach der Melonen-Karotten-Suppe mit Fenchel gab es Milchlammkeule in Kräuterbutter und zum Nachtisch Pannacotta mit Quitten.

Schneller, als Verena die Speisen auf den Tisch brachte, wechselten die Gesprächsthemen. Vom geplanten Küchelberg-Tunnel über die Straßenarbeiten in der Sparkassenstraße, bei denen Reste einer alten Stadtmauer zum Vorschein gekommen waren, bis zu der Musterstadt, die auf dem ehemaligen Militärgelände entstehen sollte.

Nathusius wischte sich mit seiner Serviette den Mund ab und legte sie sorgfältig zusammen. »Sie wohnen im Steinachviertel, hat mir Franz gesagt.«

»Ja. Die Wiege der Stadt, heißt es. Der älteste Teil von Meran. Zwölftes oder dreizehntes Jahrhundert.«

»Und wo genau?«

»Beim Passeirer Tor.«

»Da haben Sie sich ja eine feine Gegend ausgesucht.«

»Pittoresk und romantisch, würd ich eher sagen.«

»Da oben hat bis ins hohe Mittelalter der Henker von Meran gewohnt, und gleich daneben war das Frauenhaus, wie man die Bordelle damals nannte.«

»Und Sie meinen, das wäre 500 Jahre später ein Grund, da wieder wegzuziehen?«

»Nein, natürlich nicht. Alte Häuser sollen ihre Geschichte erzählen. Das macht sie ja so spannend. Sie werden eh immer weniger. Seelenlose Gemäuer haben wir genug. Und es kommen jeden Tag neue dazu.«

Reisinger hatte recht. Mit Nathusius konnte man sich gut unterhalten. Der Hausherr selber beteiligte sich nur ab und zu an dem Gespräch. Er sorgte lieber dafür, dass sie immer etwas im Glas hatten. Und der Rotwein, den Reisinger aus dem Keller geholt hatte, war exzellent. Einen Blauburgunder aus Girlan. Leere Flaschen zählt man nicht, hatte er gesagt. Aber es waren schon einige.

Dann war die ›Periadriatische Naht‹ an der Reihe, die Reisingers Redelust wieder in Fahrt brachte. Farner hatte das Stichwort gegeben – wobei ihm die unfallfreie Aussprache erst im zweiten Anlauf geglückt war –, weil er den Kollegen immer schon mal fragen wollte, was das Schild an der Gilfschlucht, an dem er beim Joggen immer vorbeikam, genau bedeutete.

»Die ›Periadriatische Naht‹«, begann Reisinger und genehmigte sich nebenbei einen kräftigen Schluck, »ist die bedeutendste tektonische Störungslinie der Alpen, 700 Kilometer lang, von Turin bis zu den Karawanken, und verläuft direkt unter uns. Man kann sie sogar mit bloßem Auge erkennen. Wenn du im Sommer mit der Seilbahn zum Ski- und Wandergebiet Meran 2000 hochfährst, erkennst du die unterschiedliche Färbung der Felsformationen, Porphyr rot und Granit weiß, die sich an dieser Stelle treffen. Die Gesteinsunterschiede haben übrigens auch bei der Planung und dem Bau des Brennerbasistunnels eine wichtige Rolle gespielt.«

Er nahm eine Flasche und schenkte reihum noch mal nach.

»Südtirol ist ein Land auf zwei Kontinenten«, fuhr er fort, »und wenn sich die Apulische Platte, die mal zum afrikanischen Kontinent gehörte, nicht vor Millionen Jahren davon getrennt hätte ...«

Und er hätte wahrscheinlich noch einige Sätze drangehängt, wenn seine Tochter nicht schon längst bei einer anderen Platte gewesen wäre, womit sie sozusagen nahtlos den Übergang zu Giuseppe Verdi schaffte. Sie hatte ›La Traviata‹ aufgelegt und trällerte die Champagner-Arie. Ob sich Verdi und Richard Wagner, die beide 1813 geboren wurden, in ihrem Leben begegnet sind, wollte sie von Nathusius wissen, als sie an den Tisch zurückkam.

Weil ihn das nicht interessierte, jedenfalls heute Abend nicht, sah Farner auf die Uhr. Es war schon nach elf. Zeit, sich zu verabschieden. Er bedankte sich bei der Köchin und nickte freundlich, als Nathusius vorschlug, sich bald einmal wiederzusehen.

»Soll ich dir ein Taxi rufen?«, fragte Reisinger auf dem Weg zur Tür.

»Ja, bitte.« Eine innere Stimme nannte ihn Schwächling und Heuchler, weil er seinem Vorsatz, alles, was im Bereich von fünf Kilometern liegt, zu Fuß zu gehen, so schnell schon wieder untreu geworden war. Aber in dem Zustand hätte er es zu Fuß gar nicht bis nach Hause geschafft.

»Und beim nächsten Mal keine Pralinen«, rief ihm Reisinger noch hinterher.

28. Jänner

Mit dem ersten Tageslicht kam Farner wieder auf die Beine, eine Stunde später, als es sich zuletzt eingepegelt hatte, und nicht so leichtfüßig wie sonst. Auch in seinem Kopf war noch nicht alles wieder an seinem Platz. Jeden Abend halte ich das nicht aus, dachte er und zog sich für seine Joggingrunde etwas wärmer an als gewöhnlich. Bis zum Pulverturm sollte er die Ausschweifung von gestern Abend rausgeschwitzt haben, und spätestens am Ende des Tappeinerwegs wollte er seine Lebensgeister so weit wieder auf der Reihe haben, dass er den Tag in bestmöglicher Verfassung angehen konnte. Und die frühe Sonne leistete ihm dabei Gesellschaft.

Eine Stunde später, auf dem Weg ins Büro, war er schon wieder gut drauf. Unter den Lauben war noch wenig los. Als er an dem Schmuckladen von Franziska Dahlberg vorbeikam, verließ Hans Eller gerade das Geschäft. Franziska Dahlberg, die Frau, die mit dem Bankier Waldner Zukunftspläne geschmiedet hatte. Farner fragte sich, ob sein Tod nicht vielleicht ein Segen für sie war.

»Du hast weiterhin Kontakt zu ihr?«

»Ja, ab und zu schau ich bei ihr rein. Sie hat sich mit allem, was passiert ist, gut abgefunden. Eine starke Frau.«

»Ist bei ihr auch eingebrochen worden?«

»Nein. Glaub ich nicht. Sie hat nichts gesagt.« Er zeigte Farner einen Ring, Silber, mit einem dreiblättrigen Kleeblatt. »Ein Geschenk für meine Frau zur Geburt unserer Tochter. Siehst du, hier ist noch Platz für ein viertes Kleeblatt. Das sparen wir uns für das nächste Kind auf. Wir sind ja erst zu dritt.«

»Das nenn ich Familienplanung.«

Eller sah ihn an und versuchte, ernst zu bleiben. »Damit hast du ja wohl nichts am Hut. Oder?«

»Du gestattest, dass ich das für mich behalte.«

»Ausnahmsweise. Hauptsache, du sagst rechtzeitig Bescheid, wenn es was zu feiern gibt. Hast du mitgekriegt, dass Gernot Angerer um zehn kommt?«

»Ja. Ich bin gespannt, welche Lügen er uns heute auftischt.«

Als sie den Rennweg erreicht hatten, blieb Eller einen Schritt zurück. »Ich geh noch mal schnell zum Bäcker. Soll ich dir was mitbringen?«

»Danke, nein.«

Im Vorbeigehen warf Farner einen Blick in Reisingers Büro und sah, dass der Kollege noch nicht da war. Er konnte an den Fingern einer Hand abzählen, wann der sich mal verspätet hatte – dieses Vorbild an Disziplin, Gewissenhaftigkeit und Pflichtbewusstsein. Vermutlich litt er auch noch unter den Nachwehen von gestern Abend. Der Wein war gut, keine Frage, aber Reisinger hatte sich und den anderen zu viel eingeschenkt, und das hinterlässt Spuren, wenn man den richtigen Moment zum Abwinken verpasst.

In seinem Büro war es bullig warm. Die Putzkolonne, die hier frühmorgens durch die Räume fegte, meinte es zu gut. Er öffnete das Fenster, um die frische Winterluft reinzulassen, und drehte die Heizung eine Stufe runter.

Furlan kam herein und wünschte einen guten Morgen. »Ich will's dir gleich sagen. Ich bin gestern nicht weitergekommen.«

Farner nahm an seinem Schreibtisch Platz. »Du meinst die anonymen Anrufe bei Nicole Angerer.«

»Ja. Ich hab Ivo gestern Abend nicht erreicht. Seine Freundin hat gesagt, dass er bei einer Konzertprobe ist, und ich wollte ihn da nicht rausholen.«

»Wird Zeit, dass der Junge hier bei uns wieder ins Horn bläst.«

»Du glaubst, dass er seine Dienstmarke wiederkriegt?«

»Davon bin ich überzeugt.«

»Ich versuch es nachher noch mal. Wahrscheinlich schläft er jetzt noch. Bläser sind auch ganz schöne Schlucker, hab ich gehört.«

»Vom Schlucken kann ich dir auch ein Lied singen.«

»Hat Reisinger dich abgefüllt?«

»Ja, und sich selber auch.«

Nebenan tat sich was. Sie hörten den Kollegen mit jemandem sprechen. Und fluchen. »Verdammtes Miststück. Ich schmeiß dich auf den Schrott.«

Wenig später gab sich Reisinger zu erkennen, blieb aber in der offenen Tür stehen. »Mein Computer streikt. Entschuldigt, ich bin heute etwas spät dran.«

»Mach dir keine Gedanken. Der Tag ist ja noch lang. Das kannst du locker wieder aufholen. Komm rein.«

»Nein. Ich muss erst noch telefonieren, und dann muss ich seh'n, dass ich diese Schrottkiste wieder in Gang kriege. Ohne Computer stehst du doch heutzutage im Wald.«

»Versuch's mal mit dem Stecker«, schlug Furlan vor.

»Danke für den Tipp. Dass ich da nicht selber draufgekommen bin.«

»Jetzt mal ernsthaft. Ich kenn jemanden im Haus, der sich damit auskennt. Der soll sich das mal anschauen.«

Furlan ging, und Farner erinnerte Reisinger daran, dass Gernot Angerer gleich aufkreuzen würde.

»Sag Bescheid.«

Reisinger, schon im Rückwärtsgang, wollte noch was loswerden. »Welcher Tag ist heute?«

»Der 28. Jänner.«

»Ein Tag, den wir nicht vergessen sollten. Heute vor 200 Jahren wurde Andreas Hofer auf der Pfandleralm von den Franzosen gefangen genommen.«

»Weil ihn ein Freund verraten hat. Weiß ich noch aus dem Geschichtsunterricht.«

»Der Judas von Tirol. Angeblich für 1500 Gulden ...«

»Heute kannst du niemanden mehr für 1500 Gulden verraten.«

»Sag das nicht.«

»Wo willst du denn die Gulden herkriegen?«

»Oje, wenn das ein Witz war ...«

»Ich kann nichts dafür, dass du deinen Humor gestern versoffen hast.«

Angerer war nicht allein gekommen. »Dr. Sternberg, mein Anwalt«, stellte er den Mann neben sich vor.

Farner hatte von ihm gehört. Sternberg, ein Mann um die 60, der die Wichtigkeit seiner Person durch einen strengen Blick und ein maßgeschneidertes Outfit unterstrich, galt als eloquenter und unerbittlicher Advokat und Streiter, und Farner schloss daraus, dass Gernot Angerer ziemlich in der Bredouille war und sich aufs Beste gewappnet hatte.

Reisinger gab beiden die Hand und zeigte auf die offene Tür zum Vernehmungszimmer. »Hier hinein, bitte.«

Die beiden Männer nahmen nebeneinander Platz. Sternberg legte seine Ledermappe auf den Tisch, öffnete sie aber nicht. »Das ist kein leichter Gang für meinen Mandanten. Aber nach Abwägung der Dinge habe ich ihm geraten, zu kooperieren. – Auch wenn er sich damit ein Strafverfahren einhandelt.«

Reisinger und Farner sahen sich an. »Sie meinen diesen Unfall auf der MeBo.«

Sternberg nickte. »Ja.«

»Da kommt einiges zusammen«, sagte Reisinger und zählte auf. »Verkehrsgefährdung, Körperverletzung, unterlassene Hilfeleistung, Fahrerflucht ...«

»Aber kein Mord«, stellte Sternberg sofort klar. »Sie verdächtigen Herrn Angerer, seine Frau umgebracht zu haben.«

»Er hat kein Alibi«, sagte Farner ganz ruhig. »Und er hatte ein Motiv.«

»Sein Alibi bin ich.« Als erfahrener Strafverteidiger wusste Sternberg um die Wirkung seiner Worte und legte eine gezielte Pause ein, bevor er weitersprach. »Herr Angerer und ich waren an diesem Abend bei der Familie des kleinen Mädchens und haben einen Ausbildungsvertrag unterschrieben.«

Er öffnete seine Aktenmappe und nahm ein Papier heraus. »Herr Angerer leistet bereits seit einigen Monaten freiwillige Zahlungen an die Familie Pasquale. Außerdem hat sich Herr Angerer bereit erklärt, die Kosten für eine noch anstehende Operation zu übernehmen, die zur vollständigen Genesung der kleinen Elena führen wird. Die Familie Pasquale hat im Gegenzug affirmiert, Entschuldigung, versichert, die Anonymität meines Mandanten zu wahren und auf eine Anzeige zu verzichten.«

Gernot Angerer, der die ganze Zeit mit säuerlicher Miene dagesessen hatte, fühlte sich zu einem Schlusswort gemüßigt. »Ich trage die Konsequenzen für diesen Verkehrsunfall. Aber mit dem Mord an meiner Frau habe ich nichts zu tun.«

Sternberg steckte das Papier wieder ein. »Ich denke, die Geschichte ist für meinen Mandanten damit erledigt. Abgesehen von dem Schmerz, den Herr Angerer durch den Tod seiner Frau erlitten hat.«

Oh Gott, jetzt wird's theatralisch und verlogen, dachte Farner und stand auf.

»Ich werde Sie hinausbringen.«

»Danke, nicht nötig.«

Reisinger hielt ihnen die Tür auf, und Angerer verabschiedete sich mit einem Blick wie ein trotziges Kind, das seinen Willen durchgesetzt hatte.

»Das war ein Auftritt. Was?« Farner holte tief Luft. »Jetzt bleibt uns nur noch die stumme Aussage von Nicole Angerer.«

»Du meinst die Spuren unter ihren Fingernägeln?«

»Ja. Die DNA-Analyse. Haben die sich schon gemeldet?«

»Ich frag da noch mal nach.«

Farner sah auf seinem Handy die SMS von Anne Felderer: »Um eins im ›Batzenhäusl‹.«

»Wann fährst du nach Bozen?«, fragte ihn Reisinger.

»Wie spät ist es?«

»Kurz vor elf.«

»Der Termin ist erst heute Nachmittag.« Er überlegte. »Aber ich könnte vorher noch etwas erledigen.«

»Du denkst an das Konzert heute Abend?«

»Ja. Tust du mir einen Gefallen? Ruf Terranostra an und informier ihn, dass Gernot Angerer in unseren weiteren Ermittlungen keine Rolle mehr spielt.«

»Du kneifst.«

»Ja.«

Reisinger ging in sein Büro, und Farner wählte die Nummer von Lydia Rombach. Es dauerte, bis sie sich meldete.

»Farner hier. Stör ich?«

»Nein. Ich hab ja mit Ihrem Anruf gerechnet.«

»Passt es Ihnen, wenn ich in zwanzig Minuten vorbeikomme?«

»Ich erwarte Sie.«

Farner legte auf und sah Reisinger an, der mit einer Flasche Wasser zurückgekommen war, das er kräftig in sich reinschüttete.

»Der Nachdurst.« Er hielt Farner die Flasche hin. »Willst du auch mal?«

»Danke, nein. Ich hab's eilig. Sie erwartet mich.«

»Von wem sprichst du?«

»Von meiner Nachbarin.«

»Muss ich mir Gedanken machen?«

»Das schadet nie.«

»Mir ist noch eingefallen, was Nathusius mich gestern Abend gefragt hat, nachdem du schon weg warst. Er wollte wissen, ob du Tennis spielst. Er würde gern mal gegen dich antreten.«

»Du wirst lachen. Ich habe erst neulich daran gedacht, wieder damit anzufangen. Ich hab lange keinen Schläger mehr in der Hand gehabt. Im Traum hab ich mal John McEnroe geschlagen. Aber das ist auch schon lange her. Sag ihm, ich werde darauf zurückkommen.«

Lydia Rombach war eine schlanke, groß gewachsene Frau, der man trotz ihrer grauen Haare ihre 75 Jahre nicht ansah. Mit einem vornehmen Lächeln empfing sie ihn an der Wohnungstür.

»Ich hoffe, Sie haben etwas Zeit mitgebracht.«

»Leider nein.«

»Aber für einen Tee wird's doch wohl reichen.«

»Ja, natürlich.«

Das Erste, was ihm auffiel, war der große Gobelin im Flur, der die halbe Wand einnahm, von der Decke bis zum Fußboden, mit einem Motiv, das ihm sehr vertraut war. »Sie haben ihn an der Wand hängen, und bei mir steht er im Bücherregal«, sagte er, während er seinen Mantel an den Garderobenhaken hängte.

»Sie meinen den Spitzweg.«

»Ja. Ich hab ihn als Cover auf einem Buch.«

Und schon waren sie mitten in einem Gespräch, das mit dem Anlass seines Besuchs absolut nichts zu tun hatte. Von Spitzwegs ›Sonntagsspaziergang‹ kamen sie auf Mark Twain, und Lydia Rombach wusste sofort, wovon er sprach. ›Bummel durch Europa‹, ich hab es gelesen. Ein außergewöhnliches Buch. Sauguad, sagen wir in Bayern. Köstlich, wie er sich über die deutsche Sprache lustig macht.«

Sie zog an ihren Manschetten und wischte sich eine Haarsträhne aus der Stirn. »Jetzt aber erst mal das Geschäftliche«, sagte sie und ging ihm ins Wohnzimmer voraus. Sie reichte ihm den Mietvertrag für die Garage. »Lesen Sie ihn in Ruhe durch und unterschreiben Sie, wenn Sie keine Einwände haben. Ich kümmere mich inzwischen um den Tee.«

»Hätte ich die Schuhe ausziehen sollen?«, fragte er sie, als er den weichen Teppich unter seinen Füßen spürte.

»Nein, ich bitte Sie. Ein Teppich ist doch kein Badetuch.« Sie verschwand in die Küche.

Farner schaute sich um. Sehr behaglich, fand er. Die alten Möbel, die viel Wärme ausstrahlten, die cordbezogene Polstergarnitur in Olivgrün, sehr beruhigend, die farblich abgestimmten bodenlangen Samtvorhänge dazu und der Kamin, in dem es prasselte. Auf der anderen Seite des Raums roch es dagegen nach Arbeit. Eine lange Tischplatte mit PC und Drucker, einem Haufen Papiere und allen erdenklichen Büro-Utensilien. Das passte nun überhaupt nicht zusammen. Die große Vase mit dem getrockneten Pampasgras konnte das nicht aufwiegen.

Er überflog den Mietvertrag, sah, dass sie ihn schon unterschrieben hatte, und setzte seine Unterschrift daneben. Und auf der Kopie noch mal.

Die Staffelei, die vor dem Fenster stand, interessierte ihn. Auf dem noch nicht zu Ende gemalten Aquarell war das Passeirer Tor zu erkennen und als Bleistiftskizze vorgezeichnet das ganze Motiv – die Gasse vor ihrem Haus. Sehr gelungen, fand er. Das hätte er ihr nicht zugetraut.

Lydia Rombach kam mit dem Tee zurück und stellte das Tablett auf den Couchtisch. »Nehmen Sie Milch?«

»Ja, bitte. Ich habe gesehen, dass Sie malen.«

»Nein, ich nicht. Mein Mann hat gemalt. Das war sein Hobby, und ich fand, dass er viel Talent hatte. Wenn er früher damit angefangen hätte … Wer weiß.« Sie deutete auf die Tischplatte. »Mein Arbeitsplatz ist dort – der Computer. Wir haben auf diese Weise viele schöne Jahre verbracht. Wenn Erich gemalt hat, habe ich am PC gesessen und geschrieben. Wir waren ein gutes Gespann.«

»Und was hat er beruflich gemacht?«

»Einen Moment.« Sie stellte ihre Tasse ab, stand auf, zog den Vorhang halb zu, weil die Sonne sie blendete, und setzte sich wieder. »Er war Patentanwalt in München, und ich war seine Sekretärin. Es dauerte nicht lange, bis wir uns ineinander verliebten. Ein halbes Jahr später haben wir geheiratet. Er war zwölf Jahre älter als ich, aber das hat uns beide nicht gestört.«

Farner war schnell klar, was dieser Frau seit dem Tod ihres Mannes gefehlt hatte. Jemand, mit dem sie reden konnte.

»Danach habe ich meinen Job in seiner Kanzlei aufgegeben. Wir haben gedacht, das schickt sich nicht, wenn Mann und Frau ... Na ja, den anderen Kollegen gegenüber. Das bringt früher oder später böses Blut.« Sie goss Farner und sich selber aus der Kanne nach und blies das Teelicht aus. »Ich wollte dann selber Jura studieren. Aber es kam anders. Ich hatte mich über irgendetwas in der Stadt aufgeregt. Ich glaube, es ging um eine Bebauung in der Nachbarschaft. Ich habe einen Leserbrief an die Zeitung geschrieben, und ein paar Tage später rief der Feuilletonchef an und hat mich gefragt, ob ich nicht öfter einen Leserbrief schreiben wolle. Es hat nicht lange gedauert, bis aus den Leserbriefen eine wöchentliche Kolumne wurde. So bin ich unversehens in die Journaille geraten. Nicht, dass Sie mich falsch verstehen. Ich meine das nicht abwertend. Im Gegenteil. Ich habe mich in dem Metier immer sehr wohlgefühlt. Später kamen dann Reiseberichte dazu, und wann immer mein Mann es einrichten konnte, ist er mitgekommen.«

»Schreiben Sie immer noch?«

»Ja, ab und zu rufen sie an und fragen, ob ich nicht etwas schreiben könne. Zum Winteranfang oder jetzt zu Maria Lichtmess. Da bin ich gerade dabei. Ist ja schon in vier Tagen.«

Sie sah zum Kamin. »Wären Sie so freundlich und würden etwas Holz nachlegen. Ich hab's seit gestern im Rücken.«

War ihm nicht aufgefallen. Er nickte und stand auf, nahm zwei Scheite aus dem Korb, der neben dem Kamin stand, und warf sie in die Glut.

»Zu den Reisen wollte ich Ihnen noch etwas sagen. Eigenartigerweise waren wir einige Male an Orten, an denen sich genau zu dem Zeitpunkt etwas Historisches ereignet hat. Beim Mauerfall in Berlin, in Rom, als dort auf dem Petersplatz das Attentat auf den Papst geschah, und im Table Bay Hotel in Kapstadt, als die Freilassung von Nelson Mandela bekannt gegeben wurde.«

»Zufall.«

Sie schüttelte den Kopf. »Nein, das sagt man so leicht. Zufall ist die einfachste Erklärung für alles, was man nicht erklären kann. Und die bequemste.«

»Und wie sind Sie nach Meran gekommen?«

»Das war ganz sicher kein Zufall. Wir haben hier oft Urlaub gemacht, mehrmals im Jahr, oben auf Schloss Labers, und hatten hier auch schon einen kleinen Freundeskreis. Eines Tages hat mein Mann gesagt, wir drehen das um. Wir wohnen hier und fahren ab und zu in den Urlaub nach München. Gesagt, getan. Wir haben unsere Wohnung in München verkauft. Die Kanzlei hat mein Mann seinem jüngeren Sozius übergeben, mit dem ihn ein Vater-Sohn-Verhältnis verband, und dann sind wir hierhergezogen. Das ist nun auch schon wieder zehn Jahre her.«

Farner sah auf die Uhr. »Tut mir leid, ich muss los. Ich hab noch ein paar Termine.«

Sie sah ihn an. »Merken Sie sich, wo wir stehen geblieben sind. Beim nächsten Mal machen wir genau an der Stelle weiter.«

Sie standen auf, und er ging noch mal zu dem Bild auf der Staffelei, während sie ihm die Kopie des Mietvertrags und den Garagenschlüssel brachte.

»Irgendwo muss auch noch eine Fernbedienung für das Tor sein. Sobald ich sie finde, kriegen Sie sie.«

»Beim nächsten Mal.«

»Gefällt Ihnen das Bild?«

»Ja.«

Sie ging mit dem Zeigefinger über die skizzierten Bleistiftlinien. »Das Bild macht demütig«, sagte sie. »Es erinnert einen daran, dass einem jederzeit der Pinsel aus der Hand fallen kann, bevor das, was man gerade tut, zu Ende gebracht ist.«

Für die Fahrt auf der MeBo brauchte er keine 20 Minuten. Er stellte seinen Wagen im Parkhaus gegenüber vom Bozner Bahnhof ab, das sich über mangelnden Zuspruch nicht beklagen konnte. Im Gegenteil. Es war brechend voll, in allen Etagen, und er war schon drauf und dran, wieder rauszufahren, als er in der Nähe der Ausfahrt in einer Ecke doch noch eine schmale Lücke fand, die aber so eng war, dass er Bauch und Hintern gleichzeitig einziehen musste, um aussteigen zu können. Einen Preisnachlass würde es dafür nicht geben. Kassenautomaten arbeiten ohne Ansehen der Beschwerlichkeit, die einer beim Aus- oder Einsteigen hat. Sprechende Automaten gab's ja schon, und wer weiß, vielleicht sagen die einem eines Tages beim Kassieren, dass man beim nächsten Mal besser mit einem kleineren Auto kommen oder vorher eine Diät machen sollte.

Der Weg zum ›Batzenhäusl‹, wo Anne Felderer einen Tisch bestellt hatte, war nicht weit, am ›Parkhotel Laurin‹ vorbei über den Rathausplatz, geradeaus weiter und am Naturmuseum rechts ab. Nach zehn Minuten war er da. Er blieb vor dem Haus stehen und dachte an das, was Nathusius gestern Abend über alte Häuser gesagt hatte, die Geschichten erzählen. Das ›Batzenhäusl‹, ein Wirtshaus mit einer langen Tradition. Seit dem 15. Jahrhundert wird da gezecht. Farner war vor seiner Zeit bei Europol einige Male in dieser urigen Kneipe, meistens nach Dienstschluss mit Kollegen aus der Quästur. Gegessen hatten sie dort immer sehr gut. Anne Felderers Wahl war ganz nach seinem Geschmack.

Sie sah ihn die Treppe heraufkommen und winkte ihm zu. Es war nicht so voll, wie er angenommen hatte. Als er an ihren Tisch trat, stand sie auf und gab ihm einen langen Kuss. Als am Nebentisch ein älteres Paar Beifall klatschte, mussten sie beide lachen.

»Wartest du schon lange?«, fragte Farner und nahm ihr gegenüber Platz.

»Nein. Ich bin auch gerade erst gekommen. Ich hab's ja nicht so weit von meinem Laden hierher. Gefällt dir der Tisch?«

»Ja, doch. Ich frag mich nur, wie ich ihn in den Wagen kriegen soll.«

Anne Felderer legte ihre Hand auf seine und sah ihn zärtlich an. »Ich mag deinen Humor.«

Der Kellner unterbrach das traute Händchenhalten und fragte, was sie trinken wollten.

»Einen Wein aus der Nachbarschaft«, sagte sie, ohne lange zu überlegen. »Einen Muri-Gries.«

»Welche Farbe?«

»Weiß.«

»Für mich auch, aber gespritzt«, sagte Farner und nachdem der Kellner wieder gegangen war: »Ich hab ja noch eine Verabredung mit der Justiz.«

Sie schob ihm die Speisekarte rüber. »Und ich werde mich heute Nachmittag von einigen Ladenhütern trennen.«

»Was machst du mit den Büchern, die keiner kauft?«

»Sie bekommen ein Gnadenbrot und werden verschenkt. In Absprache mit den Verlagen, versteht sich. Bücher haben eine Seele, und ich bin dagegen, dass sie geschreddert werden und nur noch so viel wert sind, wie sie auf die Waage bringen.«

»Und als Papiertaschentücher oder Dämmmaterial wiederverwendet werden.«

Der Kellner brachte die Getränke. Anne Felderer bestellte ein Stockfisch-Greaschtl* und Farner ein Wiener Schnitzel.

»Eigentlich bin ich noch satt von gestern Abend.«

»Hast du geschlemmt?«

»Und wie.«

Er holte die Schlüssel, Haustür- und Wohnungsschlüssel, die an einer kurzen Kordel zusammengebunden waren, aus der Tasche und gab sie ihr.

»Weiterhin freier Eintritt. Aber vergiss sie nicht wieder.«

Sie wickelte die Kordel um ihren Zeigefinger. »Ich habe sie nicht vergessen. Ich hab sie absichtlich liegen lassen.«

»Du wolltest Schluss machen.«

»Nein.« Und das kam ziemlich laut. »Ich wollte herausfinden, ob du sie mir auch ein zweites Mal gibst.«

Er sah sie fragend an. »Ich versteh nicht.«

»Ich wollte eine Bestätigung.«

»Wofür?«

»Du hast mir die Schlüssel in einem Anflug von Leichtsinn oder Überschwänglichkeit gegeben, nehm ich mal an.«

Er erinnerte sich genau. »Überschwänglichkeit stimmt.«

»Und ich habe mich einige Male gefragt, ob du es hinterher nicht bereut hast und nur zu anständig warst, sie zurückzuverlangen.«

»Und? Fühlst du dich jetzt wohler?«

»Ja.« Sie steckte die Schlüssel ein und lachte. »Für den nächsten Überfall.«

Nach dem Essen kam eine verträumte Stimmung auf. Anne Felderer schaute aus dem Fenster und war in Gedanken weit weg. Sie seufzte.

»Woran denkst du?«

»An einen schönen Tag im letzten Oktober. An eine dunkelbraune Katze ...«

»Du meinst das Restaurant in Valeggio*.«

»Ja, an unseren Ausflug ins Minciotal und nach Verona. Schöne Tage wie diesen müsste man in die Länge ziehen können oder wie einen Zug anhalten und an der Weiterfahrt hindern.«

»Ich bin eher für Weiterfahrt, damit er die Gleise nicht blockiert für den nächsten Zug. Der soll nämlich auch sehr schön sein.«

»Dann stell das Signal mal auf freie Fahrt.«

Es war schon kurz vor halb fünf und leicht dämmrig, als er von der Überetscher Straße auf die MeBo abbog. Sein Auftritt vor Gericht hatte keine 15 Minuten gedauert. Dafür hatte er mehr als eine halbe Stunde – zusammen mit anderen Zeugen, die er nicht kannte – auf dem Flur warten müssen, bevor ihn der Gerichtsdiener in den Saal gerufen hatte. Der Richter, ein griesgrämiger Buster-Keaton-Typ, einer von denen, die niemals lachen, schien obendrein das Leiden Christi vom Kruzifix hinter ihm in sein Gesicht übernommen zu haben. Er verzichtete auf eine Vereidigung des Zeugen Farner. Dabei hätte er außer der richtigen Wettervorhersage und dem Ausgang der nächsten Parlamentswahlen alles beschwören können. Seine Aussage entsprach im Wesentlichen dem Bericht, den er nach Abschluss der Ermittlungen für den Staatsanwalt aufgesetzt hatte. Ein paar zusätzliche Details noch, unter anderem die Pfefferspray-Attacke gegen Terranostra, was einer der beiden Verteidiger mit einem hämischen Lachanfall quittierte.

Aber Farner ließ sich nicht irritieren, und der gelegentliche Blickkontakt mit Martell hatte ihm gezeigt, dass der Staatsanwalt voll hinter ihm stand. Allerdings wollte der – als Farner in einer kurzen Verhandlungspause danach mit ihm sprach – nicht ausschließen, dass er ihn zu einem späteren Zeitpunkt noch mal vorladen müsse, wenn sich der Prozess länger hinziehen oder sogar in die nächste Instanz gehen würde. Mit einem schnellen Urteil war nicht zu rechnen. Bei Rechtsfehlern landen die Fälle manchmal sogar beim Kassationsgericht in Rom und werden von da zur Neuverhandlung wieder an die zuständigen Gerichte zurückverwiesen. Und das konnte dauern. Egal, er hatte erst mal seine Schuldigkeit getan, und er war heilfroh, dass er diese Pflichtnummer hinter sich gebracht hatte.

Vor ihm fuhr ein Caravan mit einem halben Dutzend Paar Skiern und zwei Snowboards hinten draufgepackt. Beim

Essen mit Anne Felderer war ihm schon der Gedanke gekommen, ein paar Tage Urlaub zu machen und nach Cortina oder Madonna di Campiglio zu fahren, wenn sie den Fall Angerer gelöst hatten. Er würde sie fragen, ob sie mitkommt. ›Zwei Spuren im Schnee führ'n herab aus steiler Höh'‹ Liesbeth, die Flachlandtirolerin, die zwar gerne mal ein Dirndl trug, aber die Berge für etwas Bedrohliches hielt, hatte er nie dazu überreden können.

Das Wetter konnte sich nicht entscheiden. Es hatte wieder angefangen, leicht zu schneien. Für Farners Rückkehr ins Büro interessierte sich zunächst niemand. Reisinger war mit seinem PC beschäftigt, der offenbar wieder funktionierte. Eller und Furlan telefonierten, und Hallmeier hatte er den ganzen Tag noch nicht gesehen. Aber es dauerte nicht lange, bis Reisinger ihm einen Kaffeebecher, randvoll, auf den Schreibtisch stellte.

»Danke, sehr aufmerksam.«

»Wie war's?«

Farner rümpfte die Nase. »Das muss ich nicht jeden Tag haben.«

Er nahm einen Schluck aus dem Becher. »Einer von den Anwälten ist mir ganz schön auf den Keks gegangen. Ich bin sicher, egal wie das Urteil ausfällt, der Mann wird Rekurs anmelden und, wenn's sein muss, bis vors Kassationsgericht gehen.«

»Das muss uns ja nicht kümmern.«

»Nein. Aber ich frag mich etwas anderes. Warum hat Martell den Maresciallo nicht als Zeugen geladen? Die Carabinieri haben ja ihren eigenen Bericht zu dem Waldner-Fall geschrieben. Ich kann mir vorstellen, dass Terranostra, so empfindlich wie er ist, das als Herabsetzung ansieht.«

»Vielleicht ist das Martells neue Strategie, den einen hofieren, den anderen heruntermachen – Lob und Tadel gegeneinander ausspielen. Das spornt beide an.«

»Ich bitte dich, wir sind doch keine kleinen Kinder. Das wird weder bei den Carabinieri funktionieren noch bei uns. Wir brauchen keinen Staatsanwalt, der uns motiviert – und erst recht nicht mit solchen Methoden.«

Farner stand auf und ging ans Fenster. Auf dem Rennweg war schon die Straßenbeleuchtung an, so früh am Tag, und auf dem Kornplatz, zwischen den Ständen, war es ruhiger geworden. Plötzlich kam Bewegung ins Bild, und Farner wurde von seinem Logenplatz aus Zeuge eines misslungenen Diebstahls. Ein kleiner Junge nahm sich eine von den Handtaschen, die an dem Stand hinter dem Brunnen aushingen, und wollte damit weglaufen. Aber der Verkäufer kam wie ein geölter Blitz hinter seiner Theke hervorgeschossen und hatte ihn schon nach wenigen Metern am Wickel. Der Mann zeigte auf das Kommissariat, und der Kleine fing an zu weinen. Schmunzelnd ging Farner an seinen Schreibtisch zurück.

»Und bei euch? Gibt's was Neues?«

Reisinger hatte sich einen Stuhl herangezogen und blätterte in seinen Notizen. »Ja und nein. Die Fahndung nach Palm hat bisher nichts erbracht.«

»Was hast du erwartet? Dass sie ihn dir auf dem Tablett servieren?«

»Vielleicht wird es noch dazu kommen.«

»Du sprichst in Rätseln.«

»Jedenfalls scheint er noch in Meran zu sein.«

»Woher weißt du das?«

»Als du gekommen bist, hab ich gerade mit den Kollegen in Basel ... gechattet, sagt man.«

»Ja.«

»Palm hat heute Morgen mit seiner Frau telefoniert. Er hat ihr gesagt, er bleibt noch ein paar Tage, aber er hat nicht gesagt, wo. Die Frau hat daraufhin die Polizei informiert, weil sie sich Sorgen gemacht hat, und die haben sein Handy, von dem der Anruf kam, hier bei uns in der Nähe geortet.«

»Was heißt, in der Nähe?«

»Eine Funkzelle im Burggrafenamt. Ich muss noch herausfinden, wo genau.«

Furlan war hereingekommen und hatte abgewartet, bis Farner und Reisinger ihr Gespräch beendet hatten.

»Vielleicht ist einer, der uns helfen kann, schon im Anmarsch. Hallmeier hat sich gerade gemeldet. Er hat einen der Autofahrer aufgegabelt, die am Tatabend zur fraglichen Zeit vis-à-vis der Galerie getankt haben, einen Trucker aus Schenna. Wenn wir Glück haben ...«

»Glück ist ein ganz unzuverlässiger Kollege«, spottete Reisinger. »Wenn man ihn braucht, macht er gerade Urlaub.«

»Wart's doch erst mal ab«, gab Furlan angefressen zurück und sah Farner an. »Was sagt der Chef dazu?«

Farner ließ sich mit der Antwort Zeit, bis er an seinem Schreibtisch Platz genommen hatte. »Kann ja nicht schaden, wenn wir uns den Trucker mal anhören. Aber eins müsste euch auch klar sein ...«

Gespanntes Schweigen.

»... dass wir mit Fakten besser umgehen können und weiterkommen als mit vagen Hoffnungen. Soll heißen: Furlan besorgt die Fingerabdrücke von Gaiser ...«

»Was du versemmelt hast.«

»Geb ich ja zu. Und Reisinger macht noch mal Druck auf das Labor, damit wir endlich wissen, wen Nicole Angerer mit ihren Fingernägeln angekratzt hat.«

Furlan war schon fast draußen, und Reisinger wollte gerade gehen, als sich Eller an ihm vorbeischob.

»Gratuliere. Du hast heute einen Freund fürs Leben gewonnen. Und einen kostenlosen Haarschnitt dazu.«

»Wovon sprichst du?«

»Der Bub, der dir den Brief geschrieben hat, hat sein Fahrrad wieder. Und den Fahrraddieb haben die Kollegen von der Stadtpolizei auch geschnappt.«

»Erzähl.«

Reisinger interessierte das nicht, und er ging.

»Der kleine Florian Bachmüller hat vorhin hier angerufen, um sich zu bedanken und uns zu sagen, dass er mit seinem Vater eine Belohnung für uns ausgehandelt hat. Wir dürfen einmal umsonst zum Haareschneiden kommen.«

»Schade, du hättest es nötig.«

»Wieso schade?«

»Weil die Polizei keine Geschenke annehmen darf. Hast du das vergessen?«

»Mein Gott, so 'n bisschen Haareschneiden ... Außerdem hat er gesagt, dass er auch Polizist werden will.«

»Wir werden ihm eine Planstelle freihalten.«

Unten auf der Straße bellte ein Hund.

»Der scheint was dagegen zu haben«, lachte Eller und ging hinaus.

Farner erinnerte sich an eine Fernsehsendung, in der ein Mann behauptet hatte, er könne jeden Hund am Gebell erkennen. Und der Typ hatte hundertprozentig richtiggelegen. Später war herausgekommen, dass es Betrug war. Aber er erinnerte sich nicht mehr, wie der Schwindel funktioniert hatte. Eine Mitarbeiterin des Senders war angeblich in die Geschichte verwickelt. Eines Tages, schätzte er, wird es wahrscheinlich eine App geben, die das möglich macht. Nur, für wen oder was sollte das gut sein. Viel aufschlussreicher wäre es, wenn die Menschen verstehen könnten, was die Hunde sagen, wenn sie bellen.

Hallmeier kam herein und meldete den Besuch von Theo Heymann. »Der Trucker aus Schenna ...«

»Wo ist er?«

»Auf dem Flur. Er spricht mit Gianni. Die beiden kennen sich vom Fußball.«

»Er soll reinkommen.« Er zeigte auf den Besprechungstisch. »Wir machen das hier.«

»Er hat genug Zeit, hat er gesagt.«

»Aber wir nicht. Also mach ihm Beine und sag Reisinger Bescheid.«

»Fragen Sie.« Theo Heymann, ein junger Mann mit Baseballkappe und einem Tattoo am Hals, hatte Farner gegenüber an dem Besprechungstisch Platz genommen. Farner wartete, bis sich auch die anderen gesetzt hatten. Reisinger sah man an, dass er nicht viel von dieser Aussage erwartete.

»Ich nehme an, der Kollege Hallmeier hat Ihnen bereits gesagt, worum es geht.«

»Ja, vielleicht kann ich euch helfen. Obwohl ...«

»Obwohl?«

»Obwohl ich mir gestern einen Strafzettel von euren Kollegen eingefangen habe.«

»Das verrechnen wir«, sagte Furlan, »wenn du was Brauchbares lieferst.«

»Entschuldigung. Möchten Sie etwas trinken?« fragte Farner nach. »Ohne Gegenleistung.«

»Danke, ich hatte gerade. Gianni war so freundlich und hat mir einen Kaffee spendiert.«

»Dann legen Sie mal los. Sie haben also wann was gesehen?«

Der Trucker holte einen Tankbeleg aus seiner Tasche. »Hier auf der Quittung steht 18.45 Uhr.«

»Am vergangenen Montag?«

»Ja, 25. Januar. Seh'n Sie ...«

Er reichte Farner den Zettel, der einen kurzen Blick darauf warf und ihn wieder zurückgab.

»Den brauchen wir, um unsere Spesen abzurechnen. Mein Kollege war drin und hat gezahlt, und ich habe draußen gewartet.«

»Was haben Sie gesehen?«

»Eine Frau, die aus dem Geschäft gegenüber gerannt kam und weinte.«

»Eine Frau?«

»Ja.«

»Eine Frau, die weinte«, wiederholte Farner. »Und das haben Sie von der Tankstelle aus gesehen?

»Nein.« Heymann zögerte. »Wenn ich das für mich behalten darf, warum ich über die Straße auf das andere Grundstück gegangen bin ... hinter eine Hecke.«

»Schon klar.« Hallmeier und Furlan grinsten, Reisinger verzog keine Miene.

»Sie kam aus dem Haus, sehr nah an mir vorbei, hat mich aber nicht bemerkt. Dann stieg sie in ein Auto und fuhr weg.«

»Können Sie sie beschreiben?

»Ich schätze, Mitte 30, groß, schlank, die Haarfarbe konnte ich nicht erkennen, weil sie eine Mütze trug.«

»Was für eine Mütze?«

»Eine gelbe Strickmütze mit Bommel und Ohrenklappen.«

Farner sah sie vor sich. Eine gelbe Strickmütze mit Bommel und Ohrenklappen. Auf Angerers Garderobenablage hatte so eine Mütze gelegen.

»Und der Wagen?«

»Ein Volvo V40 Kombi, Blau metallic. Auf das Kennzeichen hab ich nicht geachtet.«

»Alles klar. Danke, das war's schon.«

Farner stand auf und gab ihm die Hand. Heymann erhob sich ebenfalls, wünschte ihnen einen schönen Tag und ging.

Furlan und Hallmeier begleiteten ihn hinaus.

Reisinger nickte anerkennend. »Sehr präzise, der junge Mann.

Solche Augenzeugen wünscht man sich öfter.«

»Schade, dass wir nicht schon früher auf ihn gestoßen sind.«

»Hast du eine Idee?«

»Ja. Ich werde den Maresciallo anrufen. Er muss diese Mütze auch gesehen haben.«

»Wo?«

»Bei den Angerers.«

Aber bevor Farner anrufen konnte, läutete sein Telefon. Er nahm den Hörer ab. »Ja, bitte?« Er hörte, wartete und fiel dem Anrufer schließlich ins Wort. »Fassen Sie nichts an. Wir sind in zehn Minuten da.«

Reisinger sah ihn fragend an. »Was ist passiert?«

»Bei Gaiser ist eingebrochen worden. Sag Furlan Bescheid …«

Aber der stand schon in der Tür und nahm ihm das Wort aus dem Mund. »Valetta hat gerade angerufen. Bei Gaiser ist eingebrochen worden.«

»Die wissen es auch schon?«

»Ja. Er und Terranostra sind bereits auf dem Weg.«

»Dann wollen wir die beiden nicht allein lassen.«

Reisinger pochte mit dem Zeigefinger auf seine Uhr. »Das wird eng.«

»Du meinst, wegen des Konzerts heute Abend.«

»Ja, es ist schon halb sechs.«

»Wir rufen an, wenn wir's nicht schaffen.«

Es war längst dunkel geworden, aber es schneite nicht mehr, und für morgen hatten sie wieder schönes Wetter angesagt. Als sie bei der Urania in die Garibaldistraße einbogen, sahen sie den Notarztwagen mit Blaulicht und Sirene Richtung Petrarcastraße wegfahren.

»Ich hab gelesen, dass das Weiße Kreuz ausgemusterte Rettungswagen als Spende nach Uganda schickt«, sagte Furlan.

»Sehr schön. Aber das interessiert mich im Moment nicht die Bohne.«

»Die Bohne … Die kommt als Kaffee aus Uganda wieder zurück. Aber nicht als Spende.«

»Gianni.«

»Ja.«

»Denk lieber an die Fingerabdrücke von Gaiser.«

»Ich denk an nichts anderes.«

Valetta winkte mit einer Taschenlampe, als sie das Grundstück betraten, und Terranostra, der sich mit Gaiser unterhielt, begrüßte sie mit einem flapsigen »Guarda qui.* Die Profis sind auch schon da.«

Valetta informierte sie kurz. »Der Einbrecher ist aus dem Fenster gesprungen.« Er richtete den Lichtstrahl der Taschenlampe nach oben. »Aus dem dritten Stock. Und er hat sich dabei schwer verletzt. Sie haben ihn gerade abtransportiert. Wir kennen seinen Namen. Bei dem Sturz hat er seine Brieftasche verloren. Er heißt Werner Böckmann.«

Terranostra griff den Namen auf und wandte sich energisch an Gaiser. »Ich frage Sie noch mal: Kennen Sie den Mann?«

Gaiser blaffte zurück. »Nein, verdammt noch mal. Glauben Sie, ich bestell mir die Einbrecher per Home-Service in die Wohnung?« Er rieb sich mit beiden Händen die Oberarme und wurde etwas zahmer. »Hören Sie, können wir das nicht oben besprechen. Ich frier mir hier den Arsch ab.«

Durch Gaisers Wohnung war ein Orkan gefegt. Offene Schranktüren, ausgeräumte Kommoden, leere Kartons, der Inhalt wild auf dem Boden verstreut, genauso wie die Bücher, die der Einbrecher wahllos aus den Regalen gerissen hatte. Gaiser ließ sich im Wohnzimmer in einen Sessel fallen. Terranostra, Valetta und Furlan schauten sich in den anderen Räumen um.

Farner ging zu dem Fenster, das noch geöffnet war, beugte sich hinaus und sah den schmalen Sims, der sich einen halben Meter unterhalb der Fensterreihe an der Fassade entlangzog. »Er ist nicht gesprungen, sondern gefallen. Abgestürzt, sozusagen.«

»Und Sie sind der Nächste, wenn Sie nicht aufpassen«, sagte Gaiser. Er stand auf und rieb sich das Kinn. »Ich kann mich jetzt an den Namen erinnern. Böckmann. Reinigung. Dass ich nicht gleich darauf gekommen bin. Das ist der Mann von der Frau, die uns diese kitschige Bergseelandschaft verkauft hat. Nicole war vor ein paar Tagen bei ihnen, um etwas über die Herkunft des Bildes zu erfahren. Wahrscheinlich haben sie nicht gewusst, welchen Schatz sie da so billig aus der Hand gegeben haben. – Und jetzt wollte er ihn wiederhaben. Ist doch klar. Nur, bei mir war er an der falschen Adresse.« Während er sprach, ging sein Blick immer wieder argwöhnisch nach nebenan, wo Terranostra vor einer geöffneten Kommode stand. »Der Maresciallo. Sucht der auch nach dem Bild?«

»Wenn wir schon mal hier sind.«

»Sie glauben mir nicht.«

»Sie haben es erfasst. Nein, ich glaube Ihnen nicht. Irgendwie hab ich das Gefühl, dass Sie da mit drinstecken.«

»Sie irren sich.« Gaiser überlegte. »Vielleicht hat dieser Böckmann Nicole umgebracht. Seitdem ist das Bild weg. Das ist doch kein Zufall.«

»Aber unlogisch. Wenn Böckmann das Bild gestohlen hätte, bräuchte er nicht zwei Tage später in Ihrer Wohnung danach zu suchen.«

Terranostra kam mit einem aufgeschlagenen Fotoalbum und zeigte es Farner. »Sieh dir das mal an.«

Auf einem der Fotos strahlten Gernot Angerer, seine Frau, seine Schwester und Stefan Gaiser in die Kamera. Auf zwei anderen waren Gaiser und Christine Angerer in zärtlicher Umarmung zu sehen.

»Hatten Sie mal was mit Christine Angerer?«, fragte Farner.

»Das sind alte Fotos«, wich Gaiser aus.

Terranostra wurde böse. »Sie haben die Frage nicht verstanden.«

Gaiser bequemte sich widerwillig zu einer Antwort. »Ja, wir waren eine Zeit lang zusammen.«

»Wie lange?«

»Bis vor einem halben Jahr.«

Farner legte das Album auf den Tisch. »Und dann sind Sie von Christine Angerer auf Nicole Angerer … umgestiegen.

Gab's da kein böses Blut? Frauen mögen das nicht, wenn Männer, quasi über Nacht, die Betten wechseln.«

Gaiser schwieg.

»Na schön. Das muss jeder mit sich selber ausmachen.« Farner wurde etwas lauter. »Fahrerflucht geht dagegen alle was an, erst recht, wenn dabei Menschen zu Schaden kommen. Erzählen Sie mal, was ist da passiert?«

Terranostra, der nicht wusste, wovon die Rede war, sah Farner fragend an.

Gaiser explodierte. »Was reden Sie denn da? Das war Angerer.« Er holte tief Luft. »Mir können Sie gar nichts.«

»Das ist ein Irrtum. Angerer war der Unfallfahrer, das wissen wir. Aber Sie haben es gewusst, und die Nichtanzeige einer Straftat ist auch kein Kavaliersdelikt. Ist das bei Ihnen angekommen?«

Gaiser antwortete nicht.

Terranostra sah zu dem Koffer, der neben der Garderobe stand. »Verreisen ist erst mal nicht, bevor der Fall nicht geklärt ist.« Er gab ihm die Schlüssel für die Galerie. »Dafür können Sie morgen Ihren Laden wieder aufsperren. Der Tatort ist freigegeben.«

Zweimal passiert mir das nicht, dachte Farner und wandte sich noch mal an Gaiser. »Haben Sie ein Foto von dem Gemälde?«

Gaiser nickte, ging zu einem Schreibschrank und kam mit einem Foto zurück.

»Stecken Sie es bitte in einen Briefumschlag.«

Auf dem Weg nach unten informierte er Terranostra über die Aussage von Theo Heymann.

»Erinnerst du dich an eine gelbe Strickmütze mit Ohrenklappen, die bei den Angerers auf dem Garderobenkasten lag?«

»Nein. Du glaubst, dass Christine Angerer die Frau ist, die dieser Camionista* gesehen hat?«

»Ja. Aber glauben ist zu wenig. Wir müssen sie interviewen. Morgen früh um zehn hol ich dich ab.«

Terranostras Reaktion war ein verächtliches Schnauben.

Furlan und Valetta warteten schon vor dem Haus.

»Geh'n wir? Oder habt ihr noch was zu besprechen?«, fragte Farner.

»Nein.« Furlan verabschiedete sich von seinem Freund. »Ciao, Sandro. E ricorda, l'uomo è nostro.*«

»Welcher Mann?«

»Palm«, antwortete Furlan. Und als Farner ihn erstaunt ansah: »Era uno scherzo.*«

»Aber keiner zum Lachen«, entgegnete Farner.

»Ich hab den Brigadiere auf den neuesten Stand gebracht«, sagte Furlan auf dem Weg zum Wagen. »Dass wir den Hinweis auf die Fahrerflucht im Gepäck von Nicole Angerer gefunden haben.«

»Gaiser hat bestätigt, was wir ja schon wussten, dass Angerer der Unfallfahrer war.«

»Und ich hab Sandro auch gesagt, dass sich Palm sehr wahrscheinlich noch in Meran aufhält. Oder in der Nähe, wie Reisinger gesagt hat.«

»Ich finde, du übertreibst das mit der Kooperation. Einen kleinen Vorsprung hättest du uns schon lassen können.«

Im Wagen zeigte ihm Furlan die kleine Plastiktüte, in der er die Fingerabdrücke von Gaiser hatte. »Von seiner Kaffeemaschine.«

»Und ich hab sie auf einem Foto.«

»Das hatten wir schon mal, erinnerst du dich? So haben wir auch den Mörder von Hermann Waldner überführt. Gilli wird sich freuen.«

»Wie spät ist es?«

»Kurz vor sieben.«

»Wir machen vorher noch einen Abstecher.«

»Was hast du vor?«

»Die Böckmanns haben Nicole Angerer das Bild verkauft. Gaiser glaubt, dass sie erst danach erfahren haben, wie wertvoll es ist, und dass Böckmann bei ihm eingebrochen ist, um es sich wiederzuholen. Ich möchte wissen, was Frau Böckmann dazu sagt. Sie haben eine Reinigung in der Gampenstraße. Außerdem muss man sie ja wohl davon in Kenntnis setzen, dass ihr Mann heute nicht nach Hause kommt.«

Das Gespräch mit Marlies Böckmann kam nur schwer in Gang. Sie hatten sie vor dem Geschäft angetroffen, als sie gerade dabei war, eine Fußmatte an der Hauskante auszuklopfen und die Ladentür abzuschließen. Ihre erste Reaktion, nachdem sie sich als Polizisten ausgewiesen hatten, war ein argwöhnischer, beinahe ängstlicher Blick an ihnen vorbei. Wenn es Furlan nicht vorgeschlagen hätte, wäre sie selber wahrscheinlich nicht auf die Idee gekommen, sie in ihre Wohnung zu bitten, die eine Tür weiter, ebenfalls im Erdgeschoss, lag.

Jetzt saßen sie in einem Wohnzimmer, das alles andere als wohnlich war und in dem es penetrant nach Reinigungsmitteln roch. Ordentlich geheizt war es auch nicht. Der Frau – etwa 40 bis 50 Jahre alt, schwer einzuschätzen –, die einen weißen Kittel trug und zu viel auf den Rippen hatte, schien das nichts auszumachen. Aber Farner fröstelte, und Furlan hatte den Reißverschluss seines Rollkragenpullovers bis unters Kinn hochgezogen. Auf die Mitteilung, dass ihr Mann schwer verletzt im Krankenhaus lag, reagierte sie so, als ginge sie das nichts an. Nach und nach erfuhren sie, dass es nach dem Verkauf des Bildes zwischen den Eheleuten zu einer heftigen Auseinandersetzung, ja zu einem Zerwürfnis gekommen war, weil sie es ohne vorherige Absprache getan hatte.

»Woher hatten Sie das Bild?«

»Mein Mann hat es mit in die Ehe gebracht. Es war doch nur eine kitschige Berglandschaft. Erst als ...« In diesem

Moment klingelte ihr Handy. Sie holte es aus ihrer Kitteltasche, sah auf das Display und ging hinaus.

»Reine Zeitverschwendung«, sagte Furlan. »Das heißt, einen Versuch hab ich noch.« Er tippte eine Telefonnummer in sein Handy, die er von einem Zettel ablas.

»Besetzt.«

»Wen hast du angerufen?«

»Die anonyme Anruferin – die Rufnummer, die Reisinger in seinem Verbindungsnachweis hatte.«

»Jetzt glaubst du, dass diese Tussi …« Farner brach ab, als Marlies Böckmann zurückkam.

»Das war das Krankenhaus«, sagte sie und stellte sich exakt an dieselbe Stelle, an der sie vorher gestanden hatte. »Sie haben ihn gleich operiert. Die Krankenschwester sagt, es hätte schlimmer ausgehen können.«

Wieder klingelte das Handy in ihrer Kitteltasche. Furlan hatte es noch mal versucht.

»Bingo.«

Marlies Böckmann wollte das Handy rausholen, aber Farner winkte ab. »Nicht nötig, das ist mein Kollege.«

Furlan stoppte den Anruf, und das Klingeln brach auch sofort ab.

»Erzählen Sie weiter. Erst als …«

»Erst als Frau Angerer zwei Tage später in unser Geschäft kam und sich nach der Herkunft des Bildes erkundigt hat, ist mir der Verdacht gekommen, dass es vielleicht nicht nur eine kitschige Berglandschaft war, die ich da leichtfertig aus der Hand gegeben habe.«

»Und da haben Sie Nicole Angerer angerufen, um das Bild zurückzubekommen.«

»Ja. Aber ich habe sie nicht erreicht.«

»Sie haben dreimal angerufen. Hat Ihr Mann von den Anrufen gewusst?«

»Nein. So, wie ich es weggegeben hatte, wollte ich es auch wieder zurückholen. Hinter seinem Rücken.«

»Wo waren Sie am letzten Montagabend? Zwischen 18.30 und 19 Uhr?«

Sie musste nicht lange überlegen, weil sie mit dieser Frage wohl gerechnet hatte.

»Bei Slow Food, in einer Gemeinschaftsküche in der Otto-Huber-Straße.«

Bei Farner klingelte es. Reisinger hatte gestern Abend davon gesprochen, dass seine Tochter eine Slow-Food-Anhängerin sei.

»Okay, wir werden das überprüfen.«

»Das hat sich ja doch noch gelohnt«, sagte Furlan, als sie wieder vor dem Haus waren.

»Wie bist du auf die Idee gekommen, dass es ihre Handynummer war?«

»Eine plötzliche Eingebung. Du sagst ja gerne: Instinkt.«

»Ja. Und mein Instinkt sagt mir jetzt, dass Reisinger sauer ist, wenn wir das Konzert verpassen.«

Furlan zeigte in Richtung Untermaiser Pfarrkirche. »Da drüben ist es. Wir können zu Fuß gehen.«

»Du gehst zu Fuß da hin, und ich bring Gilli oder wer auch immer bei denen Überstunden macht, vorher noch die Fingerabdrücke von Gaiser. Sag Reisinger, dass ich nachkomme.«

KiMM – die Abkürzung für Kultur in Meran-Mais –, stand in großen Buchstaben auf der Hausfront. Wie *komm* – der Name passt, dachte Farner, und war ja wohl auch so doppeldeutig gedacht, für ein Haus, in dem Veranstaltungen aller Art stattfanden und das mit seinem originellen Namen dazu einlud. Heute konnte er die Einladung endlich mal annehmen. Reisinger hatte an der Kasse eine Eintrittskarte für ihn hinterlegt. Der Saal war rappelvoll. Farner fand noch einen Platz in der vorletzten Reihe neben dem Gang. Die Musiker, alle in Tracht, waren schon auf der Bühne und warteten auf den Dirigenten. Wo Reisinger und die anderen saßen, konnte er von seinem Platz aus nicht sehen. Dann Applaus für den Mann mit dem Taktstock. Farner erkannte ihn. Es war der Filialleiter seiner Bank. Auf die Idee, dass dieser immer etwas steif und hölzern wirkende Bankmensch in seiner Freizeit ein Blasorchester leitete, wär er nie gekommen. Im Saal erlosch das Licht. Trommelwirbel, ein lang gezogener Fanfarenton, und schon ging's los. Mit einem Stück, das vom Publikum wie ein alter Bekannter begrüßt wurde und gleich für Stimmung sorgte: der ›Radetzky-Marsch‹, ohne Streicher, aber genauso zum Mitklatschen wie bei den Neujahrskonzerten der Wiener Philharmoniker. Danach der ›Florentiner Marsch‹, den sie auch alle kannten, und ein Stück aus der Heimat, der ›Bozner Bergsteigermarsch‹. Die ›Herz-Schmerz-Polka‹ war wieder was zum Mitsingen, und für die ›Amboss-Polka‹ hatten sie sich eine Showeinlage einfallen lassen, die für große Heiterkeit im Saal sorgte. Zu dritt trugen sie einen schweren Amboss auf die Bühne, und einer von den Musikern, dem man den Schmied sofort abnahm, bearbeitete den Stahlblock mit zwei Hämmern im Takt der Musik so heftig, dass die Funken sprühten.

Das ›Deep-Purple-Medley‹, mit dem der zweite Teil des Konzerts begann, war nicht nach Farners Geschmack, und dem Alten, der neben ihm saß, schien es auch nicht zu gefallen. Aber mit Glenn Millers ›American Patrol‹ war die Stimmung schnell wieder oben.

Dann kam der Solo-Auftritt von Ivo Gebhard. Mit einer Nummer von Miles Davis. ›So what‹ hieß das Stück, das stand im Programmheft. Anschließend noch ein paar Takte ›Summertime‹ aus ›Porgy and Bess‹.

Wow. Alle Achtung. Das war erste Sahne, und Farner spürte auf einmal so etwas wie Familienstolz.

Mit ›Sousa goes Dixieland‹ und dem ›Washington Post March‹ als Zugabe, vom Publikum im Stehen applaudiert, fand das Konzert einen fröhlichen Abschluss.

Farner wartete am Ausgang auf die Kollegen, die weiter vorn gesessen hatten. Reisinger zeigte mit dem Daumen nach oben. »Hast du es bereut?«

»Nein. Das war eine gute Idee. Ich wusste nicht, dass Gebhard so ein Ass ist.«

»Ich hab mit ihm ausgemacht, dass wir nebenan im Restaurant noch eine Kleinigkeit essen.«

Furlan fand das Konzert zu amerikanisch, und Hallmeier hätte gern auch was Englisches gehört. »›The Band of the Costum Guards‹, oder 'ne Nummer von Chris Barber oder Mister Acker Bilk«, maulte er.

»Sagt mir lieber, wo Eller ist.«

Reisinger fühlte sich angesprochen. »Das frag ich mich auch. Er hat weder was hinterlassen noch angerufen. An sein Handy geht er auch nicht.«

»Du hast gestern Abend gesagt, dass deine Tochter auf Slow Food steht. Frag sie mal, ob sie eine Marlies Böckmann kennt.«

»Wer ist das?«

»Hat Furlan nichts erzählt?«

»Wir haben noch nicht miteinander gesprochen.«

»Das ist die, die Nicole Angerer das Bild verkauft hat, von dem wir immer noch nicht wissen, wer es in Verwahrung genommen hat. Sie war es, die an dem Nachmittag bei der Angerer angerufen hat, weil sie das Bild zurückhaben wollte. Für die Tatzeit hat sie angeblich ein Alibi. Aber das müssen wir noch überprüfen. Und deine Tochter kann uns eventuell dabei helfen.«

»Wie heißt die Frau?«

»Marlies Böckmann.«

Reisinger schrieb sich den Namen auf. »Ich werd sie fragen.«

»Hat ihr Mann das Bild bei Gaiser gesucht.« Farner sprach jetzt etwas leiser, weil ein paar Leute nicht weit von ihnen stehen geblieben waren.

Reisinger zog ihn ein Stück weg. »Ist er der Einbrecher?«

»Ja. Wo er am Montag zur Tatzeit war, müssen wir noch checken. Im Moment ist das nicht möglich, weil er im Krankenhaus liegt. Er hat sich bei dem Einbruch schwer verletzt.«

Sie betraten das Restaurant. »Warst du schon mal hier?«, fragte Reisinger.

»Nein.« Farner blieb in der Nähe der Tür stehen und schaute sich um. Ein altes Kellergewölbe, grob verputzte Wände, Fenster, die an Schießscharten erinnerten, und in der Ecke ein Piano, auf dem Weinflaschen in offenen Holzboxen und eine Reihe von Kerzenleuchtern standen. Eine Höhle, in der man sich sofort wohlfühlte. »Sieht gemütlich aus.«

»Ist es auch. Die Küche hat einen guten Ruf.«

Farner bestellte einen kleinen Wurstsalat. So spät am Abend wollte er seinen Magen nicht mehr übermäßig belasten.

Miles Davis war sein großes Vorbild, verriet ihm Gebhard, als sie am Tisch nebeneinandersaßen, und dass er seinetwegen Hornist geworden sei. »Mein Traum war es immer, Musiker zu werden.« Er brach ab. »Und wenn ich mir jetzt vielleicht einen neuen Job suchen muss …«

»Red keinen Unsinn.«

»Wusstest du, dass Miles Davis häufig mit dem Rücken zum Publikum gespielt hat?«

»Nein, warum?

»Er hat das angeblich damit begründet, dass er kein Entertainer sein wollte und sich so besser auf die Musik konzentrieren konnte.«

Nach dem Essen gesellte sich Ivo Gebhard wieder zu seinen Musikfreunden, und Reisinger mahnte zum Aufbruch. »Wir haben morgen einen langen Tag.«

Es war lausig kalt. Das Thermometer vor dem Haus zeigte minus fünf Grad. Nachdem Furlan ihm angeboten hatte, ihn nach Hause zu fahren, gab Farner ihm die Wagenschlüssel und setzte sich schlotternd auf den Beifahrersitz.

»Beeil dich.«

Furlan hatte die Heizung voll aufgedreht, und Farner spürte, wie seine Lebensgeister allmählich wieder erwachten. »Jetzt hätte ich noch Lust auf einen Absacker«, sagte er, als sie in die Piavestraße einbogen.

Farner hatte nichts dagegen. »Kein Widerspruch. Aber nur einen.«

Sie landeten in einer kleinen Bar, die sie noch nicht kannten. Aber da war es so laut, dass sie gleich wieder kehrtmachten.

»Verschieben wir's«, sagte Farner, »den Krach brauch ich heute Abend nicht mehr.«

Furlan grinste. »Und wenn dann noch jemand zu Hause auf einen wartet ...«

»Ich versteh nicht ...«

»Auf Umwegen erfährt man alles.«

»Ach ja?«

»Valetta hat erzählt, dass du eine neue Freundin hast.«

»Er ist also das Klatschmaul.«

»Stimmt das etwa nicht?«

»Das lassen wir mal offen. Ich frag dich ja auch nicht, mit wem du deine Freizeit verbringst.«

»Entschuldige.«

Farner stupste ihn freundschaftlich in die Rippen. »Schon gut.«

Sie verabschiedeten sich. Furlan ging zum Wagen zurück, und Farner machte sich zu Fuß auf den Weg nach Hause.

Keine hundert Meter weiter wartete ein Aufreger, der Farners Eingreifen erforderte. Natürlich hätte er wegsehen und einfach weitergehen können, als ihm der Mann auffiel, der auf einer Bank neben dem Aufgang zur Promenade saß und aus einer Wodkaflasche trank. Aus seiner abgerissenen

Kleidung schloss Farner, dass er ein Obdachloser war, ein Senzatetto*, einer von denen, die kein Zuhause haben, auf Bänken schlafen, sobald es die Temperaturen zulassen und ihr miserables Leben nur mit viel Alkohol ertragen können. Arme Schweine.

Aber der da war ein mieses Schwein. Farner sah, wie er die Wodkaflasche an einen Jungen weitergab, der neben ihm saß. Ein halbes Kind noch. Das Bürschchen nahm einen kräftigen Schluck und gab die Flasche wieder zurück. Der Penner warf die leere Flasche in hohem Bogen hinter sich, wo sie in einem Strauch hängen blieb.

Farner ging auf die beiden zu. »Darf ich mal Ihre Papiere sehen?«

Der Mann rülpste laut. Farner bekam seinen stinkenden Atem voll in die Nase und wandte sich angeekelt ab.

»Nix Papiere«, kam es in gebrochenem Deutsch. Der Mann stand auf, stieß ihn zur Seite und wollte wegrennen. Farner stellte ihm ein Bein, der Reflex funktionierte noch einwandfrei, der Typ fiel hin, rappelte sich sofort wieder auf und lief auf die Straße. Direkt vor einen Streifenwagen der Stadtpolizei, der aus der Leonardo-da-Vinci-Straße in die Freiheitsstraße einbog. Die beiden Polizisten sprangen aus dem Auto. Der Mann wehrte sich, schimpfte und schlug wie ein Berserker um sich, aber nach einem kurzen Gerangel hatten ihn die beiden Polizisten im Griff und legten ihm Handschellen an.

Inzwischen waren einige Passanten stehen geblieben, um sich das Spektakel anzusehen, und ignorierten die Aufforderung, weiterzugehen. Action-Kino auf der Straße, das lässt man sich nicht entgehen. Farner war bei der Bank stehen geblieben und ließ den Jungen nicht aus den Augen. Aber der machte keine Anstalten, auch wegzurennen, sondern verkroch sich unter einer Decke, die der Penner zurückgelassen hatte.

Einer der beiden Beamten kam auf Farner zu. »Haben Sie uns angerufen?«

»Nein.«

»Was ist hier los?«

Farner holte die leere Flasche aus dem Strauch und gab sie dem Polizisten. »Ein Trinkgelage«, er zeigte auf den Jungen, »und dieser Knabe hier ist sicher noch minderjährig.«

»Und wer sind Sie?«

Farner zeigte ihm seinen Dienstausweis.

»Polizeiobermeister Martini«, stellte sich der Mann vor und salutierte lässig mit der Hand an der Mütze. »Das ist nicht der erste Fall heute Nacht. Die fangen immer früher an und landen dann eines Tages selber auf der Straße.«

Der Polizeiobermeister zog dem Jungen die Decke weg. »Wie heißt du?«

Keine Antwort. Sie stellten ihn auf die Beine und mussten ihn festhalten, weil er sonst umgefallen wäre. Zu zweit brachten sie ihn zu dem Streifenwagen. Martini schob ihn auf den Rücksitz und bedankte sich bei Farner. »Wir kümmern uns um ihn.«

Einigermaßen beruhigt machte sich Farner auf den Weg nach Hause. Der Vollmond begleitete ihn. Die Straße war so hell, dass er eine kleine Kupfermünze zwischen den Pflastersteinen sah. Er hob sie auf und steckte sie ein. Ein Glücksbringer, sagt man. Aber gilt das auch für jemanden, der nicht abergläubisch ist?

Lukas Farner und der Aberglaube. Die stritten immer noch miteinander. Auf der Uni in Trient hatte man sich eine Anekdote erzählt, an die er sich jetzt erinnerte. Ich denke, Sie glauben nicht an so was, war einem Mathematikprofessor vorgehalten worden, der davon überzeugt war, dass er alles auf der Welt rational erklären konnte. Ausgerechnet der hatte ein Hufeisen über seiner Haustür angebracht. Es helfe auch denen, die nicht daran glaubten, soll er daraufhin geantwortet haben.

Ein bisschen Aberglaube steckt wohl in uns allen, dachte Farner. Wahrscheinlich ein Relikt aus uralten Zeiten. Man glaubt nicht wirklich daran, hat aber alles, was angeblich Glück oder Pech bringt, im Kopf, vom Kaminkehrer, den man berühren muss, bis zu der schwarzen Katze, die einem über den Weg läuft. Wenn man eine Kupfermünze findet, hebt man sie auf, steckt sie ein und sagt sich: Schaden wird sie sicher nicht.

Der Mond war in Bestform. Als er seine Wohnung betrat, glaubte er im ersten Moment, er hätte heute Morgen vergessen, das Licht auszuschalten. Lesen ging nicht, aber man konnte noch eine Weile dasitzen und sich von diesem magischen Licht verzaubern lassen. Eine Wolke, die sich davorschob, gab schließlich das Zeichen, dass es Zeit war, schlafen zu gehen. Es war schon nach Mitternacht, als er todmüde ins Bett fiel.

29. Jänner

Vollmond verlangsamt den Körper, und die Leistungsfähigkeit ist ziemlich weit unten. Es gibt Überlieferungen, dass die Menschen früher bei Vollmond weniger gearbeitet haben. Manche sogar gar nicht. Die Hormonwerte sinken. Du kannst nicht einschlafen. Die Zahl der Verkehrsunfälle und der Straftaten steigt.«

Farner war noch im Mantel in der Tür stehen geblieben und hatte zugehört, wie Reisinger dem Kollegen Hallmeier die unheilvollen Kräfte des Vollmonds beschrieb.

Reisinger sah zu ihm hin. »Du glaubst ja nicht dran.«

»Das Wenigste von dem, was du da erzählst, ist wissenschaftlich erwiesen.«

»Das sagt gar nichts.«

»Mein lieber Mann, verfranz dich nicht. Abgesehen davon bist du einen Tag zu früh dran.« Er tippte auf den Wandkalender, der neben der Tür hing. »Vollmond ist erst morgen.«

»Ich weiß, aber da fehlt nicht mehr viel an der runden Scheibe. Außerdem schadet es nicht, wenn man sich vorher schon darauf einstellt.«

»Fly me to the moon«, trällerte Hallmeier, drehte eine Pirouette und verschwand.

Farner ging in sein Büro.

Reisinger folgte ihm. »Du hast mich gestern Abend gefragt, ob meine Tochter diese Marlies Böckmann kennt. Ja, sie kennen sich. Sie treffen sich einmal in der Woche in einer Gruppe, tauschen Slow-Food-Rezepte aus und kochen gemeinsam.«

»Jetzt sag bloß nicht: Montags.«

»Doch, meistens zwischen fünf und acht. Und am letzten Montag sind sie sogar zusammen von da weg, da war es schon fast zehn, hat sie gesagt.«

Er sah Farners skeptischen Blick und fuhr fort. »Ich hab sie gefragt, wieso sie sich so genau daran erinnert. Sie hat gesagt, weil sie an dem Abend, kurz nachdem sie nach Hause gekommen ist, eine Talkshow im Fernsehen gesehen hat, in der Thomas Gottschalk mit dem Schweizer Theologen Küng über Männermode im Vatikan und über den bzw. das Zölibat gesprochen hat. Die Leute sind sich ja nicht so ganz einig, ob die Ehelosigkeit männlich oder sächlich ist.«

»Dann können wir die anonyme Anruferin ja wohl streichen.«

In Farners Gesicht machte sich Nachdenklichkeit breit, aber Reisinger war in der Stimmung zu reden.

»An was denkst du?«

»Es läuft nicht so, wie ich mir das vorgestellt habe. Ich frage mich, ob wir nicht irgendeinen entscheidenden Hinweis übersehen oder einen Denkfehler gemacht haben.« Er kratzte sich am Hinterkopf. »Ich habe Gaiser gesagt, dass Böckmann das Bild nicht gestohlen hat, und daraus abgeleitet, dass er auch als Mörder nicht in Betracht kommt. Aber diese Schlussfolgerung stimmt so nicht. Er hat das Bild nicht gestohlen, sonst wäre er nicht drei Tage später bei Gaiser eingebrochen. Aber er könnte durchaus der Mörder sein. Er hat das Bild zuerst in der Galerie vermutet, und als es nicht dort war, hat er Nicole Angerer aus Wut – im Affekt – umgebracht.«

»Es ist und bleibt Spekulation, solange wir nicht mit ihm sprechen können. Ich hoffe, er kommt durch, sonst bleibt das vorläufig eine offene Baustelle.«

»Was ist mit Eller? Immer noch nicht aufgetaucht?«, fragte Farner.

»Nein, aber er hat sich gemeldet. Er hat gesagt, er hätte eine längere Anfahrt heute Morgen.«

»Eine längere Anfahrt. Was heißt das? Übernachtet der nicht mehr zu Hause?«

»Keine Ahnung. Er hat gesagt, er würde gleich hier sein, und wir sollen uns auf eine Überraschung gefasst machen. Noch was. Gilli hat vorhin angerufen. Die Fingerabdrücke von Gaiser, die du der Spusi gegeben hast, sind auch auf dem Alukoffer.«

»Das überrascht mich nicht. Der Mann hat uns von Anfang an die Hucke vollgelogen.« Er zeigte auf den Papierstoß, der ordentlich gestapelt auf seinem Schreibtisch lag. »Hast du mir den da draufgepackt?«

»Ja. Das sind die Sachen, die ich noch im Gepäck von Nicole Angerer gefunden habe.«

Farner nahm den Aktendeckel, der obenauf lag.

»Briefe, Versicherungsunterlagen, Fotos und Schulzeugnisse von ihren Kindern, ihre Heiratsurkunde, Auszüge aus einem Familienbuch«, zählte Reisinger auf. »Nichts, woraus wir irgendwelche Schlüsse ziehen können, die auf einen Zusammenhang mit der Tat hinweisen.«

»Was soll ich dann damit?«

»Dir ein eigenes Bild von der Frau machen.«

Farner legte den Aktendeckel zurück. »Okay, wenn ich mal nichts anderes mehr zu lesen habe.«

»Die Stadtpolizei hat angerufen. Ich hab dir die Nummer dahin gelegt. Du sollst mal zurückrufen.«

Einen Augenblick später stand Eller in der Tür und gähnte. Furlan und Hallmeier waren hinter ihm. »Da ist er, der verlorene Sohn.«

»Na endlich«, sagte Reisinger, »wir haben schon geglaubt, die Carabinieri haben dich abgeworben.«

Eller rieb Daumen und Zeigefinger aneinander. »Wer weiß. Wenn die Ablösesumme gestimmt hätte ...«

Die drei nahmen an dem Besprechungstisch Platz. Farner und Reisinger setzten sich dazu. Eller holte seinen Notizblock heraus und legte ihn auf den Tisch. Er wirkte erschöpft. »Ich muss erst mal meinen Kopf sortieren.«

»Vielleicht hilft dir ein Kaffee«, sagte Hallmeier und ging, ohne Ellers Antwort abzuwarten, hinaus.

»Ist 'ne längere Geschichte. Es geht um Ivo.«

Reisinger legte ihm die Hand auf die Schulter. »Dann schieß los.«

Er sah Reisinger an. »Gestern Abend, kurz nachdem ihr zu dem Konzert aufgebrochen seid, hat Rupp angerufen. Er wusste ja, dass wir diesen Rucksack-Mann suchen, und so war es auch abgemacht, dass er uns verständigt, wenn sich da was tut.«

Furlan ging das zu langsam. »Wenn du in dem Tempo weitermachst, sitzen wir heute Abend noch hier.«

Auf Eller machte das keinen Eindruck. Hallmeier kam mit dem Kaffee, stellte den Becher vor Eller ab und setzte sich wieder. »Hab ich was verpasst?«, fragte er.

»Dein Freund hier ist kurz davor, einzuschlafen«, lästerte Furlan.

Reisinger wies ihn mit einem scharfen Blick zurecht, und Eller machte weiter.

»Rupp rief an und sagte, dass die Carabinieri den Mann mit dem Rucksack und den langen Haaren ausfindig gemacht und festgenommen haben, zusammen mit seinem Komplizen, der bei der Attacke auf Ivo Gebhard dabei war. Goller, heißt der Langhaarige, ein ehemaliger Grundschullehrer, den sie wegen Drogenmissbrauchs aus dem Schuldienst entfernt haben, und der andere … hab ich vergessen, wie der heißt … muss ich nachschauen. Simon Rupp wollte mir mitteilen, dass er und seine Leute mit einem Durchsuchungsbeschluss auf dem Weg zu Gollers Wohnung in Nals sind.«

Er trank aus dem Becher und wischte sich die Stirn. »Er hat mir die Adresse gegeben, und ich bin gleich losgefahren. Die ganze Sache war enttäuschend. Außer ein paar Gramm Haschisch, einer Präzisionswaage und ein paar Ecstasy-Pillen haben wir nichts gefunden.«

»Du hast mitgesucht?«

»Ja. Ich hab ja gedacht, ich finde das Messer, das der Typ auf der Straße aufgehoben hat.«

»Du glaubst immer noch, dass es das Messer ist, mit dem Gebhard angegriffen wurde?«, hakte Farner ein.

»Da bin ich mir ziemlich sicher. Um es kurz zu machen ...«

»Ja, bitte.« Das war wieder Furlan.

»Rupp hat die Aktion nach einer Stunde abgebrochen, weil es nicht das gesuchte Versteck der Juwelendiebe war. Und heute Morgen hat er mich aus dem Bett geholt. Er hat sich nach der ... nennen wir es mal Wohnungsbesichtigung in Nals – jetzt fällt mir auch der andere Name wieder ein, Gianella heißt er – diesen Gianella noch mal zur Brust genommen, und der Mann hat gequatscht und das Versteck verraten. Auf dem Dachboden einer alten Scheune. Eine Art Kommandozentrale und Depot für ihre Raubzüge. Das Diebesgut: Uhren, jede Menge Schmuck, Juwelen, Goldmünzen. Ihr könnt euch ja nicht vorstellen, was die Bande alles zusammengeklaut hat.«

»Sicher einträglicher als der Lehrerberuf«, merkte Reisinger an.

»Außerdem Rauschgift in größeren Mengen, alles, was so auf dem Markt ist, dazu Einbruchswerkzeug in allen Größen und Gewichtsklassen, vom Glasschneider bis zum Vorschlaghammer und, worauf ich ja vor allen Dingen scharf war, dieser ominöse Rucksack. Rupp hat sich gar nicht dafür interessiert und ihn sofort an mich weitergereicht. Und, was soll ich euch sagen ...«

»Lass mich raten«, sagte Furlan, »du hast das Messer gefunden.«

»Ja, und ich denke, im Laufe des Tages wird uns der Erkennungsdienst sagen können, ob es das Messer ist, mit dem Ivo Gebhard angegriffen wurde.«

»Mensch, Eller.« Reisinger zeigte mit dem Daumen nach oben, und Hallmeier stieß ihn anerkennend in die Rippen.

»Nebenbei«, setzte Eller noch mal an, »dieser Janotta ist inzwischen nicht mehr auf der Krankenstation, sondern sitzt ein. Todesfolge ist wohl nicht mehr zu erwarten. Also auch das eine gute Nachricht für Ivo.«

Farner hatte es jetzt eilig. Er ging zu seinem Schreibtisch, um Terranostra anzurufen und ihm zu sagen, dass er auf dem Weg sei. Nach der Aussage des Lkw-Fahrers wollte er sich Christine Angerer noch mal vornehmen – das war mit Giovanni so besprochen, auch wenn der nicht viel davon hielt.

Die anderen waren schon draußen, Furlan kam noch mal zurück. »Wen rufst du an?«

»Terranostra.«

»Tut mir leid. In dem ganzen Wirbel hab ich vergessen, dir zu sagen, dass mich Valetta zu Hause angerufen hat. Er hat gesagt, dass er und der Maresciallo heute Vormittag beim Schießtraining sind.«

»Haben die nichts anderes zu tun? Ruf deinen Freund an und sag ihm, dass ich den Maresciallo in fünfzehn Minuten da abhole.«

Von unterwegs versuchte er ein paarmal, die Stadtpolizei zu erreichen. Aber es war immer besetzt.

Man sah Terranostra an, dass er die Störung übel nahm. »Sei sulla strada sbagliata. Du bist auf dem Holzweg«, murrte er kaum verständlich, als er zu Farner in den Wagen stieg.

»So oder so müssen wir uns mit ihr unterhalten, weil sie am Tatort war. Wenn sie Nicole Angerer nicht erwürgt hat, hat sie vielleicht den Mörder gesehen …«

Terranostra wurde deutlicher. »Wen außer Palm und Gaiser hast du noch auf der Liste?«

»Niemanden sonst, aber frag mich das noch mal, nachdem wir mit Christine Angerer gesprochen haben. Sie hatte ein Motiv, wie du selber weißt. Denk an die Bilder in Gaisers Fotoalbum.«

Farner hielt vor dem Haus in der Plantastraße.

Gernot Angerer öffnete ihnen die Tür. »Kommen Sie herein. Ich habe Sie erwartet.«

Farner sah den Maresciallo an, aber der tat so, als hätte er nichts gehört.

»Darf ich fragen, wieso?«

»Kommen Sie rein.«

Sie betraten das Haus. Angerer ließ sie vorangehen.

»Wir sind nicht Ihretwegen hier«, begann Farner schon im Flur das Gespräch.

»Ich vermute, Sie wollen zu meiner Schwester.«

Angerer bat sie ins Wohnzimmer. »Wollen Sie Platz nehmen?«

Aber sie reagierten beide nicht auf seine Frage.

»Meine Schwester ist nicht da. Sie holt die Kinder ab.«

»Wieso haben Sie uns erwartet?«

»Meine Schwester ... Heute Morgen beim Frühstück hat sie mir erzählt, was in der Galerie passiert ist. Sie hat gesagt, sie würde die Buben abholen und anschließend zur Polizei gehen.«

Terranostras Handy klingelte. Er fluchte leise und ging hinaus.

Gernot Angerer ging an den Wandschrank, goss sich einen Whisky ein und trank ihn in einem Zug aus. Dabei zitterte seine Hand dermaßen, dass er Mühe hatte, das Glas an den Mund zu führen. Von dem beherrschten, emotionslosen »Mir-kann-keiner«-Typ war nicht mehr viel übrig. Die Geschichte mit seiner Schwester schien ihn mehr zu belasten als der Verdacht gegen ihn selber.

»Ihre Schwester hat Nicole Angerer gehasst.«

Angerer wollte sich ein zweites Glas eingießen, stellte die Flasche aber wieder ab. »Ich habe das nicht geahnt«, sagte er in einem wehleidigen Ton, der Farner Übelkeit bereitete. »Ich wollte es auch nicht wissen. Aber im Nachhinein ... Ja, es muss wohl so gewesen sein. Als Nicole mit Gaiser ...

ich meine, als meine Frau mich verlassen hat, habe ich nur meine eigene Verletzung gespürt. Dass Christine auch gelitten hat, ist bei mir gar nicht angekommen.« Jetzt goss er sich doch von dem Whisky nach. »Möchten Sie auch einen?«

»Danke, nein.«

»Wenn es um Gefühle geht, sind wir alle Egoisten.«

»Darf ich Sie mal unterbrechen? Ich mag diese Rechtfertigungsarien nicht. Erst recht nicht aus zweiter Hand.«

»Christine wird sich nicht rechtfertigen«, sagte Angerer. »Dafür ist sie zu stolz. Sie hat Gaiser das Geld gegeben, mit dem er sich in die Galerie eingekauft hat. Dann hat ihr Nicole den Mann weggenommen, mit dem sie viele Jahre zusammen war. Jetzt wollte sie auch noch die Kinder, die ihr ans Herz gewachsen waren. Für sie hat sie ihre Arbeit in der Apotheke aufgegeben.«

Farner wurde ungeduldig. »Was wissen Sie?«

»Meine Schwester ist zu ihr in die Galerie gefahren. Sie haben gestritten, und dabei hat sich wohl in wenigen Minuten entladen, was sich in Monaten aufgestaut hatte. Eine Affekthandlung ...«

»Die Bewertung überlassen wir dem Gericht.«

Sie hörten einen Wagen, der vor der Einfahrt hielt.

»Meine Kinder«, sagte Angerer und ging hinaus. Farner folgte ihm. Die beiden Buben stiegen aus und liefen auf ihren Vater zu.

»Gehen Sie bitte mit ihnen ins Haus«, sagte Farner.

Etwas abseits stand Terranostra und telefonierte immer noch. Während er sprach, gab er Farner mehrfach Zeichen. Aber Farner verstand nicht, was er meinte.

Es war der Wagen, den Heymann beschrieben hatte. Die gelbe Strickmütze konnte er durch die Windschutzscheibe erkennen. Christine Angerer war hinter dem Steuer sitzen geblieben und starrte teilnahmslos vor sich hin. Sie trug eine dunkle Lederjacke und um den Hals einen dicken Wollschal.

Farner ging auf den Wagen zu und öffnete die Tür. Er war sich sicher, dass er nur noch einen Schritt von der Wahrheit entfernt war. »Steigen Sie bitte aus.«

Christine Angerer reagierte nicht. Er fasste ihren Arm.

»Lassen Sie das«, fauchte sie ihn an.

Farner ließ ihr Zeit. »Sie wissen, warum wir hier sind«, sagte er, als sie ausgestiegen war.

»Ja«, antwortete sie leise, ohne ihn anzusehen.

Terranostra hatte sein Telefonat beendet und kam dazu.

»Sie haben Ihre Schwägerin umgebracht. Mit einem Schal erwürgt.«

Christine Angerer fuhr plötzlich herum. Terranostra und er mussten beide einen Schritt zurückweichen. Farner sah, dass an einem ihrer Schuhe eine Schnalle fehlte.

»Das ist nicht wahr. Ich habe sie nicht erwürgt. Es war ein Unfall. Wir haben gestritten. Ich habe ihr eine Ohrfeige gegeben, weil sie mich verspottet hat. Sie ist mit dem Kopf auf die Tischkante geschlagen und zu Boden gestürzt.« Christine Angerer schloss die Augen, als hätte sie das Bild vor sich, und schwieg sekundenlang, bevor sie schleppend weitersprach. »Sie hat dagelegen und nicht mehr geatmet. Überall war Blut. Ich habe Panik gekriegt und bin weggerannt.«

»Wann war das?«

»Ich hab nicht auf die Uhr geschaut.«

»Nehmen Sie bitte mal Ihren Schal ab.«

»Was soll das?«, giftete sie ihn an.

Er fürchtete, dass sie gleich laut schreien würde. Hysterisches Weib, dachte Farner. »Beruhigen Sie sich.«

Sie hielt sich an der offenen Wagentür fest. Plötzlich sackten ihr die Knie weg. Farner konnte sie gerade noch halten. Terranostra half ihm. Zu zweit setzten sie sie auf den Rücksitz des Wagens.

Verdammte Scheiße. Das hätte nicht sein müssen, dachte Farner.

Gernot Angerer, der offenbar am Fenster alles mit angesehen hatte, kam aus dem Haus gelaufen. Die beiden Buben hinter ihm. Einer der beiden hatte eine halb volle Flasche Mineralwasser in der Hand. Angerer nahm sie ihm ab und reichte sie seiner Schwester. Seinen vorwurfsvollen Blick erwiderte Terranostra mit einem lakonischen Achselzucken. Farner hätte gern ein Wort der Entschuldigung gesagt, aber Angerer kehrte ihm brüsk den Rücken zu. Der Schwächeanfall seiner Schwester dauerte nur ein paar Minuten. Angerer half ihr vorsichtig aus dem Wagen, legte ihren Arm um seine Schulter und ging, ohne die beiden Polizisten noch eines Blickes zu würdigen, langsam auf das Haus zu. Der eine Bub schnappte sich die leere Wasserflasche vom Rücksitz, der andere zog den Zündschlüssel ab, verschloss den Volvo und folgte seinem Bruder.

Farner und Terranostra warteten, bis alle im Haus waren.

»War das echt?« Aus Terranostras Frage klang unverhohlenes Misstrauen.

Farner antwortete nicht. Fest stand, dass sie die Sache hier abbrechen und die weitere Einvernahme von Christine Angerer verschieben mussten.

Das Unbehagen saß immer noch tief, als sie auf der Rückfahrt in die Stadt waren. Schweigend lenkte Farner den Wagen durch den Verkehr, der jetzt zum Wochenende wieder zugenommen hatte. Terranostra war die ganze Zeit mit seinem Handy beschäftigt. Als sie an der Ampel bei der Georgenkirche minutenlang warten mussten, weil der Verkehrsstrom aus dem Passeiertal nicht abriss, fand Farner seine Sprache wieder. »Mit wem hast du vorhin telefoniert? Ich hab deine Zeichen nicht verstanden.«

»Hat sich erledigt«, sagte Terranostra kurz angebunden.

Erst als sie auf der Höhe des Sissi-Parks waren, kam er darauf zurück. »Einer Streife in Lana ist ein Mann aufgefallen, der so aussah wie Palm auf eurem Fahndungsfoto. Sie haben sich seine Papiere angesehen, aber er war es nicht. Fehlalarm.«

Besser ab und zu einen Falschen kontrollieren, als den Richtigen zu übersehen, dachte Farner. Er hielt in der Petrarcastraße, um Terranostra aussteigen zu lassen.

Der hatte sich noch eine verächtliche Schlussbemerkung aufgehoben. »Ich will dir mal was sagen, du Supergescheiter. Für diese Ausflüge ist mir meine Zeit zu schade. Such dir in Zukunft einen anderen …«

Farner hatte keine Lust, sich zu streiten, und war Giovanni mit einem leichten Rippenstoß beim Aussteigen behilflich.

»Stronzo. Idiota«, bedankte der sich.

Wie in alten Zeiten, dachte Farner. An seinem Vokabular hatte sich in all den Jahren auch nichts geändert. Aber irgendwo gab er dem alten Nörgler auch recht. Die Einvernahme von Christine Angerer war nicht so gelaufen, wie er sich das vorgestellt hatte. Viele Fragen waren offengeblieben.

Weil sie früher als erwartet zurück waren, entschloss sich Farner, auf dem Weg ins Kommissariat bei der Stadtpolizei im Rathaus vorbeizufahren.

»Martini hat Spätdienst«, sagte der Stellvertretende Leutnant in der Einsatzzentrale der Stadtpolizei, der sich als Helmut Rietberger vorgestellt hatte. »Aber ich hab hier seinen Bericht von der vergangenen Nacht. Mit dem Vermerk, Sie anzurufen, was ich auch getan habe.«

»Ich habe zurückgerufen, immer besetzt.«

An der Wand gegenüber waren die Monitore mit den Livebildern der über das ganze Stadtgebiet verteilten Überwachungskameras zu sehen.

»Viel los heute Vormittag«, sagte Rietberger.

»Mich interessiert vor allem der Junge.«

»Er heißt Manfred Rainer – Rainer ist der Nachname –, ist 14 Jahre alt und aus einem Heim ausgerissen. Die Kollegen haben ihn in einer Arrestzelle untergebracht und erst mal seinen Rausch ausschlafen lassen. Heute Morgen haben sie ihn in das Heim zurückgebracht. Der Bubi hatte fast zwei Promille im Blut, das hat der Alkoholtest ergeben.«

»Mein lieber Mann. Und der andere?«

»Auch sturzbetrunken. Vermutlich aus Moldawien. Der Mann hat angegeben, dass er die letzten Nächte in einem leer stehenden Haus in Maria Himmelfahrt verbracht hat.« Er schaute wieder in den Bericht. »Mihail Dragan heißt er. Ob der Name stimmt, darf bezweifelt werden, weil er keine Papiere hatte. Hier steht übrigens, dass sie eine alte Taschenuhr bei ihm gefunden haben. ›Raymond Dodane‹, hat der Kollege notiert. Vermutlich die Marke. Nie gehört.«

Aber Farner glaubte, sich an diesen Namen zu erinnern. »Kann ich die mal sehen?«

»Müsste ich Ihnen aus der Asservatenkammer holen lassen.«

»Bitte.« Andererseits, was sollte er damit? Für ihre Ermittlungen spielte die Uhr, auch wenn es die war, die Gaiser aus der Jackentasche gestohlen worden war, keine Rolle.

»Lassen Sie mal. Aber ich glaube, ich weiß, wem sie gehört. Schau'n Sie mal, ob eine Diebstahlanzeige vorliegt. Wenn nicht, rufen Sie diesen Mann an.«

Er schrieb Namen und Adresse von Gernot Angerer auf. »Ein Architekt. Die Telefonnummer hab ich nicht im Kopf.«

»Ist das nicht …?«

»Ja.«

Rietberger bedankte sich, und Farner bat noch um eine Kopie des Berichts.

Gaiser setzte sich an den Schreibtisch, an dem Nicole immer gesessen hatte, und begab sich in Gedanken auf eine ›Tour d'horizon‹, wie sie es genannt hätte. Katrin Hessler hatte ihm gerade am Telefon gesagt, dass sie nicht mehr in der Galerie arbeiten werde. Was soll's. Er selber hatte längst beschlossen, sich von Gernot Angerer auszahlen zu lassen und aus Meran wegzugehen. Ein Geräusch nebenan schreckte ihn auf. Jemand hatte den Laden betreten. Er stand auf, um nachzusehen, und starrte in den Lauf einer Pistole. Arnold Palm. »Was soll das?«

Palm kam einen Schritt näher und entsicherte die Waffe. »Ganz ruhig. Wir setzen uns jetzt in Ihren Wagen und fahren dahin, wo Sie den Watteau versteckt haben.«

»Ich habe das Bild nicht«, versicherte Gaiser.

»Das können Sie der Polizei erzählen. Ich weiß, dass Sie es haben. Und jetzt ein bisschen hoppla.«

Gaiser versuchte, Zeit zu gewinnen. »Angenommen, Sie haben recht und ich gebe Ihnen das Bild ...«

»Dann werden Sie das niemandem mehr sagen können.«

Der Mann war verrückt. Er hatte unbeschreibliche Angst, wollte es sich aber nicht anmerken lassen. Wie aus dieser bedrohlichen Situation rauskommen. Vielleicht draußen, auf dem Weg zum Auto, jemandem ein Zeichen geben? Oder laut schreien? Aber er spürte die Pistole in seinem Rücken und war zu feige, es zu riskieren. Stattdessen tat er, was Palm ihm befahl: »Auf der Beifahrerseite einsteigen und keine Dummheiten machen. Sonst ...«

Zu Fuß wären es keine 300 Meter vom Rathaus zum Kornplatz gewesen, von der Stadtpolizei zum Kommissariat. Mit dem Wagen musste er den Umweg über die Galileistraße und das Vinschger Tor machen.

Dann wurde es auf einmal exotisch. »Marmor, Stein und Eisen bricht« ... Vom Fasching hatte er in diesem Jahr noch nicht viel gemerkt. Aber jetzt. Vor der Talstation zum Sessellift nach Dorf Tirol stand ein Leierkastenmann im Narrenkostüm und dudelte ein Potpourri aus Faschingsliedern. Auf dem Gehsteig gegenüber waren Leute, hauptsächlich ältere, die dazu schunkelten. Irgendwie aus der Zeit gefallen, dachte Farner beim Weiterfahren, und ihn selber stimmte das auch nicht fröhlich. Der Zwischenfall mit Christine Angerer wurmte ihn immer noch.

Er stellte den Wagen im Hof des Kommissariats ab und ging auf den Hintereingang zu. In der Tür kam ihm Carducci entgegen, der Kollege aus der Wachstube, der seinen Papagei dabeihatte. Pavarotti hieß der Vogel, der mit seinen Sangeskünsten schon einige Male das Kommissariat in Entzücken versetzt hatte.

»Ciao, Dottore. Wir sind auf dem Weg zum Tierarzt.«

»Was hat er?«

»Husten.«

»Dann wünsch ich gute Besserung.«

Oben auf dem Flur hörte er, dass sein Telefon läutete, zweimal, dreimal ... Aber er ließ sich nicht hetzen. Dann hob jemand ab.

»Ich werd es ihm ausrichten. Warten Sie, er kommt gerade rein.« Reisinger hielt ihm den Hörer hin. »Für dich. Es ist Valetta.«

»Pronto.«

Während Farner telefonierte, ging Reisinger in sein Büro und kam kurz darauf mit seinem Notizblock zurück.

»Ist gut, in zwanzig Minuten.«

Er legte auf. »Ein Mann aus Lana hat sich bei den Carabinieri gemeldet und gesagt, dass er sich Sorgen um seinen Freund Palm macht«, informierte er Reisinger.

»Hört sich eigenartig an.«

»Find ich auch. Palm ist bewaffnet, hat der Anrufer gesagt.«

»Und du hast ihn für einen Ehrenmann gehalten.«

Farner zuckte mit den Schultern. »Es irrt der Mensch, solang er lebt.«

»›Solang er strebt‹, falls du gerade Herrn Goethe zitiert hast.«

»Also manchmal kannst du einem ganz schön auf den Wecker gehen.«

Reisinger ging lächelnd darüber hinweg. »Und jetzt?«

»Schau'n wir uns den Mann mal an. Terranostra und Valetta wollen mich in zwanzig Minuten hier abholen.«

»Aber wir müssen vorher noch reden.« Dabei zeigte er auf seine Notizen. »Vorab eine Frage: Ist Christine Angerer die Frau, die Heymann gesehen hat?«

»Ja. Sie hat zugegeben, dass sie an dem Abend Streit mit ihrer Schwägerin hatte. Nicole Angerer sei mit dem Kopf gegen die Tischkante gestoßen, hat sie gesagt, anschließend bewusstlos und stark blutend zu Boden gestürzt. Als sie das viele Blut gesehen habe, sei sie in Panik weggerannt.«

»Das mag so gewesen sein. Umgebracht hat sie sie jedenfalls nicht.«

Farner setzte sich. »Woher willst du das wissen?«

»Der Tankwart von gegenüber hat Furlan angerufen. Er hat sich wieder an etwas erinnert, was er uns schon gleich hatte sagen wollen. Ihm ist am Tatabend aufgefallen, dass die Außenbeleuchtung an der Galerie früher als sonst ausgegangen ist. Nicht um Punkt sieben, sondern schon zehn Minuten vorher.«

Er warf einen Blick in seine Notizen. »Der Trucker hat gesagt, dass die Frau um 18.45 Uhr aus der Galerie gekommen ist. Da war die Außenbeleuchtung noch an. Fünf Minuten später, sagt der Tankstellenpächter, ist sie ausgegangen. Früher als gewöhnlich. Wer hat sie ausgeschaltet? Eine Störung? Könnte sein. War's aber nicht.«

»Und woher hast du diese Erkenntnis?«

»Sekunde.« Er legte seine Notizen auf einen Stuhl, ging in sein Büro und kam wenig später mit einer Aktenmappe zurück.

»Ich habe mir daraufhin noch mal den Bericht der Spurensicherung angesehen.« Er schlug die Mappe auf. »Hier steht, dass Blutspuren von Nicole Angerer an dem Schaltkasten in ihrem Büro waren, wo die Beleuchtung manuell ein- und ausgeschaltet werden kann. Sie hat das Licht selber ausgemacht. Also muss sie noch gelebt haben, als Christine Angerer schon weg war.«

»Sehr gewagt, was du da erzählst.«

»Wissen können wir das natürlich nicht, aber so könnte es gewesen sein. Jedenfalls ist sie erst danach erwürgt worden.«

Draußen hupte jemand. Zwei Minuten später läutete sein Telefon. »Farner, ja, bitte?«

»Hier ist Besuch für Sie.«

»Sagen Sie, ich bin auf dem Weg.«

Er stand auf, legte den Pistolengürtel an und holte seine Dienstwaffe aus der Schublade.

Reisinger, der ihm dabei zugesehen hatte, nickte zustimmend. »Ich wollte dir das schon lange mal sagen. Du bist viel zu nachlässig, was das betrifft. Wie schnell kannst du in eine Situation geraten ... Denk an Ivo Gebhard.«

»Schön, dass wir einen haben, der auf uns aufpasst.«

Er legte den Mantel über den Arm. »Ich geh dann mal.«

»Ich werde diesen Böckmann im Krankenhaus besuchen. Die haben angerufen und gesagt, dass man mit ihm sprechen kann.«

»Vergiss die Beretta nicht.«

Reisinger tat so, als würde er nach ihm treten. »Schleich di.«

Auf der Treppe zog sich Farner den Mantel an. Wenn es noch lange so kalt bleibt, brauch ich mal einen neuen, dachte er.

Sandro Valetta hielt ihm die Wagentür auf, und Giovanni am Steuer maulte, weil er nicht sofort einstieg. Seine Laune war noch übler als vor einer halben Stunde.

Weil man mit ihm nicht reden konnte, tippte Farner den Brigadiere an, der vor ihm auf dem Beifahrersitz saß. »Würden Sie mich mal einweihen? Was genau ist passiert?«

Valetta gab bereitwillig Auskunft. »Der Mann, der uns angerufen hat, heißt Sutter. Doktor Sutter. Er hat gesagt, dass Palm seit zwei Tagen bei ihm gewohnt hat und seit heute Morgen abgängig ist.«

»Wie kommt der an eine Waffe?«

»Das wissen wir noch nicht.«

Im Kreisverkehr, bei der Einfahrt in Lana, nahm Terranostra einem Motorradfahrer die Vorfahrt und gab, typisch Giovanni, dem anderen die Schuld. »Pezzo di merda.*« Sein Blick in den Rückspiegel galt Farner.

Valetta hielt sich da raus.

»Was ist jetzt mit der Schwester von Angerer?«, fragte Terranostra.

Farner gab kommentarlos weiter, was Reisinger herausgefunden hatte, dass Christine Angerer als Täterin nicht in Betracht kam. Obwohl er das selber noch nicht ausschließen wollte.

»Ihr baut euch da was zusammen«, kam es abfällig von Terranostra zurück. Danach hüllte er sich wieder in Schweigen.

Das Haus von Sutter lag in einer kleinen Seitenstraße, die parallel zum Falschauerdamm verlief, ein schmuckloses Einfamilienhaus aus den 1920er- oder 1930er-Jahren, mit einem kleinen Balkon über der Eingangstür und einer angebauten Garage. Terranostra parkte auf dem Vorhof.

»Wir werden erwartet«, sagte Valetta. Sie sahen den Mann, der vor die Haustür getreten war und sich die Jacke zuknöpfte.

Farner ging auf ihn zu, obwohl er eigentlich dem Maresciallo den Vortritt lassen wollte. Aber die beiden Carabinieri hatten anscheinend noch was zu bereden und blieben ein paar Schritte zurück.

Dr. Robert Sutter, ein Mann um die 70, mit grauen Stoppelhaaren und einem Schmiss auf der linken Wange, begrüßte ihn mit Handschlag. Nachdem Farner sich und die beiden Kollegen vorgestellt hatte, bat der Hausherr sie herein und führte sie in ein großes Wohnzimmer. »Bitte nehmen Sie Platz«, sagte er förmlich, während er sich die Jacke wieder auszog und über eine Stuhllehne hängte. »Möchten Sie etwas trinken?«

Keiner wollte. Farner erwartete, dass Terranostra mit dem Mann redete. Aber der Maresciallo setzte sich neben Valetta auf das Sofa und zeigte deutlich, dass er dazu nicht die Absicht hatte. Wie du willst, alter Sturkopf, dachte Farner und übernahm die Befragung. »Erzählen Sie mal.«

Sutter rückte den altmodischen Ohrensessel, der in der Nähe des Fensters stand, näher an den Stuhl, auf dem Farner Platz genommen hatte, und setzte sich. »Vor zwei Tagen rief Arnold Palm an. Er sagte, er sei in Meran, und fragte, ob er bei mir wohnen könne.« Er schlug die Beine übereinander und lehnte sich zurück. »Ich habe mich über den Anruf sehr gefreut, weil ich länger nichts von ihm gehört hatte.«

»Er hat Ihnen nicht gesagt, dass er ein Hotelzimmer in Meran hatte?«

Sutter sah ihn erstaunt an und setzte sich wieder aufrecht hin. »Nein, das ist mir neu.«

»Woher kannten Sie ihn?«

»Aus Basel. Ich habe 30 Jahre in der Schweiz gelebt und bei einem Chemiekonzern gearbeitet.«

»Sie sind …?«

»Chemiker, ja. Arnold Palm und ich waren Nachbarn, in einem Vorort von Basel, und im Laufe der Zeit haben wir uns angefreundet.« Er drehte den Ring an seinem Finger. »Vor zwei Jahren, nach dem Tod meiner Frau, hab ich mein Domizil dort aufgegeben und bin wieder hierher zurückgekommen. Dies hier ist mein Elternhaus.«

Farner sah, dass sich Valetta Notizen machte und Giovanni, wieder mal gelangweilt, in einem Buch blätterte. »Wohnt noch jemand hier?«, fuhr Farner fort.

»Nein. Mein jüngerer Bruder lebt in Mailand und mein Sohn lebt mit seiner Familie in der Nähe von Stuttgart.«

»Sie hatten weiterhin Kontakt zu Arnold Palm?«

Sutter nickte. »Wir haben immer mal wieder telefoniert, in letzter Zeit allerdings nicht mehr so oft. Deshalb habe ich mich auch gefreut, dass er angerufen hat und bei mir wohnen wollte.«

»Hat er gesagt, warum er in Meran ist?«

»Geschäftlich, meinte er. Mehr nicht. Ich hab noch gedacht, was macht ein Kunstprofessor geschäftlich in Meran. Aber ich habe nicht weiter nachgefragt. Indiskretion zerstört jede Freundschaft.«

»Da haben Sie recht. Ist Ihnen sonst noch was an ihm aufgefallen?«

»Un secondo«, tönte Terranostra plötzlich dazwischen und deutete auf die Hutablage im Flur.

»Ist das Ihr Hut?«

Sutter verneinte. »Nein, der gehört Palm. Er muss ihn vergessen haben.«

Valetta war schon auf dem Weg zur Garderobe. Im Gehen zog er sich ein Paar Latexhandschuhe an und nahm den Hut von der Ablage.

»Haben sie mal 'ne große Tüte?«, wandte er sich an Sutter.

»Ich hab was Besseres.« Er stand auf, verließ das Wohnzimmer und kam wenig später mit einer Isolierfolie zurück, wie man sie im Winter zum Einwickeln von Kübelpflanzen benutzt, um sie vor der Kälte zu schützen.

Während Valetta den Hut vorsichtig einpackte, setzte sich Sutter wieder in seinen Sessel und sah Farner an. »Wo waren wir stehen geblieben?«

»Ich hatte Sie gefragt, ob Ihnen sonst noch etwas an Palm aufgefallen ist.«

Sutter überlegte. »Ja. Eigenartigerweise wollte er nicht aus dem Haus, weder tagsüber noch abends.« Er schluckte kurz. »Und heute Morgen, als ich vom Einkaufen zurückgekommen bin, war er weg. Einfach so. Verschwunden. Ohne irgendwas zu hinterlassen. Ich meine, eine kurze Nachricht hätte ja gereicht. Auch wenn ich nicht verstanden hätte, dass sich jemand, den man schon so lange kennt, auf diese Weise verabschiedet.«

»Und Sie glauben nicht, dass er wieder auftaucht?«

»Nein.«

»Sie haben meinen Kollegen am Telefon gesagt, dass er bewaffnet ist.«

»Ja, und das ist auch der Grund ... Ich meine, deshalb gehe ich davon aus, dass er nicht zurückkommt. Er hat meine Pistole mitgenommen.« Als er Farners argwöhnischen Blick sah, fügte er hinzu. »Die Waffe ist registriert, und ich habe einen Waffenschein. Wollen Sie ihn sehen?«

»Ja, bitte.«

Sutter stand wieder auf, ging zu seinem Schreibtisch, holte eine Klarsichthülle, in der mehrere Papiere steckten, aus der oberen Schublade und reichte sie Farner.

»Hier, lesen Sie. Es ist alles korrekt.«

»Eine Glock 17. Und wo hatten Sie die?«

»Auch in der Schublade. Irgendwie muss er dahintergekommen sein. Ich weiß nicht, was er vorhat, aber ich glaube nicht, dass er damit auf Tauben oder Kaninchen schießen will.«

Farner erhob sich und gab ihm die Papiere zurück. »Ich danke Ihnen.«

Die beiden Carabinieri nahmen das als Zeichen zum Aufbruch und setzten sich langsam in Marsch. Farner schloss sich ihnen an.

Aber Terranostra blieb noch mal stehen. »La macchina. Können Sie uns noch sagen, was für ein Auto er fährt?«

»Einen beigefarbenen Mercedes.« Sutter begleitete sie bis vors Haus und verabschiedete sich mit besorgter Miene. »Ich hoffe, Sie finden ihn, bevor er ...«

»Falls er wider Erwarten doch zurückkommt ...«

»... gebe ich Ihnen Bescheid.« Sutter ging ins Haus zurück.

Von einem Kirchturm in der Nähe schlug es eins.

»Jetzt wissen wir alles über den Mann«, sagte Valetta auf dem Weg zum Wagen.

»Und nichts über Palm«, motzte Terranostra, der hinter ihnen ging und gleichzeitig telefonierte.

Valetta legte den Hut in den Kofferraum. »Falls wir bei der Suche nach Palm Spürhunde einsetzen müssen, kriegen sie von mir das Geruchsmuster.«

»Ich glaube nicht, dass es so weit kommen wird«, sagte Farner und schaute sich nach dem Maresciallo um.

Der war stehen geblieben und lauter geworden. Sie konnten jetzt hören, was er sagte. »Das Kennzeichen habt ihr? ... Okay ... Ja, über Funk durchgeben. An alle. Und die Kollegen in Bozen und Schlanders alarmieren ... Nein, auf gar keinen Fall.«

Er steckte sein Handy ein und trat näher heran. »Gaiser ist entführt worden. Wie es aussieht, in seinem eigenen Wagen.«

»Wo?«, kam es unisono von Farner und Valetta.

»Vor der Galleria. Ein Nachbar, der Gaiser kennt, hat gesehen, wie er von einem Unbekannten in sein Auto gestoßen wurde. Ob der andere eine Waffe hatte, konnte er nicht erkennen.«

Sie stiegen ein. Valetta setzte sich auf den Rücksitz und überließ Farner den Platz neben dem Maresciallo. Keiner musste den Namen aussprechen. Sie gingen alle drei davon aus, dass der Entführer nur Palm sein konnte.

»Cosa facciamo?*«, wollte der Brigadiere wissen, während Terranostra den Wagen wendete und langsam vom Hof fuhr.

»Abwarten«, sagte Farner. »Es hat keinen Sinn, jetzt in der Gegend rumzufahren und nach ihm zu suchen.«

»D'accordo*«, sagte Terranostra und gab Gas.

Farner grübelte. Ihm fiel ein, was Katrin Hessler über Palm und sein Verhältnis zu Nicole Angerer gesagt hatte. Eine Vater-Tochter-Beziehung. Könnte es sein, dass Palm den Geschäftspartner und Ex-Lover der Galeristin für den Mörder hielt, ihn folglich zu einem Geständnis zwingen und vielleicht sogar bestrafen wollte? Was auch immer diesen Mann antrieb, sie mussten ihn so schnell wie möglich fassen, bevor es zu einem weiteren Verbrechen kam.

Als sie auf Höhe der Gewerbezone waren, kurz vor der Auffahrt auf die MeBo, kam die Durchsage über Funk, mit der sie so schnell nicht gerechnet hatten. Eine Carabinieri-Streife hatte den gesuchten Wagen auf der alten Reichsstraße gesichtet, zwei Kilometer vor Terlan.

»Auf Abstand dranbleiben. Kein Zugriff«, wies Terranostra die Kollegen an. Er war jetzt wieder ganz der Macher, der alles im Griff hatte. Er bog auf die MeBo ab und beschleunigte. In der tief stehenden Sonne warfen die Bäume lange Schatten auf die Fahrbahn. Giovanni hielt drauf. Der dichte Verkehr interessierte ihn nicht. Er überholte alle, die sich an das vorgeschriebene Tempolimit hielten. Die anderen zwang er mit der Lichthupe, die er unaufhörlich einsetzte, auf die rechte Fahrspur. Bis Vilpian blieben sie auf der Schnellstraße. Als sie bei der Ortseinfahrt waren, kam die nächste Durchsage über Funk. Die Streife hatte den Wagen von Gaiser aus den Augen verloren.

Der Maresciallo schlug mit der Faust auf das Lenkrad. »Merda.«

Farner suchte in seinen Notizen nach der Mobilnummer von Gaiser. Aber die Idee, Gaiser anzurufen, die ihm oder den beiden Kollegen schon früher hätte kommen können, war sofort wieder Asche. Gaisers Handy war tot.

»Über GPS«, schlug Valetta vor.

Gaiser bog von der Hauptstraße in einen Konsortialweg* ein. Ihm war immer noch nichts eingefallen, wie er den Mann, dem er die ganze Zeit ausgeliefert war, überwältigen konnte. Als er vorhin an der Ampel, die auf Rot stand, anhalten wollte und mit dem Gedanken gespielt hatte, sich aus dem Wagen fallen zu lassen, hatte Palm ihn angeherrscht, weiterzufahren, und beinahe hätte er den Fußgänger erwischt, der gerade die Straße überquerte.

Nach etwa 300 Metern – sie hatten längst die letzten Häuser am Ortsrand hinter sich gelassen – tauchte rechter Hand das Gewächshaus einer Gärtnerei auf und daneben ein flaches Wirtschaftsgebäude, dem man ansah, dass es seit Jahren nicht mehr genutzt wurde.

»Hier ist es«, sagte Gaiser, fuhr in die Einfahrt und hielt in einer Parkbucht neben dem Gewächshaus. Von da waren es noch einige Meter bis zum Haus.

Palm konnte es nicht abwarten und drängte. »Aussteigen. Keine Dummheiten.«

Gaiser ging auf die Haustür zu, die mit einem Sperrbügel zusätzlich gesichert war. Er zögerte, weil er hoffte, dass ihm vielleicht doch noch was einfiel, wie er Palm überlisten könnte.

Der aber drohte unmissverständlich. »Wenn Sie jetzt sagen, Sie haben keinen Schlüssel, knall ich Sie ab.«

Gaiser gab sich geschlagen.

Bruno Lamberti hatte ihm am Montagabend die Gärtnerei gezeigt, die mal seinem Großvater gehört hatte, und ihm auch die Schlüssel gegeben. »Das wär doch was für dich, wenn du mal von Kunst auf Obst und Gemüse umsteigen willst«, hatte er im Scherz gesagt. Aber auf die Schnelle war es der bestmögliche Platz, wo er den Watteau wenigstens für kurze Zeit deponieren konnte.

Gaiser und Palm betraten einen großen Raum, in dem es muffig roch. Gaiser ging zwischen gestapelten leeren Kisten und einem langen Holztisch durch bis zur hinteren Wand, bückte sich und zog eine Plane zur Seite, auf der umgekippte Plastik- und Keramiktöpfe, Drahtrollen und alte Lappen lagen. Darunter kam eine Eisentür im Boden zum Vorschein, durch die man über eine Stahltreppe in einen Kellerraum gelangte. Im Halbdunkel mussten sie an einem Wassertank und an einer alten verrosteten Pumpe vorbei, und zwar mit eingezogenen Köpfen, um sich nicht an den Versorgungsrohren zu stoßen, die unter der niedrigen Decke entlangführten. Zögerlich ging Gaiser auf einen zweitürigen Stahlschrank zu, der in der hintersten Ecke des Kellers stand. Der Schrank war mit zwei Schlössern gesichert.

»Ihr Safe?«, höhnte Palm und stieß ihm die Pistole in den Rücken.

Mit den Schlüsseln, die er in einer anderen Tasche separat aufbewahrte, öffnete Gaiser die beiden Türen. »Da ist der Koffer.«

Palm schob Gaiser ungeduldig zur Seite. Die nackte Gier hatte ihn gepackt.

Gaiser nutzte diesen Moment der Unaufmerksamkeit und schlug Palm die Schranktür in den Rücken.

Der Professor verlor das Gleichgewicht und fiel vornüber. Gaiser rannte auf die Treppe zu. Palm war sofort wieder auf den Beinen und feuerte mehrere Schüsse auf den Flüchtenden ab.

Gaiser spürte den Schlag gegen die Wade. Er schaffte es, die Treppe hinaufzukommen und ins Freie zu gelangen. Er schlug die Tür hinter sich zu, aber der Sperrbügel war dazwischen und verhinderte, dass sie ins Schloss fiel. Humpelnd schleppte er sich zum nächsten Baum und ging erst mal in Deckung. Sein Wagen stand nicht so weit weg, und mit dem Vorsprung, den er hatte, könnte er ihn leicht erreichen. Aber den Watteau einfach aufgeben?

Mit den Krähen im Bunde, dachte Farner und schaute dem aufgeschreckten Vogelschwarm nach, der laut krächzend davonflog. Vor drei Tagen hatten sie ihn auf der Fahrt zum Tatort in der Romstraße ein Stück begleitet, und jetzt zeigten sie ihnen, wo die Schüsse herkamen, die sie gerade gehört hatten.

Ein gescheiter Fußgänger hatte sich die Nummer des Wagens, der ihn an einer roten Ampel beinahe umgenietet hätte, notiert, die 112 angerufen und damit die Carabinieri, die Gaisers Wagen aus den Augen verloren hatten, schnell wieder auf die richtige Spur gebracht.

»Kein Zugriff«, gab Terranostra über Funk noch mal durch.

Der Anrufer hatte außerdem angegeben, dass der Wagen 200 Meter nach der Ampel rechts abgebogen war.

Zehn Minuten später waren sie bei der Ampel, von wo aus der Mann die Polizei gerufen hatte. Terranostra hielt am Straßenrand, hinter einer Streife, die schon die ganze Zeit vor ihnen gewesen war. Der Brigadiere, der neben dem Wagen auf sie gewartet hatte, trat heran.

Kurze Einsatzbesprechung. »Stai dietro di me*«, sagte der Maresciallo, und – als er im Rückspiegel einen zweiten Streifenwagen sah, der hinter ihnen hielt –: »Sag das auch dem Kollegen.«

»Sì.« Der Mann salutierte und ging einen Schritt zurück, um Terranostra vorbeifahren zu lassen. Unmittelbar danach, kaum dass sie von der Hauptstraße abgebogen waren, hatten sie die Schüsse gehört. Terranostra gab Gas. Hinter einer Biegung, etwas abseits der Straße, sahen sie das Gewächshaus einer Gärtnerei, daneben den Wagen und, als sie etwas näher dran waren, den Mann, der gekrümmt an einem Baum lehnte.

Gaiser.

»Sind Sie verletzt?«, fragte Farner, der als Erster bei ihm war.

Gaiser nickte und zeigte auf sein rechtes Bein. »Der Mann ist verrückt.«

»Wo ist Palm?«

»Im Haus.«

»Gibt es noch einen anderen Ausgang?«

»Ich glaube, nicht. Und wenn, hat er sicher keinen Schlüssel.«

Wenn wir es richtig anstellen, sitzt er in der Falle, dachte Farner.

Valetta kam mit einem Verbandskasten, während Terranostra etwas weiter weg die Männer aus den Streifenwagen kugelsichere Westen überstreifen ließ und die Verteilung auf alle vier Seiten des Hauses anordnete. Der Maresciallo selber ging einmal um das Haus herum, um sich ein Bild zu verschaffen.

»Nicht hier«, sagte Farner zu Valetta, der sich bückte, um Gaiser zu verarzten.

»Kommen Sie.« Er führte Gaiser zu dem Wagen, mit dem sie gekommen waren, und half ihm, auf dem Rücksitz Platz zu nehmen. »Die Beine nach außen.« Valetta schnitt mit einer Schere das Hosenbein bis zum Knie auf, reinigte die Wunde, wobei Gaiser schmerzhaft das Gesicht verzog, und legte einen Verband an.

»Er hat Glück gehabt. Nur eine Fleischwunde.«

Während Valetta fachmännisch erste Hilfe leistete, sprach Farner weiter mit dem Verletzten. »Die Tür, seh ich, geht nach außen auf. Sie ist nicht richtig im Schloss.«

»Der Sperrbügel steckt dazwischen.«

»Umso besser.«

Inzwischen waren Furlan und Hallmeier eingetroffen, die er von unterwegs benachrichtigt hatte.

»Herr Gaiser fährt mit uns ins Kommissariat«, sagte Farner und half dem Mann wieder hoch.

Hallmeier hatte seine Samthandschuhe nicht dabei, machte sich auch Farners Höflichkeit nicht zu eigen, sondern schubste ihn nicht gerade zimperlich zu dem anderen Wagen.

»L'ho visto. Ich habe ihn gesehen«, sagte Terranostra, als er von seinem Erkundungsgang zurückkam. »Auf der Rückseite ist ein Fenster, genau in der Achse zur Eingangstür. Palm steht mit der Pistole im Anschlag davor.«

»Bereit, auf alles zu schießen, was sich bewegt«, fügte Farner hinzu.

»Hast du eine Idee?«

Diese Frage von Terranostra – so ungewöhnlich und überraschend wie Schneefall im August. Farner schloss daraus, dass der Maresciallo ihm bei dieser Aktion die Regie überlassen wollte.

»Wir nehmen ihn in die Zange. Du von der Rückseite und ich von hier.« Farner erklärte ihm, wie er sich das weitere Vorgehen gedacht hatte.

»Viceversa*«, sagte Terranostra, »du von hinten und ich von hier. Und bring erst mal deine Leute aus der Schusslinie.«

Farner gab Furlan ein Zeichen, den Wagen ein Stück zurückzusetzen. Die Festnahme von Palm lief präzise wie ein Uhrwerk ab, als hätten sie das jahrelang trainiert. Dazu kam, dass Palm fast genauso reagierte, wie Farner es angenommen hatte.

Erst mal Uhrenvergleich. Farner hatte exakt zwei Minuten, um sich hinter dem Haus in Position zu bringen. Steine lagen da genug herum.

Terranostra kauerte auf der Vorderseite an der Hauswand, mit Blickkontakt zu Valetta, der etwas seitlich stand und einen trockenen Ast in der Hand hatte. Auf das Zeichen von Terranostra warf er den Ast gegen die Tür. Palm stieß daraufhin von innen die Tür weit auf und schoss. Und der Schuss war noch nicht verhallt, als hinter ihm die Fensterscheibe klirrte, die Farner mit einem dicken Stein eingeworfen hatte. Palm drehte sich sofort um und feuerte in die Richtung.

Diesen Augenblick nutzte Terranostra, um aus seiner Deckung zu kommen. Mit zwei, drei Schritten war er hinter Palm und drückte ihm seine Beretta zwischen die Schulterblätter. »Waffe weg.«

Palm ließ die Pistole fallen, und Terranostra legte ihm Handschellen an. »Umdrehen und raus mit Ihnen.«

Beim Hinausgehen stieß Palm, wie um sich zu verabschieden, mit dem Fuß gegen den Alukoffer, der neben einem Drahtkorb auf dem Boden stand. In der Tür übernahm Valetta den Professor und brachte ihn zum Wagen. Terranostra ging zurück und holte den Koffer und die Pistole. Es war die Glock, die Palm seinem Freund Sutter gestohlen hatte.

Farner schob es auf die militärische Ausbildung und auf den Anspruch an sich selber, dass man mit Giovanni eine solche Aktion durchziehen konnte. Was den eigenen Anspruch betraf, darin waren sie sich sehr ähnlich. Aber eben das war auch einer der Gründe, warum sie so oft aneinandergerieten.

»Du bringst Palm und den Koffer nach Bozen?«, fragte Farner, als sie sich vor dem Haus trafen.

Terranostra, belustigt und herablassend zugleich, fühlte sich gemüßigt, ihn über das Prozedere aufzuklären. »Ich weiß nicht, wie das bei euch ist, aber wir fertigen vorher ein Verhaftungsprotokoll an, mit einer schriftlichen Begründung für die Festnahme.«

»Danke für die Belehrung. Und wir kümmern uns um Gaiser.«

Der Maresciallo winkte einen der Carabinieri heran. »Findet heraus, wem die Gärtnerei gehört. Hier gibt es einiges aufzuräumen. Und sorgt dafür, dass dieser Audi nach Meran zurückkommt.«

»Der Schlüssel steckt, hat Gaiser gesagt«, mischte sich Farner ein.

»Ci vediamo*«, sagte Terranostra und ging zu seinem Wagen.

Farner warf noch einen Blick auf das Haus und fragte sich, wie Gaiser auf dieses Versteck gekommen war.

Die Carabinieri waren im Aufbruch, und Furlan saß abfahrbereit am Steuer. Passend zum Finale zog ein Jet hoch oben einen Kondensstreifen in den blauen Winterhimmel, der sich in einen Schleier auflöste, und von der Hauptstraße tönte ein Hupkonzert zu ihnen herüber, wie es Hochzeitsgesellschaften nach einer Trauung häufig anstimmen.

»Da wird noch einer in Handschellen abgeführt«, grinste Hallmeier, der neben dem Wagen stand.

»Wir können«, sagte Farner und setzte sich neben Gaiser auf den Rücksitz. Nachdem auch Hallmeier eingestiegen war, ließ Furlan den Motor an und fuhr los.

»Was wird aus dem Bild?«, wollte Gaiser wissen.

»Das kriegt jetzt erst mal der Staatsanwalt.«

»Es gehört mir«, protestierte Gaiser.

»Ich weiß. Und mir gehört die ›Mona Lisa‹. Wollen wir tauschen? Mensch, Gaiser. Reden Sie endlich. Das ist Ihre letzte Chance, mit einem Geständnis einigermaßen aus der Sache rauszukommen.«

Gaisers Gegenwehr dauerte nicht lange. »Sie haben recht. Bevor ich mir einen Mord anhängen lasse.« Er machte eine Pause, schien sich jedes weitere Wort zu überlegen.

Hallmeier holte einen Notizblock aus seiner Jackentasche und schrieb mit.

»Es ging um den Watteau«, begann Gaiser.

»Das wissen wir.«

»Nur um den Watteau. Ich hatte einen Interessenten, der bereit war, drei Millionen dafür zu bezahlen. Und das war erst das Anfangsgebot. Bei einer großen Auktion wäre wahrscheinlich noch mehr drin gewesen. Aber das sollten Sie Palm fragen. Der kennt sich da besser aus.«

»Sie wussten, dass Nicole Angerer das Bild in einem Banksafe deponiert hatte.«

»Palm wusste das auch.«

»Wir sind jetzt bei Ihnen.«

»Ich habe gesehen, wie sie am Nachmittag mit dem Koffer aus der Bank gekommen ist. Ich war zwanzig Minuten vor ihr wieder in der Galerie. Gegen 18 Uhr, kurz nachdem die Hessler gegangen ist, hat Nicole einen Anruf von ihrer Mutter gekriegt. Das waren immer lange Gespräche, wenn die beiden telefonierten. Ich hatte also genügend Zeit.« Zwischendurch fasste er sich immer wieder an die Wade. »Ich habe den Autoschlüssel aus ihrer Manteltasche genommen, bin zu ihrem Wagen, es war ja schon dunkel, und habe den Klimakoffer gegen einen gleich großen leeren Alukoffer vertauscht.«

»Und der Koffer mit dem Bild?«

»Den hab ich in meinen Wagen gepackt, den Autoschlüssel wieder in ihre Manteltasche gesteckt und bin losgefahren.

Als ich die Galerie verlassen habe, hat sie noch gelebt. Sie hat immer noch telefoniert ...«

»Warum hat Palm behauptet, dass das Bild eine Fälschung ist?«

»Weil er ein gerissener Hund ist. Er wollte jedes Aufsehen um das Bild vermeiden. Wenn das in der Öffentlichkeit bekannt geworden wäre ...«

»Wenn was bekannt geworden wäre?«

»Na, dass das Bild gar nicht ihm gehört, dann hätte er sich das Geschäft mit dem Watteau abschminken können.«

»Das können Sie jetzt auch.«

Die Antwort kam trotzig. »Darüber ist das letzte Wort noch nicht gesprochen.«

»Wir werden sehen. Eine Frage noch. Wie sind Sie auf dieses Versteck gekommen?«

Gaisers Redefluss war plötzlich wie abgerissen.

»Ich habe Sie was gefragt.«

»Aber ich werde nicht antworten.«

»Hören Sie. Sie sind gerade dabei, reinen Tisch zu machen. Also weg mit den letzten Krümeln. Hat Ihnen jemand geholfen?«

Gaiser blieb stumm.

»Na schön. Wir werden herausfinden, wem diese Gärtnerei gehört und ob es eine Verbindung zu Ihnen gibt.«

Es war kurz vor 16 Uhr, als sie wieder in Meran waren und an der Galerie in der Romstraße vorbeikamen.

»Halt mal an. Siehst du den Wagen da?«

»Den Mercedes?«

»Ja. Das könnte der Wagen von Palm sein. Der Mann in Lana hat gesagt, dass er einen beigefarbenen Mercedes fährt.«

Furlan stoppte bei der Einfahrt. Gaiser, der lange geschwiegen hatte, bestätigte. »Das ist sein Wagen.«

Furlan stellte den Motor ab. »Ich schau ihn mir mal an.« Er stieg aus, war aber nach ein paar Minuten wieder zurück. »Schweizer Kennzeichen. Zugesperrt.«

»Was hast du denn gedacht? Glaubst du, der lässt seinen Wagen unverschlossen hier stehen? Ein Schweizer doch nicht.«

»Hätte ja sein können.«

»Ich kümmere mich darum, dass er abgeschleppt wird«, sagte Hallmeier, während Furlan den Motor wieder anließ und weiterfuhr.

Farner zählte die Restaurants, an denen sie vorbeifuhren. Der Tag war fast rum, und er hatte noch nicht eine Sekunde Zeit gehabt, etwas gegen das immer größer werdende Hungergefühl in seiner Magengegend zu tun. »Bringt ihn in mein Büro«, sagte er, als Furlan vor dem Kommissariat hielt. »Ich komm in fünf Minuten nach.«

Die Auswahl auf dem Kornplatz, der ja in Wirklichkeit ein Viktualienmarkt war, war groß. Aber eine Bratwurst und eine Semmel sollten erst mal reichen, um seinen Magen wieder zu versöhnen. Der Wurstverkäufer musste ihm seinen Hunger angesehen haben, denn die Bratwurst, die er ihm über die Theke reichte, war XXL, und er brauchte ein paar Minuten, um sich das ›Dick-Ding‹, wie sie in Den Haag zu so etwas gesagt hatten, genüsslich einzuverleiben. Ein Hund, ein schlappohriger Beagle, der sich vor seinen Füßen auf die Hinterpfoten gesetzt hatte und mit hängender Zunge und gierigen Augen zu ihm aufsah, wollte auch noch etwas abhaben. Hätte vielleicht auch für zwei gereicht, aber sein Frauchen zog ihn mit einem strengen »Lass das, Kira« von ihm weg. Drei Schritte weiter war einem kleinen Jungen eine Waffel aus der Hand gefallen. Der Hund war sofort da und bediente sich.

Auf dem Brunnenrand kontrollierte eine Taube den Inhalt einer Handtasche, die jemand dort abgestellt hatte. Vermutlich die Frau, die danebenstand und mit einer anderen Frau ratschte. Das bunte Leben auf dem Kornplatz. Die Seele der Stadt, hatte Reisinger diese Idylle genannt. Eine Szenerie, auf die sich die Brueghels oder ein anderer flämischer Maler mit Wonne gestürzt und in Öl festgehalten hätten.

Gaiser saß mit einer Flasche Mineralwasser, die er schon halb leer getrunken hatte, an dem Besprechungstisch in Farners Büro und stierte vor sich hin.

Farner setzte sich zu ihm. »Schmerzt das Bein?«

»Ja«, kam es tonlos zurück.

»Ich werde Sie in die Ambulanz bringen lassen, sobald Sie das Protokoll unterschrieben haben.«

Gaiser griff sich an die Wade. »Wenn das hier vorbei ist, werde ich aus Meran weggehen. Angerer soll mich auszahlen, und dann hält mich hier nichts mehr.«

»Wenn Sie ein freier Mann sind, können Sie gehen, wohin Sie wollen. Aber ich glaube, ohne dass Angerer Sie auszahlen wird.«

»Wie meinen Sie das?«

»Wie wir gehört haben, hat Ihnen Christine Angerer das Geld für die finanzielle Beteiligung an der Galerie nur geliehen.«

»Das ist Quatsch.«

Farner stand auf und ging zu seinem Schreibtisch. Es gab nichts mehr zu besprechen. Er rief in der Einsatzzentrale an und orderte einen Streifenwagen, mit dem Gaiser ins Krankenhaus gebracht werden sollte.

Desmond Hallmeier kam herein. Er hatte in der Zwischenzeit die Notizen, die er sich während der Fahrt von der Einvernahme Gaisers und von seinem Geständnis gemacht hatte, in seinen PC getippt und ausgedruckt. Zwei DIN-A4-Seiten, die er Farner auf den Tisch legte. Farner las sie durch. Ein ordentlicher Bericht in der Kürze der Zeit, mit kleinen sprachlichen Unebenheiten. Aber das sah er dem ›Langen‹ nach. Er war hier nicht der Oberlehrer, der einen Schulaufsatz zu bewerten hatte. Er brachte Gaiser die beiden Blätter zur Unterschrift an den Besprechungstisch. Danach setzte er selber seinen Namen darunter.

»Ich möchte noch mal darauf hinweisen, dass mir der Watteau gehört«, sagte Gaiser.«

»Das steht da ja drin, dass sie das bei der Befragung behauptet haben«, gab Hallmeier leicht verärgert zurück. »Oder möchten Sie, dass wir das zweimal da reinschreiben ...«

Farner beschwichtigte mit einer Handbewegung, und Hallmeier lenkte auch gleich wieder ein. »Sorry.«

Die leichte Missstimmung war sofort verflogen, als Rita Bassano und ihr Kollege Maierhofer das Büro betraten, um Gaiser abzuholen. Farner hatte mit den beiden Streifenpolizisten schon einige Male zu tun gehabt. Rita Bassano, die Blondine, die ihre Mütze häufiger als üblich und nötig abnahm – Farner vermutete, damit man ihre schönen Haare auch sah –, gab ihm die Hand und Hallmeier einen Kuss auf die Wange. Ließ darauf schließen, dass sich die beiden nicht nur von Begegnungen während der Dienstzeit kannten.

Sie setzte ihre Mütze wieder auf und half Gaiser beim Aufstehen.

»Sie wissen Bescheid?«, fragte Farner.

Maierhofer nickte. »Ja. In die Ambulanz.«

Sie wollten Gaiser in die Mitte nehmen, aber der hatte was dagegen und ging ihnen humpelnd voraus.

»Servus«, grüßte Rita Bassano an der Tür und zog noch mal ihre Mütze.

»Eigenwilliger Typ, dieser Galerist«, stellte Hallmeier fest, als sie wieder allein waren. »Einer von denen, die auf der Welt sind, um die Polizei zu ärgern.«

Farner nahm den unterschriebenen Bericht und legte ihn zu den anderen Unterlagen auf seinen Schreibtisch. »Hoffentlich lässt er seinen Frust nicht an der Kollegin aus.«

»Keine Sorge, die wird mit jedem fertig.«

»Woher kennst du sie?«

»Sie ist die Schwester meiner Freundin, mehr nicht.« Hallmeier wechselte schnell das Thema. »Der Abschleppwagen ist unterwegs.«

»Okay. Überleg dir inzwischen, wie du Palms Wagen aufkriegst.«

»Ich hab einen Trick.«

»Ich weiß schon. Mit einem Tennisball.«

Gianni Furlan warf Hallmeier einen Handschuh zu, als er hereinkam. »Den hast du im Wagen liegen lassen.«

»Danke.«

Hallmeier warf den Handschuh in die Luft, fing ihn wieder auf und ging hinaus.

»Du lässt Gaiser ins Krankenhaus bringen?«, wandte sich Furlan an Farner.

»Ja. Valetta hat sich alle Mühe gegeben, aber es ist besser, wenn sich ein Arzt das noch mal ansieht. Wir können nicht riskieren, dass sich die Wunde entzündet.«

»Was passiert jetzt mit ihm?«

»Solange wir ihm nicht den Mord oder wenigstens die Beteiligung daran nachweisen können – nichts. Als Mitinhaber der Galerie kriegen wir ihn nicht mal wegen Diebstahl dran.«

»Wir sollten uns den Lamberti noch mal vornehmen.«

»Und warum?«, fragte Farner nach.

»Wegen Falschaussage und Irreführung der Polizei.«

»Was weißt du, was ich nicht weiß?«

»Das ist vielleicht 'ne Vorlage. Soll ich das alles aufzählen?«

»Nein. Nur, was diesen Fall betrifft.«

»Mi scusi.* Du hast Gaiser gefragt, wie er auf das Versteck gekommen ist und ob ihm jemand geholfen hat. Und er hat auf stur geschaltet.« Furlan wäre fast über das Kabel gestolpert, mit dem Farner seinen Handy-Akku auflud. »Ich muss meinen Akku auch erst mal aufladen«, sagte er und tippte sich dabei an die Stirn. »Ich meine, den hier oben.«

»Versuch's mal so.«

Furlan sammelte sich. »Es ist ja nicht so schwer herauszufinden, wem diese Gärtnerei gehört. Sie ist immer noch auf den Namen Lamberti eingetragen, auf die Erben von Massimo Lamberti, vor fünf Jahren verstorben, dem Großvater von Bruno Lamberti, der Gaiser ja das Alibi gegeben hat.«

»Wo ist das Problem?«

»Das Problem ist, dass sie es beide mit der Uhrzeit nicht so genau genommen haben. Angeblich haben sie sich um 7 Uhr zum Squash getroffen. Ich hab da in Bozen in der Halle angerufen. Sie haben Squash gespielt, das stimmt. Aber erst ab acht.«

»Also willst du Gaiser wieder in den Kreis der Mordverdächtigen zurückholen, wenn ich dich richtig verstehe.«

»Lamberti hat ihm ein falsches Alibi verschafft. Er hat für seinen Freund gelogen. Willst du das auf sich beruhen lassen?«

»Terranostra soll sich darum kümmern. Der hat sich ja schließlich von dem Mann verarschen lassen.«

»Ich geb das an Valetta weiter.«

»Aber nicht wörtlich«, bat Farner.

Furlan war schon fast draußen.

»Gehst du raus?«

»Ja, ich muss noch schnell was erledigen.«

»Bringst du mir eine Rolle Isolierband mit. Gibt's in dem Elektroladen drüben.«

»Welche Farbe?«

»Egal. Ich muss mal den Kabelsalat zu Hause in Ordnung bringen.« Er holte das Kleingeld aus seiner Hosentasche.

»Lass mal, ich leg vor«, sagte Furlan und ging.

Zwischen den Geldstücken entdeckte Farner die kleine Kupfermünze, die er auf der Straße gefunden hatte. Er spuckte zweimal drauf und legte sie auf den Tisch.

Reisinger kam herein. »Bist du auf Mercedes umgestiegen? Unten wird gerade einer abgeladen.«

»Das ist der Wagen von Palm. Er wird ihn vorläufig wohl nicht brauchen. Aber das wird der Haftrichter entscheiden.«

»Ihr habt ihn euch also geschnappt? Dass er Gaiser entführt hat, hab ich ja noch mitgekriegt.«

»Palm und Gaiser haben sich in einer Gärtnerei bei Terlan um das Bild gestritten. Palm hat geschossen und Gaiser verletzt. Der eine ist jetzt im Krankenhaus, mit einem Loch im Bein, und der andere auf dem Weg ins Gefängnis. Und das Bild ist auch sichergestellt. Wir sprechen gleich mal darüber, wenn die anderen zurück sind. Du warst im Krankenhaus?«

»Ja.«

»Hast du mit Böckmann sprechen können?«

»Ich muss mich erst mal säubern. Wenn man aus dem Krankenhaus kommt, schleppt man alle möglichen Keime mit sich rum.« Er ging in sein Büro.

Farner steckte die Kupfermünze wieder ein, aber diesmal separat in die andere Hosentasche. Hatte ihm das kleine 2-Pfennig-Stück, das vermutlich ein deutscher Tourist verloren hatte und das schon lange nicht mehr im Umlauf war, Glück gebracht? Wenn ja, könnte er es sicher noch öfter brauchen. Es ist ja nicht so, dass ich jetzt daran glaube, sinnierte er. Aber wie hatte der Professor in Trient gesagt: Es hilft auch, wenn man nicht daran glaubt.

»Hast du was von Eller gehört?«, fragte Reisinger, als er zurückkam.

»Nein.«

»Also zu Böckmann. Palm hat ihm 10 000 Euro geboten, wenn er ihm das Bild beschafft. Deshalb ist er bei Gaiser eingestiegen.«

»Und dafür bezahlt er jetzt.«

»Ja. Mit einem Trümmerbruch des Oberschenkels und einigen anderen Verletzungen. Heilungsdauer drei bis sechs Monate, hat der Arzt gesagt. Ob er danach wieder richtig gehen kann, ist auch noch nicht raus.«

»Unrecht Gut gedeihet nicht«, pflegt meine Mutter zu sagen.

»Meine auch. Für die Tatzeit hat er übrigens ein Alibi. Ich hab das überprüft. Er ist Spritzenmann bei der Freiwilligen Feuerwehr, und die hatte am Montagabend zwischen 18 und 21 Uhr einen Einsatz in Sinich. Einen Wohnungsbrand.«

»Dann löschen wir ihn jetzt auch.«

Furlan kam und legte das Isolierband auf Farners Schreibtisch.

»Was kriegst du?«

»Du bist eingeladen. Ich hab inzwischen mit Valetta gesprochen. Sie sind auf dem Weg zu Lamberti. Und halt dich fest, der Maresciallo will anschließend mit dir anstoßen.«

»Worauf?«

»Auf den gelungenen Coup in der Gärtnerei.«

»Und wo soll das Besäufnis stattfinden?«

»Im ›Dopolavoro‹. Wo sonst.«

»Ich weiß nicht.«

»Komm schon. Das ist doch ein Friedensangebot«, sagte Furlan.

Reisinger kam noch mal auf seinen Krankenhausbesuch zurück. »Böckmann hat übrigens gesagt, er wisse, dass das Bild Millionen wert sei. Woher er das weiß, hat er nicht gesagt. Und er werde sich einen Anwalt nehmen, weil er der rechtmäßige Besitzer sei.«

»Die sollen sich nur alle in die Haare kriegen. Wir haben andere Sorgen.« Farner setzte sich und forderte die beiden mit einer Geste auf, ebenfalls Platz zu nehmen. »Wir können es drehen und wenden, wie wir wollen. Wir haben einen Bilderdiebstahl aufgeklärt, aber wir wissen immer noch nicht, wer Nicole Angerer umgebracht hat. Die Verdächtigen kommen und gehen, und wir haben nichts, um einen von ihnen zu überführen.«

»Morgen früh wissen wir vielleicht mehr«, murmelte Reisinger in seinen Bart. Aber Farner und Furlan hatten es beide gehört.

»Was war das?«, fragte Farner.

»Ach nichts.«

»Träumst du?«

Reisinger rückte seinen Stuhl gerade. »Das war nur für mich bestimmt. Außerdem habe ich *vielleicht* gesagt.«

»Vielleicht erscheint uns morgen der Heilige Geist«, spottete Farner. »Jetzt mal wieder ernst. Nach dem, was Gianni über das falsche Alibi von Gaiser herausgefunden hat, gehört auch der wieder zu unseren Verdächtigen. Was ich aber nicht glaube.«

»Sagt dir dein Bauchgefühl«, versuchte Furlan zu provozieren.

»Ja«, antwortete Farner.

»Na, dann brauchen wir uns ja keine Gedanken mehr zu machen.«

»Angerers Schwester hingegen ...« Farner sah Reisinger an. »Ich weiß, du hast das ausgeschlossen. Aber ich folge dir nicht so ohne Weiteres.« Genau genommen hatte Christine Angerer eine Geschichte erzählt, die stimmen mochte und die Kopfverletzung von Nicole Angerer erklärte, die aber vielleicht nur ein Teil der Geschichte war. »Sie kann ja zurückgekommen sein, als die Außenbeleuchtung nicht mehr an war und niemand sie gesehen hat. Sie hat ihre Schwägerin gehasst, und wozu Frauen imstande sind, wenn sie hassen, haben wir ja erst kürzlich im Fall Waldner gesehen. Wir sollten Christine Angerer noch mal vorladen.«

Reisingers Reaktion war eher verhalten. »Wenn du meinst.«

Farner wollte die Runde auflösen. Aber dann kam Desmond Hallmeier und sorgte für neuen Gesprächsstoff. »Du hast lange gebraucht.«

»Ja. Das hier hab ich in Palms Wagen gefunden.« Er legte einen Autoschlüssel und eine Ledermappe mit einem

Reißverschluss auf den Tisch. Auf dem Schlüsselanhänger war das Foto zweier Kinder.

»Der Autoschlüssel ist von Nicole Angerer, nehm ich an. Zu seinem Wagen passt er jedenfalls nicht.«

»Ganz klar, das sind ihre beiden Buben«, sagte Farner und reichte den Schlüssel an Reisinger weiter.

»Was in der Mappe ist, kann ich dir auch sagen«, fuhr Hallmeier fort. »Eine genaue Aufstellung der Besitzverhältnisse dieses Bildes, lückenlos, soweit ich das auf die Schnelle feststellen konnte, bis Anfang der 1930er-Jahre, als es einer jüdischen Familie im Rheinland gehörte. Danach verliert sich die Spur, hat Palm notiert. Er vermutet, dass das Bild in die Schweiz geschafft wurde, um es vor den Nazis zu retten.«

Farner hatte die Mappe aufgemacht und eine Klarsichthülle herausgenommen.

»Was du da in der Hand hast, ist der Briefwechsel mit einem Pariser Museum, das ihm den Watteau abkaufen wollte. Palm hat also nicht nur von Anfang an gewusst, dass das Bild echt ist, er hatte auch schon einen Abnehmer dafür. Über den Preis steht da nichts drin, aber für ein Butterbrot hätte er es sicher nicht verkauft.«

»Gaiser hatte auch schon einen Interessenten. Zwei Geier, die sich gegenseitig in die Quere gekommen sind«, kommentierte Farner lakonisch.

»Aber ihr größtes Problem war Nicole Angerer, die das Bild den rechtmäßigen Besitzern zurückgeben wollte, wie wir von Palm selber wissen«, ergänzte Reisinger.

Farner steckte die Klarsichthülle in die Mappe und gab sie Reisinger. »Pack sie zu den anderen Beweisstücken. Der Staatsanwalt ist ganz scharf auf solche Dokumente.«

»Die Spusi ist übrigens noch dabei, den Wagen auseinanderzunehmen. Vielleicht finden die ja noch mehr«, sagte Hallmeier.

Nebenan pfiff einer den Siegesmarsch aus »Aida«. Einen Augenblick später kam Eller herein und wedelte mit einem Aktendeckel. »Leute, es gibt was zu feiern.«

»Haben sie deinen Antrag auf Versetzung in den Ruhestand genehmigt?« stänkerte Hallmeier.

»Das auch.« Er legte den Aktendeckel auf Farners Schreibtisch, schlug ihn auf und nahm zwei DIN-A4-Bogen heraus. »Ich hab hier den Laborbericht, ihr wisst schon, das Messer, das wir im Rucksack des Juwelendiebs gefunden haben. Die Fingerabdrücke sind eindeutig von Miro Janotta, dem Burschen, der damit auf Ivo Gebhard losgegangen ist. Außerdem haben sie an dem Messer Spuren von Magnesium festgestellt, die auch in Janottas Jackentasche waren. Das Pulver braucht man …«

»Zur Herstellung von Brandsätzen«, fiel ihm Hallmeier ins Wort.

»Ja. Es ist also definitiv das Messer, mit dem Ivo angegriffen wurde. Heißt: einwandfrei Notwehr.«

»Weiß Gebhard schon Bescheid?«, wollte Farner wissen.

»Nein, ich hab ihn noch nicht erreicht. Wichtig ist jetzt erst mal, dass diese Laborergebnisse so schnell wie möglich nach Bozen kommen, damit die Herrschaften Ivos Suspendierung aufheben.«

Reisinger stand auf, griff sich die beiden Blätter und legte sie in den Aktendeckel. »Das mach ich.«

Er ging, drehte sich an der Tür aber noch mal um. »Wenn ihr was zu trinken braucht, ich hab noch einen Kräuterlikör im Schrank.«

»Den kannst du alleine trinken. Wir schieben das auf, bis Ivo Gebhard dabei ist«, sagte Farner und stieß Eller in die Rippen. »Gut gemacht, Alter. Dafür gibt's den Kameradschaftsorden.«

Eller zuckte mit den Schultern. »Ivo hätte für jeden von uns dasselbe gemacht.«

Hallmeier ließ sein Handy reihum gehen, auf dem Ivo Gebhard mit seinem Flügelhorn im Kreis von Sternsingern zu sehen war. Er wollte gerade erklären, wo er das Foto aufgenommen hat, als Reisinger wieder hereinkam.

»Ich kann da im Moment niemanden erreichen.«

Furlan schaute auf seine Uhr. »Es ist Freitagabend. Die halten sich stur an ihre Bürozeiten.«

»Ich versuch's später noch mal.«

»In der Zwischenzeit erzählst du uns die Geschichte mit dem Schutzpatron«, schlug Hallmeier vor.

»Einverstanden.«

»Wie lange dauert die?«, wollte Farner wissen.

»Nur ein paar Minuten – wenn mich keiner unterbricht.«

»Dann leg los.«

Reisinger setzte sich wieder zu ihnen. »Ich bin sicher nicht der Frömmste«, begann er, »aber wenn kein anderer Freund in der Nähe ist, rufe ich auch schon mal um himmlischen Beistand. Den heiligen Christophorus, wenn ich ins Auto steige, den heiligen Florian, wenn's nebenan brennt, und den heiligen Michael, wenn wir nach knapp einer Woche immer noch nicht wissen, wer der Mörder ist.«

»Der hat sich bisher wenig um uns gekümmert«, meinte Eller.

»Wart's ab, wir dürfen die Geduld nicht verlieren. Manchmal haben die Heiligen etwas andere Zeitvorstellungen als wir. Der, der Ivo Gebhard beschützt hat, ist ein besonderer Heiliger. Der einzige übrigens, der ›Monsieur‹ genannt wird.«

»Ein Franzose?«

»Ja, aus der Bretagne. Er stammt aus einer adeligen Familie und gilt als einer der bedeutendsten Rechtsgelehrten der katholischen Kirche. Im Jahre 1347 wurde er von Papst Clemens VI. heiliggesprochen – am 19. Mai, das ist der Namenstag von Ivo Gebhard. So wird die Sache rund.«

Er griff nach der Wasserflasche, die Furlan vor sich stehen hatte, und trank den Rest daraus.

»Bedien dich.«

»Danke. Wenn ihr mal in Rom seid«, fuhr er fort, »in der Nähe der Piazza Navona ist ihm die Kirche ›Sant'Ivo alla Sapienza‹ geweiht, eine der schönsten Kirchen in Rom.«

»Man sollte dich den Leuten von der RAI oder vom ORF empfehlen«, sagte Farner. »Die suchen bestimmt noch so einen Geschichtenerzähler wie dich für ihr Nachmittagsprogramm.«

»Ich werde das im Auge behalten«, ging Reisinger gut gelaunt darauf ein. »Nach meiner Pensionierung wär ich noch frei.«

Furlan legte seine Hand auf Reisingers Arm. »Lass dir Zeit mit der Pensionierung. Bei uns sind deine Geschichten auch gut aufgehoben.«

»Ich hätte noch ein paar. Jeder Heilige hat eine eigene spannende Geschichte.«

»Und die hast du alle auswendig gelernt?«, fragte Eller.

»Nein, dafür sind es zu viele. An jedem Tag ein anderer Heiliger. An manchen sogar drei oder vier. Da kommt man leicht durcheinander.«

»Gibt es eigentlich auch einen heiligen Desmond?« Hallmeiers Frage löste allgemeine Heiterkeit aus.

»Nicht, dass ich wüsste.«

Hallmeier überlegte. »Wenn das bei Ivo Gebhard so gut geklappt hat, warum nicht auch bei uns? Ich beantrage hiermit, dass der heilige Ivo uns alle hier im Kommissariat als Kundschaft übernimmt.«

Farner stand auf. Draußen war es inzwischen stockdunkel. »Ich denke, der heilige Ivo wird nichts dagegen haben, wenn wir jetzt Feierabend machen.«

»Vergiss nicht, dass du noch einen Auftritt im ›Dopolavoro‹ hast«, erinnerte ihn Furlan.

»Du gehst zum Training?«

»Nein, fällt aus. Ein Rohrbruch. Die Halle steht seit gestern unter Wasser.«

»Dann spricht nichts dagegen, dass du mitkommst.«

»Nein. Außer, ihr fallt euch am Ende um den Hals. Aber das wär mir dann doch zu kitschig.«

»Keine Sorge. Davor beschützt mich der heilige Lukas.«

Terranostra sprach mit dem Wirt, weil ihm der Tisch nicht gefiel, den er für sie reserviert hatte. Noch war das Lokal nicht voll, und Giovanni zeigte auf einen Tisch am Fenster. Der Wirt, ein Mann um die fünfzig und um einiges kleiner als der Maresciallo, traute sich nicht zu widersprechen und nickte beinahe ergeben.

Die Sitzordnung war auch klar. Unter Höflichkeit verstand Terranostra immer die der anderen und erwartete, dass man ihm den Vortritt ließ. Aber das waren Nebensächlichkeiten für Farner. Wichtiger war, dass Giovanni aufgeräumt schien und seine Aggressionen zu Hause gelassen oder irgendwo anders abgeladen hatte. Vielleicht bei Lamberti, aber der stand ohnehin noch auf dem Programm.

Die beiden Carabinieri nahmen nebeneinander Platz, mit dem Rücken zum Fenster und dem Blick auf die Tür, Lukas Farner und Gianni Furlan ihnen gegenüber.

Unaufgefordert brachte der Kellner eine Flasche Wein und vier Gläser an den Tisch, den gleichen, den er dem Maresciallo auch schon vor drei Tagen serviert hatte, einen ›Maradea Riserva 2008‹. Giovanni schenkte allen ein und hob sein Glas. »Saluti.« Er sah Farner an. »Eines Tages wird vielleicht doch noch ein guter Polizist aus dir.«

Das klang nicht hämisch, und die Lacher von Furlan und Valetta ließen es auch gar nicht zu, dass ihm jemand diese Bemerkung übel nehmen konnte.

»Hat Palm noch was gesagt?«, wollte Farner wissen.

»Nur einen Satz. Ich sage nichts ohne meinen Anwalt.«

»Und Lamberti?«

»Der hat geredet.«

Aber Giovanni hatte offenbar keine Lust mehr zu reden und stieß Valetta an. »È il tuo turno.*«

»Dottore Bruno Lamberti.« Der Brigadiere setzte sich in Positur, und man sah ihm an, dass es ihm ein Vergnügen war, über den Besuch bei Gaisers Freund zu berichten. »Seine Kanzlei ist in der unteren Freiheitsstraße, gar nicht so weit von hier. Büroräume über zwei Etagen, und der Chef in einem Salon, ganz in Rot, wie in einem bordello. Zuerst hat er sich dumm gestellt. Er habe das nicht mehr im Kopf, was er ausgesagt habe. Aber der Maresciallo hat ihn gekitzelt, provoziert. Er hat ihn gefragt, wie man mit einem derart dürftigen IQ Steueranwalt und Wirtschaftsberater sein könne und wo es den Doktortitel zu kaufen gebe.« Zwischendurch sah Valetta immer mal wieder zu seinem Chef, um sich seiner Zustimmung sicher zu sein.

»Das ist unter der Gürtellinie.«

Terranostra wischte Farners Bemerkung, die nur so daher gesagt war, mit einer Handbewegung weg. »Wenn schon. Aber wer mich anlügt, braucht seinen Gürtel nur noch, um sich aufzuhängen.«

Da war er wieder, der alte Giovanni, dem die Selbstgefälligkeit aus sämtlichen Knopflöchern kroch, dachte Farner.

Plötzlich ging Terranostras Blick an ihm vorbei und versteinerte sich von einer Sekunde zur anderen.

Farner drehte sich um. Eine Gruppe von sieben oder acht Leuten, darunter drei Frauen, war in das Lokal gekommen und bewegte sich schwatzend auf einen der Tische zu, den der Wirt für sie frei gehalten hatte. Terranostra stand auf, trank den Rest aus seinem Glas und ging, ohne ein Wort zu sagen.

Valetta legte die Speisekarte, die er in der Hand hatte, auf den Tisch. »Das hat noch gefehlt.«

Furlan nahm sich einen von den Grissini, die in einem Glas auf dem Tisch standen. »Was sind das für Leute?«

»Sie nennen sich ›Freunde der Siebenschläfer‹.«

»Du meinst diese kleinen Halunken, die sich nachts auf den Dachböden rumtreiben und die Menschen beim Schlafen stören?«

»Genau die.«

»Und die haben Freunde?«

Valetta nickte. »Sehr streitbare sogar.« Er sah zu dem Tisch hinüber. »Die Frau links neben dem Dicken ist Anwältin und die Vorsitzende des Vereins. Der Maresciallo hat mal eine Demo von denen von der Straße geholt. Die haben danach geklagt und Recht bekommen. Seitdem sind sie ein rotes Tuch für Terranostra. Und umgekehrt auch. Sie hassen ihn. Dass die sich ausgerechnet hier treffen, ist eine Provokation.« Er trank aus seinem Glas. »Die Feindschaft zwischen ihnen und Terranostra hat auch noch tiefere Gründe. Sie wissen, dass seine Familie aus Kalabrien kommt, und da sind die kleinen Tierchen sozusagen ein gefundenes Fressen. Dabei könnte ich wetten, dass der Maresciallo noch nie in seinem Leben einen Siebenschläfer gegessen hat. Er kriegt ja schon Hautausschlag, wenn jemand am Tisch geschmortes Kaninchen bestellt.«

Furlan sah ihn ungläubig an. »Hab ich das richtig verstanden? Du sprichst von Siebenschläfern auf dem Teller.«

»Ja.«

»Uh … diavolo.«

Aber Valetta machte ungerührt weiter. »Schon bei den alten Römern galten Siebenschläfer als Delikatesse. Wenn sich die Mafiosi in Kalabrien was Gutes tun wollen oder es etwas zu feiern gibt, tischen sie ›Ghiro con pomodorini‹* auf. Erst kürzlich hat die Polizei bei einer Razzia Hunderte von den Tierchen mit abgezogenem Fell in einer Tiefkühltruhe gefunden.«

»Ich krieg gleich das Kotzen«, sagte Furlan, und auch Farner musste ein paarmal heftig schlucken.

»Und diese Leute setzen sich dafür ein, dass die Siebenschläfer von der Speisekarte gestrichen werden. Sie sorgen sogar dafür, dass die Nistkästen der Vögel winterfest gemacht werden, damit die armen Viecher nicht mehr in Erdlöchern überwintern müssen.«

»Und am Ende binden sie ihnen Schleifchen um und gehen mit ihnen Gassi«, erlaubte sich Furlan einen Witz.

»Mach dich nur lustig. Ich finde das eine gute Sache«, sagte Valetta und nahm sich die Speisekarte wieder vor.

Der Kellner kam und fragte nach ihren Wünschen.

»Tut mir leid«, sagte Farner, »mir ist der Appetit vergangen.«

Furlan schloss sich ihm an.

Valetta bestellte Tagliatelle mit Pfifferlingen, machte dann aber ebenfalls einen Rückzieher. »Allein schmeckt es mir auch nicht.«

Der Ober blieb ruhig. »Aber zu trinken möchten die Herrschaften sicher noch.«

Valetta griff nach der Weinkarte. »Ab jetzt nur noch hiesige Gewächse. Obwohl, dieser Maradea war gar nicht so schlecht.«

»Wie wär's mit einem Villa Antinori, ein Rosso Toscana. Liegt genau in der Mitte«, schlug der Kellner vor.

»Probieren wir mal.«

Valetta kam von sich aus auf Lamberti zurück. »Er hat zugegeben, dass sie erst um 20 Uhr in der Squash-Halle waren. Davor seien sie in der Gärtnerei gewesen und hätten das Bild versteckt.« Er nippte an dem Glas. »Nicht schlecht.«

»Wir wissen natürlich nicht, ob er diesmal die Wahrheit gesagt hat, aber es erklärt, warum er und Gaiser beim ersten Mal gelogen haben.«

»Du kannst auch mit einer Lüge eine Lüge erklären«, reagierte Furlan muffig.

»Dann schlag ich vor, dass ihr ihn euch selber noch mal vornehmt – und die Beweispflicht umkehrt.« Valetta schien beleidigt.

»Ist ja gut«, beschwichtigte Furlan. »Wir lassen Lamberti in eurer Verantwortung.«

Jetzt fangen die auch noch an, sich zu zanken, dachte Farner und rief den Kellner, um zu zahlen. Aber Valetta verzögerte ihren Abgang und lud noch zu einer Versöhnungsrunde ein.

Es war schon nach zehn, als sie aufbrachen.

Furlan hatte ein Taxi bestellt, das ein paar Minuten später vor dem ›Dopolavoro‹ hielt. Farner stieg nicht mit ein. Diesmal wollte er konsequent sein und zu Fuß gehen, obwohl ihm seine Beine signalisierten, dass sie nicht in bester Verfassung waren. Das lange Sitzen war Gift.

»Wer vorne sitzt, zahlt«, flachste Furlan und nahm auf dem Rücksitz Platz.

Farner hielt Valetta die Beifahrertür auf. »Sagen Sie dem Maresciallo, er soll sich für den Vormittag nichts vornehmen, wenn er bei der Vernehmung von Christine Angerer dabei sein will.«

Valetta sah ihn erstaunt an. »Ich dachte, die wäre durch.«

»Nein. Es gibt noch einige Fragen, die sie uns beantworten muss.«

Valetta stieg noch nicht ein. »Schade, dass ihm diese Siebenschläfer dazwischengekommen sind.«

»Wovon sprechen Sie?«, fragte Farner.

»Der Maresciallo wollte Ihnen sagen, dass er einer neuen Spur nachgeht.«

»Und Sie wollen nicht deutlicher werden?«

»Auf gar keinen Fall. Das soll er Ihnen selber sagen. Sie wissen ja, dass er sich nicht gern die Pointen wegnehmen lässt.«

Die ersten dreihundert Meter waren noch etwas steif und holprig, aber dann spürte Farner, dass ihm die Bewegung guttat. Dafür machte sich die Müdigkeit in seinem Kopf breit. So ein langer Tag blieb nicht in der Wäsche hängen.

Das ›Theater in der Altstadt‹, an dem er vorbeikam, weckte Erinnerungen. Ein kleines Theater im Keller, zu dem man eine steile Treppe hinabsteigen musste und in dem die

Schauspieler auf der Bühne fast zum Anfassen nah beim Publikum waren. Eine Freundin hatte ihn vor einigen Jahren, kurz nachdem er von seinem Studium in Trient zurückgekehrt war, zu einem Besuch überredet. An das Stück konnte er sich noch gut erinnern, Shakespeares ›Romeo und Julia‹. Vor allem aber, was sie über den Theaterleiter gesagt hatte, hatte ihn sehr beeindruckt. Er erinnerte sich sogar noch an seinen Namen. Rudi Ladurner, ein Intendant, der selber an der Kasse sitzt und, wenn's sein muss, auch mal den Besen in die Hand nimmt.

Farner war vor dem Schaukasten stehen geblieben. »Alte Meister«, ein Zwei-Personen-Stück von Thomas Bernhard, stand derzeit auf dem Programm.

»Zu spät. Die Vorstellung ist aus.« Jemand hatte ihm von hinten auf die Schulter getippt. An der Stimme erkannte er ihn, bevor er sich umdrehte. Bernd Nathusius, und neben ihm Reisingers Tochter Verena.

»So schnell sieht man sich wieder«, freute sie sich.

Farner freute sich auch. »Waren Sie im Theater?«

»Ja. Mich hat interessiert, wie aus einem Roman ein Theaterstück wird. Und ob das eine Bereicherung ist.«

Nathusius schlug vor, noch irgendwo etwas zu trinken.

»Können wir das verschieben?«, fragte Farner und erschrak selbst über seine müde Stimme. »Ich hab in letzter Zeit wenig geschlafen.«

»Selbstverständlich«, war Verena sofort einverstanden und lächelte. »Ich werde meinem Vater sagen, dass er besser auf Sie aufpassen soll.«

30. Jänner

Nach dem Aufwachen nicht gleich aus dem Bett springen, sondern sich ein paar Minuten Zeit nehmen und über Dinge nachdenken, die gestern waren und heute auf ihn zukommen würden. Farner musste sich eingestehen … nein, es stank ihm, dass sich die Ermittlungen so verflucht lange hinzogen. Die Andeutung, die Valetta gestern Abend gemacht hatte, dass Terranostra eine neue Spur hatte, fiel ihm wieder ein. Aber solange er keine Einzelheiten wusste, wollte er nicht zu große Hoffnungen daran knüpfen. Er gab sich einen Ruck. Die Beine auf den Boden und raus aus dem Bett.

Draußen wurde es langsam hell. Für heute hatten sie einen trockenen kalten Wintertag versprochen, und die Meteorologen, fand er, hatten in letzter Zeit selten gelogen. Die Müdigkeit von gestern Abend steckte ihm noch in den Beinen, und deshalb war er sofort einverstanden, als ihm die innere Stimme vorschlug, heute aufs Joggen zu verzichten. Eine heiße Dusche und ein starker Kaffee brachten ihn langsam auf Betriebstemperatur, und er spürte, wie sich mit dem körperlichen Befinden auch seine Stimmung besserte.

Als er aus dem Haus trat, lachte ihn die Sonne an, und das gab ihm einen zusätzlichen Push. Bis zum Kornplatz brauchte er fast doppelt so lange wie sonst. Die Menschen drängten sich schon um diese frühe Uhrzeit in den Gassen. Winterschlussverkauf, okay. Das schöne Wetter und, wie Reisinger vermutete, der italienische Lotto-Jackpot als Magnet – aktueller Stand: 132 Millionen Euro – lockten so manchen Touristen über die Grenze.

Am Kiosk kaufte er sich eine Zeitung, obwohl er wusste, dass er in den nächsten Stunden kaum zum Lesen kommen würde. Die Schlagzeile hatte ihn neugierig gemacht. Ein Schweizer Informant bot dem deutschen Finanzminister für 2,5 Millionen Euro eine CD mit den Daten von Kapitalanlegern an, die ihr Geld auf Schweizer Banken gebunkert hatten. Das war haargenau die gleiche Geschichte, die sie vor ein paar Monaten mit dem Bankier Waldner erlebt hatten. Vielleicht war es ja sogar derselbe Mensch, mit dem Waldner ins Geschäft kommen wollte.

Auf der Treppe im Kommissariat kamen ihm Ivo Gebhard und Hans Eller entgegen. Er gab Gebhard die Hand. »Gratuliere zum Comeback. Das hast du Eller zu verdanken. Er hat nicht lockergelassen.«

»Ich weiß.«

»Wir werden das feiern und es richtig krachen lassen«, sagte Eller. »Ich hab einen Tisch in der ›Cortina-Bar‹ bestellt. Später Nachmittag.«

»Und jetzt?«, fragte Farner.

»Treffen wir uns mit Simon Rupp, um uns bei ihm zu bedanken. Schließlich haben uns die Carabinieri die Tür aufgemacht.«

»Das ist anständig von euch, aber macht nicht so lange. Wir stecken bis zum Hals in Arbeit.«

Reisinger stand neben seinem Schreibtisch, mit dem Rücken an die Vitrine gelehnt, und telefonierte. Als er Farner vorbeigehen sah, winkte er ihn heran. »Ich bin gleich fertig.« Dann sprach er weiter ins Telefon. »Was heißt, sie verspätet sich?« Er hörte. »Gut. Sagen sie ihr, ich schicke einen Streifenwagen, der sie abholt. Danke.«

Er legte auf. »Das war Gernot Angerer. Er sagt, dass seine Schwester vorher zum Arzt musste.«

»Schon wieder einen Schwächeanfall?«

»Diesmal wohl eher prophylaktisch. Sie hat Angst vor dir.«

»Darum möchte ich auch gebeten haben. Wenn sie mich schon nicht lieben, Hauptsache, sie fürchten mich.«

Reisinger setzte sich. »Die Zitate kriegst du nicht hin, was?«

»Ich hab mich selbst zitiert.«

»Pass auf, dass dir Caligula nicht eine Plagiatsklage anhängt.«

»Der hat's doch selber geklaut.«

»Außerdem weiß ich, dass das nicht deine wirkliche Überzeugung ist.«

»Du hast recht. Mir liegt nichts daran, dass sich jemand vor mir fürchtet. Ein bisschen Fracksausen reicht.«

»Hast du Gebhard getroffen?«

»Ja. Gut, dass er wieder an Bord ist.«

»Ist er noch nicht. Ich hab gestern Abend noch lange telefoniert, um die Sache zu beschleunigen. Bis man da mal jemanden an den Apparat kriegt, der zuständig ist. Ich sag's dir, eher steigt die Sissi von ihrem Sockel, als dass die sich in die Karten gucken lassen. Sie sagen, das kann noch ein paar Tage dauern. Und übers Wochenende sowieso nicht.«

»Scheiß-Bürokratie. Aber mit der Suspendierung waren sie schnell bei der Hand.« Er hob einen Kugelschreiber auf, der auf dem Boden lag, und legte ihn auf Reisingers Schreibtisch. »Ich habe Furlan gesagt, wenn das Krankenhaus heute Morgen wegen Gaiser anruft ...«

»Die haben schon angerufen«, unterbrach ihn Reisinger, »er und Hallmeier sind unterwegs und bringen ihn nach Bozen.«

»Die werden ihn wohl nicht lange dabehalten. Es sei denn, wir können ihm mehr nachweisen als Irreführung der Polizei. Die ist nur bedingt strafbar.«

In Reisingers Gesicht machte sich ein Schmunzeln breit. »Irreführung der Kollegen dagegen ist eine schwere Straftat. Also sag die Wahrheit.«

»Erst wenn du rauslässt, worum es geht.«

»Du bist gestern Abend noch spät auf der Straße gesehen worden.«

»So? Verrat mir mal, was so ein Detektiv kostet, den man engagiert, um die Kollegen zu beschatten.«

»Ich brauch keinen Detektiv.«

»Klar, du hast ja deine Tochter, die für dich spioniert.«

»Sie hat gesagt, du hättest müde ausgesehen.«

»Bin ich immer noch.«

»Dann sieh mal zu, dass du in die Gänge kommst.«

Reisinger machte sich an seinem PC zu schaffen. Farner ging in sein Büro, machte aber gleich wieder kehrt, als er den Kollegen hinter sich fluchen hörte.

»Verdammter Mist. Der stottert schon wieder.«

»Du brauchst einen neuen.«

»Ich dachte, bis zu meiner Pensionierung hält er durch.«

»Davon reden wir mal lieber nicht. Wir sollten dem Maresciallo Bescheid sagen, dass sich Christine Angerer verspätet.«

»Das hat sich erledigt. Dein Freund hat sich vorher schon abgemeldet. Er hat gesagt, die Frau interessiert ihn nicht und dass er deine Alleingänge zum Kotzen findet. Disgustoso.*«

»Gestern war er besser drauf. Da durfte ich noch seinen kalabrischen Rotwein trinken. Außerdem …« Er überlegte, ob er das überhaupt zur Sprache bringen sollte.

Reisinger sah ihn an. »Was ist? Du hast dich gerade selber unterbrochen. Bist du auf eine Mine getreten?«

»Ja. Quod licet Jovi, non licet bovi.*«

»Jetzt bist du schon wieder bei den Lateinern.«

»Er regt sich über uns auf, und gleichzeitig macht er seine eigenen Alleingänge. Valetta hat gestern angedeutet, dass sie eine neue Spur haben.«

»Allmählich geht mir euer Hahnenkampf auf den Geist. Er sagt, er ruft noch mal an.«

Farner legte die Zeitung auf seinem Schreibtisch ab, schaute in den Spiegel und befühlte seine Bartstoppeln, die drei Tage zu lang waren. Er konnte sich einreden, dass das Absicht war, dass er sich so lange nicht rasieren würde, bis sie den Fall gelöst hatten. Er setzte sich und las die Notiz, die beim Telefon lag. Rietberger zurückrufen. Das war Furlans Handschrift.

Reisinger kam und brachte ihm ein Cornetto. »Du hast bestimmt noch nicht gefrühstückt.«

»Danke. Der Service bei mir zu Hause klappt noch nicht. Kennst du Rietberger?«

»Den von der Stadtpolizei?«

»Ja.«

»Was hast du mit denen zu tun?«

»Ich hab mich neulich abends mit einem betrunkenen Penner angelegt. Da sind die Kollegen von der Stadtpolizei dazugekommen.«

»Und jetzt wollen sie sich bei dir entschuldigen, weil sie dich mit dem Penner verwechselt haben.«

»Wahrscheinlich. Nein, im Ernst. Bei dem Obdachlosen haben sie eine alte Taschenuhr gefunden, die vermutlich Nicole Angerer beziehungsweise Gaiser gestohlen wurde. Aber einen Zusammenhang mit dem Mord schließ ich aus.«

Bevor er mehr dazu sagen konnte, läutete sein Telefon. Auf dem Display sah er, dass es Terranostra war. Reisinger wollte gehen.

»Warte, es ist der Maresciallo. Ich stell auf laut. Pronto.«

»Pronto. Pronto«, kam es ärgerlich zurück. Wie oft soll ich noch anrufen?«

»Zweimal reicht. Was gibt's?«

»Hör zu. Einer von meinen Kollegen ist auf einen Vorgang gestoßen, der ein halbes Jahr zurückliegt. Eine Anzeige von Nicole Angerer wegen Belästigung.«

»Gegen wen?«

Als hätte Terranostra die Frage nicht gehört, redete er ohne Pause weiter. »Belästigungen auf der Straße, am Telefon, vor der Galerie. Ein klassischer Fall von Stalking. Drei Wochen später hat die Angerer die Anzeige wieder zurückgezogen.«

»Gegen wen? Interessiert mich.«

»Der Mann heißt Patrick Neudorf, ein Nachbar, Handelsvertreter, 36 Jahre alt, Junggeselle.«

»Und was sagt der?«

»Wir haben ihn nicht erreicht. Er ist auf Reisen und kommt erst in der nächsten Woche zurück.«

»Vielleicht kann Katrin Hessler was dazu sagen«, schlug Farner vor.

Terranostras Häme kam postwendend. »Auf die Idee muss man erst mal kommen. Wir haben eine Verabredung mit ihr. Wir treffen sie in einer halben Stunde.«

»Wir?«

»Ja, du kommst mit. Du willst doch sicher wissen, warum sie dir das verschwiegen hat.«

Dir hat sie ja auch nichts gesagt, dachte Farner, sprach es aber nicht aus, um ihn nicht noch mehr zu reizen. »Und wo treffen wir sie?«

»In der Bar vom Thermen-Hotel. Ci vediamo.«

Farner legte auf und sah Reisinger an. »Was hältst du davon?«

»Wenig bis gar nichts. Aber hör's dir an, damit er nicht wieder sagen kann, mit uns kann man nicht zusammenarbeiten. Ich glaube immer noch, dass wir bei Palm näher dran sind. Warten wir mal ab, was uns Christine Angerer noch zu erzählen hat.«

»Ich muss vorher noch mal telefonieren.«

Reisinger ging in sein Büro zurück. Farner aß von dem Hörnchen und suchte gleichzeitig nach der Telefonnummer von Dr. Robert Sutter in Lana. In einem kurzen Telefonat informierte er den Mann, dass man seinen Freund Palm aus dem Verkehr gezogen habe, keine Einzelheiten über seine Festnahme, aber die Mitteilung, dass man ihm seine Pistole vorläufig nicht zurückgeben könne, weil sie ein wichtiges Beweisstück sei. Sutter bedankte sich, und Farner hatte das Gefühl, dass bei dem Mann das Bedauern über das Ende einer Freundschaft die Erleichterung überwog.

Was für eine beknackte Idee, sich in einer Bar zu verabreden, um jemanden zu vernehmen. Zum Glück war es um diese Zeit hier fast leer.

»Wird es lange dauern?«, fragte Katrin Hessler, nachdem sie Farner und Terranostra mit einem burschikosen »Hallo« begrüßt und auf dem Barhocker zwischen den beiden Platz genommen hatte. Sie behielt ihren Anorak an, obwohl es in dem großen Raum sehr warm war. »Eine Freundin wartet nämlich draußen im Wagen.«

»Das hängt von Ihnen ab«, sagte Farner.

Sie bestellte einen Espresso und nahm einen der Kekse, die der Barkeeper in einer Silberschale auf den Tresen gestellt hatte.

»Was wollen Sie wissen? Ich habe Ihnen doch schon alles gesagt.«

»Mein Kollege bezweifelt das. Sonst säßen wir jetzt nicht hier«, erwiderte Farner und schob das halb volle Wasserglas, das vor ihm stand, von sich weg.

Terranostra sparte sich jeden Umweg und kam gleich zur Sache. »Kennen Sie Patrick Neudorf?«

Sie trank, nein sie schlürfte den Espresso, und Farner hatte den Eindruck, dass sie Zeit gewinnen wollte.

»Wie kommen Sie jetzt auf den?«

»Nicht fragen. Antworten Sie«, herrschte der Maresciallo sie an.

Sie zuckte zusammen, und Farner schaute sich um. Aber es war außer dem Mann hinter der Bar niemand in der Nähe, der sie hören oder auf sie aufmerksam werden konnte.

»Ja, ich kenne ihn«, kam es kleinlaut von der jungen Frau, die sich sichtlich unwohler fühlte.

»Und Sie wissen auch, dass Nicole Angerer ihn wegen Belästigung angezeigt hat?« Weil Katrin Hessler wieder nicht gleich antwortete, setzte Terranostra energisch nach. »Raus mit der Sprache.«

Das war dem Barkeeper, der am Telefon gerade eine Bestellung aus dem Hotel entgegennahm, dann doch zu heftig, und er gab Terranostra mit einer Geste zu verstehen, leiser zu sein.

»Non è niente.*«

Katrin Hessler nickte. »Ja, sie hat es mir gesagt.«

»Warum haben Sie uns das verschwiegen?«

»Ich wollte ihn da nicht mit hineinziehen.« Katrin Hessler besann sich jetzt und redete. Dass Patrick Neudorf, der nette Nachbar, dem sie schon einige Male auf der Straße und im Geschäft begegnet war, Nicole Angerer mit seinen ständigen Anrufen auf die Nerven gegangen war und wie sie, Katrin Hessler, es geschafft hatte, ihre Chefin zu überreden, die Anzeige zurückzuziehen. »Er hat mich eines Tages zum Essen eingeladen. Ich habe ihm ins Gewissen geredet und gesagt, er solle mit dem Blödsinn aufhören. Danach hat er Ruhe gegeben.«

»Trotzdem müssen wir mit ihm sprechen«, bemühte sich Farner um einen moderateren Ton.

»Warum wollen Sie ihm was anhängen? Er war ja gar nicht hier. Er ist seit über einer Woche auf Geschäftsreise in Österreich.«

Wieso weiß sie das, wollte Farner sie fragen. Aber Terranostra war schneller und lauter. »In welcher Beziehung stehen Sie zu dem Mann?«, kam es wieder knallhart von der anderen Seite.

Dieses Wechselspiel zwischen ihm und dem Maresciallo war nicht abgesprochen, aber es zeigte Wirkung. Wenn sie mit Neudorf liiert ist, ging es Farner durch den Kopf, könnte das der Grund sein, warum sie gegen Gaisers Baggerei immun war.

Katrin Hessler, die sich inzwischen einen Veneziano bestellt hatte, wand sich, schüttelte die Eiswürfel in ihrem Glas und sah Farner hilfesuchend an. »Muss ich das beantworten?«

»Sie müssen gar nichts, aber ich würde es Ihnen raten.« Das Klingeln seines Handys ersparte es ihm, auf die Frage von Katrin Hessler noch ausführlicher einzugehen. »Entschuldigung.« Er stand auf, fing sich noch den missbilligenden

Blick von Terranostra ein und entfernte sich einige Schritte. Es war Reisinger, der anrief.

»Gibt's Neuigkeiten?«, fragte Farner.

»Kann man so sagen.«

»Lass dich aus.«

»Nicht am Telefon. Vergesst mal euren Handelsvertreter. Am besten, du kommst her. Und bring den Maresciallo mit, falls er sich noch für den Fortgang unserer Ermittlungen interessiert. Ich sage: unsere Ermittlungen, und nicht die der Carabinieri.«

Während er telefonierte, sah er, dass Giovanni die Rechnung bezahlte und sich von Katrin Hessler verabschiedete. Nicht mehr so ruppig wie vorhin. Die junge Frau schien erleichtert. Sie sah kurz zu ihm, setzte ihre Kapuze auf, grüßte kurz herüber und verschwand eilig durch die Eingangstür.

»Bist du noch dran?«, fragte Reisinger.

»Ja.«

»Du hast mit Christine Angerer gesprochen?«

Wieder ein kurzes »Ja«. Farner beendete das Gespräch. »Dann bis gleich.«

Reisinger hatte es ausgesprochen. Ihre und unsere Ermittlungen. Jeder lässt seinen Intuitionen freien Lauf. Vielleicht war dieses rivalisierende Nebeneinander, zu dem Giovanni und er ja beide neigten, gar nicht so schlecht. Es ergeben sich ganz zwangsläufig mehr Hinweise und Ansatzpunkte, auch wenn das hier gerade ziemlich in die Hose gegangen war. Terranostra sah man an, dass er mehr davon erwartet hatte. Farner ging zurück an die Bar. »Hat sie noch was gesagt?«

»Nein.«

Farner ersparte sich jeden Kommentar. »Wir sollten uns mal anhören, was Reisinger inzwischen herausgefunden hat.«

Zu seinem Erstaunen hatte Terranostra keine Einwände.

Reisinger legte seine Notizen auf den Tisch und wartete, bis Terranostra ihm gegenüber Platz genommen hatte.

Farner stand am Fenster und zerdrückte mit einem Knackgeräusch einen leeren Plastikbecher. »Jetzt red schon.«

Aber Reisinger hatte es nicht eilig, sondern blätterte erst mal in seinen Unterlagen. So ganz nebenbei ließ er es raus. »Wie's aussieht, werden wir den Fall heute abschließen können.«

»Hat sie ein Geständnis abgelegt?«, wollte Farner sofort wissen.

»Du sprichst von Christine Angerer?«

»Ja, von wem sonst? Wo ist sie?«

»Ich lasse sie gerade nach Hause bringen. Sie hat mit dem Mord an ihrer Schwägerin nichts zu tun.«

»Bist du sicher?«

»Absolut.«

»Du bist auf dem Holzweg«, mischte sich Terranostra ein. »Das hab ich dir gestern schon gesagt.«

Sagt einer, der gerade selber ins Leere gelaufen ist, dachte Farner und reagierte mit einer wegwerfenden Handbewegung.

»Anhand der vorliegenden Aussagen und des Berichts der Spurensicherung lässt sich der Tatabend ziemlich genau rekonstruieren«, fuhr Reisinger fort. »Ich will das jetzt nicht alles wiederholen. Nur die wichtigsten Fakten.« Terranostra gähnte, aber das brachte Reisinger nicht aus dem Tritt. »Nicole Angerer hat sich gewehrt und bei dem Täter Kratzspuren hinterlassen, hat der Doc gesagt. Unter ihren Fingernägeln waren Hautpartikel und Blut.« Er schob die Notizen auf die Seite und zog die Tastatur seines PC näher zu sich ran. »Vor einer Stunde ist die DNA-Analyse aus dem Labor gekommen.« Mit einem Mausklick erschien eine Grafik auf dem Bildschirm. »Darf ich vorstellen, die DNA des Mörders.«

Farner trat näher heran. »Schön und gut, aber was nützt uns das, wenn sie in keiner Datei ist.«

»Wart's ab.« Er vergrößerte die Grafik, die die Form einer Spirale hatte, und ging mit dem Cursor zwei, drei markante Punkte ab.

»Es ist die DNA von Palm.«

»Und wer hat dir das geflüstert?«

»Lass mich ausreden. Was ist passiert? Palm hat gewusst, dass Nicole Angerer das Bild aus dem Banksafe geholt hatte. Sie waren deswegen an dem Abend ja mit dem Restaurator in Bozen verabredet. Aber der Klimakoffer war leer, weil sich Gaiser, wie wir wissen, vorher schon bedient hatte. Palm war außer sich. Er vermutete, dass Nicole Angerer ihn hinterging. Es kam zum tödlichen Streit. Er erwürgte sie mit ihrem eigenen Schal, ließ es wie einen Sexualmord aussehen und hat dann scheinheilig bei ihr angerufen und auf den Anrufbeantworter gesprochen.«

»Alles Vermutungen«, murrte Farner, »die DNA kann von allen möglichen Leuten sein.«

»Du hast recht. Natürlich kann man nicht so ohne Weiteres sagen, wem diese DNA zuzuordnen ist, wenn sie in keiner Datei registriert ist und man keinen Abgleich machen kann. Aber kurz danach kam das hier.« Er verkleinerte die Grafik auf dem Bildschirm und stellte eine zweite daneben. »Und diese hier ist definitiv von Palm.«

Den beiden hinter ihm verschlug es die Sprache. »Identico«, stellte Terranostra schließlich fest, und Farner wurde in diesem Moment bewusst, dass Reisinger den Fall tatsächlich gelöst hatte.

»Unglaublich. Wo hast du die her?«

Reisinger ließ sich diesmal nicht lange bitten. »Als Palm hier war und Nicole Angerer als vermisst gemeldet hat, war er ziemlich verschnupft. Normalerweise fass ich die vollgerotzten Papiertaschentücher von anderen ja nicht an. Aber nachdem der Mann aus seinem Hotel verschwunden war, bevor wir ihn erkennungsdienstlich erfasst hatten, habe ich eins von seinen

Schnupftüchern, die noch im Papierkorb waren, einer weiteren Verwendung zugeführt und ins Labor geschickt.«

»Und warum hast du das die ganze Zeit für dich behalten?«, fragte Farner.

»Ich wollte die Pferde nicht scheu machen und abwarten, bis das Ergebnis der anderen Analyse vorlag und damit ein Abgleich möglich war.«

Farner klopfte ihm anerkennend auf die Schulter. »Sauber, sauber. Damit hast du uns alle um Längen geschlagen. Ich werde nicht zulassen, dass sie einen wie dich in Rente schicken.«

Auch Terranostra kam aus seiner Reserve. »Congratulazioni. Bei den Carabinieri wären Sie längst Kommandant.«

»Das lockt mich nicht«, gab Reisinger aufgeräumt zurück und schickte nebenbei seinen PC in den Standby-Modus.

»Darauf trinken wir einen Nusseler«, schlug Farner vor. »Dafür haben wir ihn ja aufgehoben.« Er sah Giovanni an. »Und auf den Maresciallo, der sich bei den Ermittlungen nicht vorgedrängt hat.«

»Deinen Nusseler, oder wie das Zeug heißt, kannst du dir in die Haare schmieren«, sagte Terranostra. Aber das klang nicht gekränkt. Auch ihm war die Erleichterung anzumerken, dass sie den Fall Angerer jetzt zu den Akten legen konnten.

»Hast du den Staatsanwalt schon informiert?«, wandte sich Farner wieder an Reisinger.

»Nein. Ich denke, das solltest du tun.«

»Diesmal nicht. Die Lorbeeren gehören dir.«

»Wenn du den Bericht für Martell schreibst.«

»Diesmal ja.«

»Schreibst du, dass ich Nicole Angerer gekannt habe?«, fragte Terranostra.

»Davon weiß ich nichts.«

»Bene. Dafür nehme ich den Pistolero zurück. Ich habe gehört, dass dein Kollege in Notwehr geschossen hat.«

»Ja. Und deinem Kollegen Rupp ist es zu verdanken, dass das aufgeklärt wurde.«

Farner ging nach nebenan und holte den Nusseler aus seinem Schreibtisch. In dem Moment läutete sein Telefon. Er brachte Reisinger die Flasche. »Gläser hast du? Frag den Maresciallo, ob er nicht doch einen will. Und lass noch was für die anderen übrig.«

»Nun geh schon.«

Farner zog die Tür zu Reisingers Büro hinter sich zu und nahm den Hörer ab. Die Nummer auf dem Display verriet ihm, dass es der Staatsanwalt war. »Ja, bitte?«

»Martell hier. Bevor Sie mir sagen, dass Sie den Fall gelöst haben …«

»Sie wissen es schon?«, unterbrach ihn Farner.

»Nein, das heißt, ja. Aber der Reihe nach …«

»Reisinger wird Sie gleich anrufen.«

»Ich rufe Sie an, um Ihnen zu sagen, dass sich Palm in seiner Zelle erhängt hat.«

»Ein Geständnis.«

»Wir brauchen da gar nicht lange rumzurätseln, weil er einen Abschiedsbrief hinterlassen hat, in dem er den Mord an Nicole Angerer gesteht.«

»Und wir haben die forensischen Beweise, dass er es war.«

»Sehr gut.«

»Wie gesagt, Reisinger wird Sie anrufen und Ihnen die Einzelheiten mitteilen.«

»Das wird nicht nötig sein. Schreiben Sie es in Ihren Bericht. Morgen Vormittag werden wir die Presse informieren. Um 11 Uhr, Gerichtsplatz 1, falls Sie die Adresse vergessen haben.«

Arschloch. »Mit Krallen und Schnauze. Wie könnte man das vergessen«, sagte er laut. »Und das auch noch in Stein gemeißelt.

»Pro Italico Imperio*… und so weiter. Ich kenn den Text, aber ich habe diesen Spruch nicht erfunden und auch nicht da angebracht. Mir stinkt der genauso.«

Man könnte lange darüber diskutieren, dachte Farner, ob es einen Sinn macht, diese Parolen von gestern unkommentiert weiterzugeben. Was soll die Jugend von heute mit so einem Blödsinn anfangen. Aber manchmal dauert es Jahrzehnte, bis die Müllabfuhr kommt und den alten Kehricht, den Müll der Geschichte, entsorgt.

»Farner, sind Sie noch dran?«

»Ja.«

»Und vorher will ich den Bericht für die Presse.«

»Ist in Arbeit.«

»Sagen Sie auch dem Maresciallo Bescheid.«

Warum ruft er ihn nicht selber an? Klar, wenn sich zwei sture Böcke zerstritten haben, kriegt man sie nur schwer wieder in denselben Stall. »Darf ich Sie bei der Gelegenheit um etwas bitten, Herr Staatsanwalt?«

»Schießen Sie los.«

»Ivo Gebhard, Sie erinnern sich. Inzwischen steht fest, dass er unschuldig ist. Aber man hat uns gesagt, dass die Aufhebung der Suspendierung noch Tage dauern wird.«

»Der Vorgang ist mir bekannt.«

»Kann man das nicht abkürzen?«

»Okay. Setzen Sie den Mann wieder ein. Ich nehm das auf meine Kappe.«

Und ich nehm das Arschloch wieder zurück, dachte Farner. Jedenfalls fürs Erste. »Danke.«

»Dann bis morgen. Und vergessen Sie den Bericht nicht. Am besten heute noch.«

»Wird gemacht.«

Als Farner in Reisingers Büro zurückkam, registrierte er mit einem Schmunzeln, dass sich Terranostra gerade vom Nusseler nachgoss. Aber er sagte nichts, nahm sich einen Stuhl und setzte sich.

»Du auch?«, fragte Reisinger und schob ihm ein leeres Schnapsglas hin.

»Ja, bitte.«

Reisinger schenkte ihm ein. »Gibt's was Neues?«

»Ja. Das war der Staatsanwalt. Palm ist tot. Er hat sich erhängt.«

Terranostra malte ein Kreuzzeichen in die Luft. »Dio l'abbia in gloria.*«

»Tja«, sagte Reisinger, »so kommt eins zum andern, und am Ende passen alle Puzzleteile zusammen.«

»Wir hätten diese Bestätigung nicht gebraucht«, sagte Farner. »Es gibt aber auch eine schöne Nachricht. Ivo Gebhard kann ab sofort seinen Dienst wieder antreten. Der Staatsanwalt hat grünes Licht gegeben.«

Terranostra trank sein Glas leer und stand auf, um zu gehen.

»Arrivederci.«

»Warte. Martell erwartet uns morgen früh zur Pressekonferenz. Dich auch.«

»Das wird er bereuen«, drohte Terranostra.

»Mach keinen Blödsinn. Der Mann sitzt am längeren Hebel.«

Der Maresciallo zeigte den Mittelfinger und ging.

Reisinger drückte den Korken in die Flasche. »Mein lieber Mann. Wenn der nicht aufpasst, musst du dir einen neuen Freund suchen.«

»Ich hab ja nicht geahnt, dass es zwischen den beiden so gekracht hat.«

Reisinger wollte Farner die Flasche zurückgeben.

»Behalt sie bei dir. Hör mal. Wenn ich morgen die Pressekonferenz hinter mir habe, würde ich gern eine Pause machen. Ein paar Tage verreisen. Hast du was dagegen?«

»Nein, mach nur. Du hast ja rechtzeitig für Ersatz gesorgt.«

»Gebhard.«

»Ja. Vergiss nicht, das feiern wir nachher noch.« Er stellte die Flasche in den Schrank. »Was hast du vor?«

»Ich überlege noch. Vielleicht nach Madonna. Vor einigen Jahren gab's da eine schnuckelige Pension, in der ich ein paarmal war. Direkt an der Piste. Vielleicht gibt's die ja noch.« Und mal hören, ob Anne Felderer sich auch für ein paar Tage freimachen kann, dachte er, als er an seinen Schreibtisch zurückging. Aber vorher musste er seinen Bruder anrufen, der ihm schon ein paarmal seinen Wagen geliehen hatte, weil er mit dem Spider die Skier nicht transportieren konnte. Und seine Bretter waren ja auch noch auf dem Ritten.

»Du hast ein Problem?«, fragte Lorenz ohne lange Vorrede am Telefon.

»Wie kommst du da drauf?«

»Sonst rufst du ja nicht an.«

»Wir haben uns doch erst vor drei Tagen gesehen. Aber es stimmt, ich hab ein Problem.«

»Du brauchst ein Auto.«

»Ja. Und meine Skier.«

»Ich kann dir Claudias Jeep anbieten. Skiträger sind drauf. Und wann?«

»Morgen früh.«

»In Ordnung. Komm vorbei.«

»Lorenz ...«

»Ja.«

»Brüder kann man sich nicht aussuchen. Aber wenn ich es gekonnt hätte ... Danke.«

»Schon gut.«

Er legte auf und wählte die Nummer von Anne Felderer. Sie war gleich am Apparat.

»Hast du dich verwählt?«

»Ja, du warst eigentlich erst für nächste Woche vorgemerkt«, ging er auf ihren spöttischen Ton ein.

»Man kann die Enthaltsamkeit auch übertreiben«, lachte sie.

»Was denkst du denn ... Ach, Quatsch. Ich wollte dir einen Vorschlag machen. Könntest du deine Bücher mal für ein paar Tage allein lassen?«

»Was hast du vor?«

»Eine Entführung in die Berge.«

»Heißt das, dass du deinen Fall gelöst hast?«

»Kann bei dir einer mithören?«

»Nein.«

»Es heißt, dass ich hier einige Zeit nicht gebraucht werde.«

»Verstehe, du willst am Telefon nicht darüber reden. Wann denkst du?«

»Morgen oder Montag gleich in der Früh. Ich richte mich nach dir.«

»Das krieg ich hin.«

»Ich muss vorher aber noch buchen. Warst du schon mal in Madonna di Campiglio?«

»Nein. Ich liebe es, an unbekannte Orte entführt zu werden.«

»Okay, ich sag dir Bescheid. Aber packen kannst du ja schon mal. Wir fahren so oder so, egal wohin.«

»Das lieb ich so an dir ...«

Er brauchte ein paar Minuten, bis ihm der Name der Pension wieder einfiel. Patrizia. Er suchte die Nummer raus, rief da an und hatte Glück. Die Frau am Telefon erinnerte sich, als er seinen Namen nannte, und versprach ihm, ein Doppelzimmer zu reservieren. »Das letzte, das wir haben«, hatte sie gesagt, und auch nur, weil ein Gast kurzfristig abgesagt hatte. Morgen, im Laufe des Nachmittags.

Statt Anne Felderer noch mal anzurufen, schrieb er ihr eine SMS.

Danach nahm er sich die Ermittlungsakte vor, um den Bericht für den Staatsanwalt zu schreiben. Weit kam er nicht. Nach wenigen Minuten tauchten Furlan und Hallmeier auf, die Gaiser nach Bozen gebracht hatten.

»Stören wir?«

»Ja. Das heißt, ihr kommt gerade recht, um einen Helden zu feiern.«

»Wen?«

Farner zeigte zur Tür. »Nebenan. Franz Reisinger, der alte Fuchs. Er hat unseren Fall quasi im Alleingang gelöst.«

»Und wir beziehen die Prügel dafür.«

Jetzt erst sah Farner, dass Furlan ein Veilchen unter dem linken Auge hatte. »Was ist passiert?«

»Gaiser ist ausgerastet.« Er nahm sich einen Stuhl und setzte sich.

Hallmeier hatte die Zeitung auf Farners Schreibtisch entdeckt, die er am Kiosk gekauft hatte. Aber zum Lesen war er noch nicht gekommen.

»Darf ich mal?« Ohne eine Antwort abzuwarten, nahm der Lange die Zeitung, faltete sie auseinander und las im Stehen.

»Was heißt: ausgerastet?«

»Wir haben ihn im Krankenhaus abgeholt«, begann Furlan erneut. »Da war er noch ganz normal. Als wir an der Galerie vorbeikamen – ich hab den Fehler gemacht, dass wir nicht gleich auf die MeBo gefahren sind –, jedenfalls hat er in der Romstraße gefragt, ob wir nicht kurz mal anhalten könnten. Er wolle schnell noch ein paar Papiere aus seinem Büro holen. Dagegen war ja nichts einzuwenden.«

Er sah zu Hallmeier hinüber, der gleichzeitig zuhörte und las und sich zwischendurch ab und zu räusperte.

»Entschuldigung, ich hab einen Frosch im Hals.«

»Dann spuck ihn aus oder schluck ihn runter«, frotzelte Furlan und fuhr fort.

»Desmond ist mit ihm reingegangen, und ich habe vor der Tür gewartet. Plötzlich hat es drinnen gekracht. Ich bin rein, und an der Tür hatte ich schon einen Schemel am Kopf. Gaiser hatte die Nerven verloren und war dabei, die Einrichtung zu zertrümmern.«

»Und wie habt ihr ihn nach Bozen gekriegt?«

»In Handschellen. Ging nicht anders.«

»Damit hat er sich eine baldige Freilassung wohl vermasselt.«

Furlan fuhr vorsichtig mit der Hand an sein Auge. »Und ich kann mir in den nächsten zwei Wochen die dummen Sprüche anhören.«

»Tut's weh?«

»Die Fragerei ist schlimmer.«

»Okay. Reisinger wird euch erzählen, wie alles abgelaufen ist. Und 'ne Kleinigkeit zu trinken hat er auch.«

Furlan stand auf und stellte den Stuhl zur Seite. »Wir hätten auch noch den Pernod von Nicole Angerer.«

»Den lassen wir mal schön in der Asservatenkammer.«

Hallmeier legte die Zeitung auf den Schreibtisch zurück.

»Bist du jetzt auf dem Laufenden?«, fragte Farner.

»Ja. Bad news everywhere. In Florida haben sie einen Millionär einbetoniert. Und bei Toyota klemmt das Gaspedal.«

»So viel kann ich euch verraten. Unser Mörder hat sich der irdischen Gerechtigkeit entzogen. Aufgehängt hat er sich.«

»Das steht dann morgen in der Zeitung.«

Farner gab ihnen zu verstehen, dass er nicht länger gestört werden wollte. »Wir seh'n uns. Spätestens um fünf in der ›Cortina-Bar‹.«

Er wartete, bis die beiden weg waren. Dann machte er sich wieder an den Bericht. Fünf anstrengende Tage lagen hinter ihnen, aber die kriegte man mit einer sauber geführten Ermittlungsakte ganz gut auf die Reihe. Die Infos, die Reisinger zwischendurch an Martell durchgegeben hatte, mussten zum Teil korrigiert werden. Mit einer geschickten Formulierung war das kein Problem. Er wusste inzwischen, worauf es dem Staatsanwalt ankam und dass er bei Pressekonferenzen gern mal was unter den Tisch fallen ließ. Aber er dachte nicht daran, diesem fragwürdigen Rosinenpicken Vorschub zu leisten. Es ging vor allem darum, sachlich zu bleiben und der Anklage später unwiderlegbare Beweise an die Hand zu geben. Gut, in diesem Fall würde es keine Anklage geben, weil Palm sich selber gerichtet hatte. Die Beweisführung musste trotzdem stimmen.

Es war schon fast vier, als er den Bericht, den er im Zwei-Finger-System in seinen PC gehämmert hatte, zum Gegenlesen an Reisinger weitergab. Zwischendurch war er immer wieder unterbrochen worden. Rietberger von der Stadtpolizei hatte sich noch mal gemeldet, um ihm zu sagen, dass eine Diebstahlsanzeige von Nicole Angerer vorliegt und dass es sich bei der Taschenuhr, die sie bei dem Moldawier gefunden hatten, tatsächlich um die gestohlene Uhr handelt. Eine Tote, dachte er, braucht keine Erinnerungsstücke mehr. Im besten Fall hinterlässt sie selber welche. Lydia Rombach wollte ihm sagen, dass sie die Fernbedienung für das Garagentor gefunden hatte und dass er jederzeit vorbeikommen könne. Eilt nicht, gnädige Frau. Ich fahre erst mal ein paar Tage in Urlaub. Und Gilli hatte einen neuen Mitarbeiter, den er ihm vorstellen wollte. Keine Zeit, mein Freund. Das verschieben wir. Gilli, der Spaßvogel, hatte geantwortet: »Wenn es eine Frau – eine Mitarbeiterin – wäre, hättest du dir sicher die Zeit genommen.«

Er hatte eingeräumt, dass der Kollege von der Spurensicherung mit seiner Einschätzung gar nicht so weit danebenlag. Anne Felderer hatte zurückgerufen, und er hatte mit ihr ausgemacht, dass er sie morgen Mittag gegen halb eins in ihrer Wohnung in der Mühlgasse abholen würde. Er rechnete damit, dass die Pressekonferenz nicht länger als eine Stunde dauerte.

Schreiben und gleichzeitig telefonieren strengt an. Jetzt erst mal ein paar Minuten Ruhe, die Beine ausstrecken und einen Blick in die Zeitung werfen – bis Reisinger auftaucht und seinen Kommentar zu dem Bericht abgeben würde. Aber auf eine lange Diskussion wollte er sich diesmal nicht einlassen.

Bei der Schlagzeile ›Kunstauktion: Alte Meister in New York‹ stutzte er. Im ›Theater in der Altstadt‹ standen ja gerade die ›alten Meister‹ auf dem Programm. Zufall oder geschicktes Timing? Diesem Intendanten, dem die Meraner

Theaterszene eine wachsende Aufmerksamkeit verdankte, war alles zuzutrauen.

Die Partnervermittlungen im Internet, über die sich ein Journalist in einer Glosse ausließ, interessierten ihn nicht, und auch nicht, was sie über den englischen Architekten David Copperfield, nein Chipperfield, schrieben oder über das Weltwirtschaftsforum in Davos. Dafür nahm er sich mehr Zeit für den Bericht im Sportteil über das morgige Finale bei den Australian Open in Melbourne zwischen Andy Murray und Roger Federer. Das hatte er sich fest vorgenommen. Sobald man wieder draußen spielen konnte, war er selber wieder am Ball. Nathusius hatte ja schon vorgefühlt.

Und im Lokalteil dann noch dies: ein großes buntes Foto von dem Leierkastenmann, den er gestern selber erlebt hatte. Und so exotisch und aus der Zeit gefallen war der Typ mit seinem antiquierten Instrument offenbar gar nicht. Da stand, dass es ein Drehorgelmann im letzten Dezember bis in die Deutsche Schlagerparade geschafft hatte.

Reisinger kam herein, im Mantel und mit dem Hut in der Hand. »Wir können dann.«

»Setz ihn mal auf.«

»Wieso denn?« Aber dann tat er Farner den Gefallen.

»Perfekt. Wie Humphrey Bogart in ›Casablanca‹.«

Reisinger betrachtete sich in dem Spiegel über dem Waschbecken.

»Fehlt nur noch der Glimmstängel«, sagte Farner. »Dann steht einem Remake nichts mehr im Wege.«

»Dafür fang ich das Rauchen aber nicht wieder an.«

»Don't bogart that joint, my friend …«

»Und das Kiffen sowieso nicht.«

»Jetzt kommt's raus. Was ist mit dem Bericht für den Staatsanwalt? Bist du einverstanden?«

Reisinger nickte. »Ich hab ihn schon durchgegeben. Terranostra, finde ich, ist ein bisschen zu gut dabei weggekommen.«

»Ich hab nichts weggelassen und nichts hinzugefügt.«

Die ›Cortina-Bar‹ war ein Heimspiel für Eller. Früher, als er noch bei der Streife war, hatte er hier einen beträchtlichen Teil seiner Überstunden abgearbeitet, meistens beim Watten*. Gesellig und zwanglos ging es hier zu, zwangloser vielleicht als bei einigen zu Hause. Dazu ein Wirtsehepaar, das seine Stammgäste besser kannte als mancher Verwandte und bei dem man sich auch mal ausweinen konnte, wenn man draußen Ärger hatte. Eller hatte oft darüber gesprochen. In alter Anhänglichkeit hatte er sein ›zweites Wohnzimmer‹ vorgeschlagen, um hier auf Ivo Gebhard anzustoßen und diese vermaledeite Geschichte ad acta zu legen.

Maria, die Wirtin, hatte zwei Tische zusammengestellt, an denen sie alle Platz hatten. Das Gelage begann mit einer Runde Prosecco, die Ivo Gebhard bestellt hatte. Danach trank jeder auf eigene Rechnung.

»Ich halte es nicht für angebracht, große Reden zu halten«, sagte Reisinger, der sich neben Gebhard gesetzt hatte. »Wir machen einfach da weiter, wo wir vor zwei Wochen unterbrochen wurden. Was hab ich dich da gefragt?«

»Ob ich noch alle Tassen im Schrank habe. Das hast du mich häufiger gefragt.«

»Und du hast nie geantwortet.«

»Jetzt kann ich dir antworten. Ich hab nachgezählt.« Er lachte. »Es hat tatsächlich eine gefehlt.«

»Siehst du, wenn man dir genug Zeit lässt …« Dabei stieß er Gebhard so heftig an, dass dem fast das Glas aus der Hand gefallen wäre. »Und glaub ja nicht, dass in der Zwischenzeit einer deinen Schreibtisch aufgeräumt hat.«

Farner fand es beeindruckend, wie locker Reisinger mit dem Geschehenen, das sie alle belastet hatte, umging, um Säuernis oder Rührseligkeit gar nicht erst aufkommen zu lassen.

Hallmeier spielte mit seinem Schlüsselanhänger, an dem ein Marienkäfer aus Holz oder Plastik hing. »Der Kleine hier hat uns Glück gebracht. Gebhard is back und der Mord ist aufgeklärt.«

Richard, der Wirt, brachte eine gemischte Platte an den Tisch. »Ihr gebt Bescheid, wenn es nicht reicht.«

»Das Essen geht auf mich«, sagte Reisinger und nahm sich als Erster von den Bruschette*.

Hallmeier hatte seinen Marienkäfer, dem er das Glück zuschob, und Farner holte die Kupfermünze aus seiner Hosentasche.

»Wo hast du die her?«, fragte Eller.

»Auf der Straße gefunden.«

»Darf ich mal?« Er begutachtete das Geldstück von beiden Seiten und gab es Farner zurück. »Einige von diesen alten Münzen sind inzwischen sehr teuer. 3 000 Euro für eine Fehlprägung sind keine Seltenheit.«

Farner steckte das Geldstück wieder ein. »Würdest du deinen Glücksbringer für 3 000 Euro verkaufen?«

»Nein.«

Reisinger mischte sich ein. »Du kannst auch ein Stück Holz nehmen oder einen Kieselstein. Wenn du daran glaubst, bringt alles Glück. Das Glück beginnt mit dem positiven Denken.« Er sah zu dem Tisch in der hinteren Ecke, an dem drei Männer saßen. »Da drüben sitzt ein Spezialist für positives Denken. Du kennst ihn noch nicht, den Pfarrer von Untermais. Komm, ich stell ihn dir mal vor.«

Muss ein Pfarrer aussehen wie ein Pfarrer, damit man ihn als Kirchenmann – als Diener Gottes, wie man sagt – akzeptiert? Ganz klares Nein. Das ist ja das Problem, dachte Farner, dass wir uns allzu leicht von Äußerlichkeiten täuschen lassen und schnell auf falsche Wege geführt werden. Was er sich als Kriminaler sowieso nicht erlauben konnte.

Pater Cyrill, ein Mann um die 40, schlank, drahtig, sportlich gekleidet, stand auf und gab ihm lächelnd die Hand.

»Griaß di.«

Allein diese Begrüßung war alles andere als klerikal. Reisinger fing sich einen freundschaftlichen Rempler von ihm ein.

»Wir reden gerade über Glücksbringer und Aberglauben, und jetzt möchten wir wissen, was die katholische Kirche dazu sagt.«

Cyrill nahm sich vorher die Zeit, die beiden Männer an seinem Tisch vorzustellen, zwei Senioren, die Farner an Statler und Waldorf, die beiden Alten aus der ›Muppet Show‹, erinnerten.

»Hugo ist vor Kurzem zum beliebtesten Schülerlotsen gewählt worden, und Viktor hilft als Sargträger bei Beerdigungen. So schließt sich der Lebenskreis. Aber eigentlich sollten sie die Plätze tauschen, diese Elenden. Viktor links und Hugo rechts.« Er lachte, und dieses Lachen konnte man vermutlich noch im Nebenhaus hören.

Diesmal stand Reisinger auf dem Schlauch, aber Farner verstand die Anspielung und erklärte: »Sie meinen ›Les Miserables‹* von Victor Hugo.«

»Wo hast du denn den Schlaumeier aufgegabelt«, wandte sich der Pfarrer an Reisinger. »Um auf eure Frage zurückzukommen. Ich sag's mal so: Der Aberglaube ist ein Vehikel auf dem Weg zum Glauben. Eines von vielen. Am Ende zählt nur, dass man ankommt.«

»Seine Kirche ist immer voll«, sagte Reisinger, als sie an ihren Tisch zurückgingen. »Jetzt weißt du auch, warum. Auf das Personal kommt es an.«

»Ist doch bei uns nicht anders.«

»Du kannst dich nicht beklagen. Oder?«

»Nein. Einen ordentlichen Appetit haben sie jedenfalls«, sagte Farner mit Blick auf seine Kollegen. Die waren inzwischen bei der zweiten gemischten Platte, und er musste sich ranhalten, um von der Brettljause noch was abzubekommen.

Hallmeier war der Erste aus der Runde, der sich verabschiedete.

»Ich muss noch auf den Berg. Meine Freundin hat gerade angerufen. Sie hat eine Panne, oben in Falzeben.«

Ich muss noch packen, dachte Farner, aber er schob seinen Abgang hinaus, um Ivo Gebhard nicht zu kränken.

Aber dann übernahm Eller die weitere Gestaltung des Abends und ließ sich vom Wirt ein Kartenspiel geben. Reisinger und Gebhard waren sofort mit von der Partie. Und wenn die Südtiroler beim Watten, bei ihrem Wirtshauslieblingssport, sind, schalten sie ihre Außenantennen ab und sind nicht mehr ansprechbar. Reisinger bekam immerhin noch mit, dass Farner aufgestanden war, um zu zahlen. Er winkte ihm kurz zu und wünschte ihm einen schönen Urlaub. Furlan, der auch noch blieb, gab ihm eine Warnung mit auf den Weg. »Vorsicht vor den Skihasen. Die sollen in diesem Winter mit ein paar neuen Tricks auf der Piste sein, hab ich gehört.«

»Die verrat ich dir, wenn ich zurück bin.«

31. Jänner

Ein hellgrauer Himmel begrüßte ihn. Die Sonne ließ sich Zeit an diesem Sonntagmorgen. Aber das tat seiner Vorfreude auf den Urlaub, auch wenn er nur kurz war, keinen Abbruch. Schon beim Kofferpacken gestern Abend hatte Lukas Farner die leichte Erregung gespürt – das Kribbeln, das einen erfasst, wenn die Gedanken weit vorauseilen. Jetzt war er auf dem Weg zum Ritten, und hier oben, in knapp 1 000 Metern Höhe, war der Winter weiß, wie es sich gehörte, und stimmte ihn so richtig auf die vor ihm liegenden Tage im Schnee ein. Als Kinder hatten sich Lorenz und er, nicht weit vom Hotel ihrer Eltern – da, wo der Hang steiler war –, eine kleine Sprungschanze gebaut. Auch für die jüngeren Hotelgäste war das immer ein großer Spaß.

Küsschen, Küsschen und ein Streicheln übers Haar. Die Begrüßung war herzlich. Lukas Farner empfand viel Sympathie für seine Schwägerin, vom ersten Tag an, als Lorenz sie ins Haus gebracht hatte, und die beruhte auf Gegenseitigkeit.

Claudia hatte den Jeep aus der Garage gefahren und gab ihm die Wagenschlüssel. Seine Skier waren auch schon drauf. »Das hat Leo gestern Abend noch gemacht«, sagte sie. »Er meint, du müsstest die Kanten mal nachschleifen lassen.«

»Was der Bub alles sieht …«

»Fährst du allein?« Und weil er nicht gleich antwortete, fügte sie etwas verlegen hinzu: »Deine Mutter will das wissen.«

»Kann ich mir denken. Sag ihr, sie soll sich keine Hoffnungen machen.«

»Ist es die Buchhändlerin?«

»Vielleicht. Ich sag's ihr, wenn ich zurückkomme. Jetzt reicht die Zeit nicht mehr. Ich hab in einer halben Stunde einen Termin in der Stadt.«

Er lud den Koffer, seinen Mantel und den Skianzug in den Jeep und gab ihr die Schlüssel für den Spider.

»Er ist eine gute Behandlung gewöhnt.«

Sie lachte. »Meiner auch.«

»Danke noch mal. Grüß alle und sag ihnen, dass ich mir mehr Zeit nehme, wenn ich den Wagen zurückbringe.«

»Vergiss nicht zu tanken. Da ist nicht mehr viel drin.«

Er stieg ein, winkte noch mal kurz und fuhr los.

Die Pressekonferenz fing pünktlich an. Dafür war Martell bekannt, und es kümmerte ihn auch nicht, dass einige der Journalisten noch nicht auf ihren Plätzen waren. Das Interesse war groß: Fernsehen, Radiosender und die schreibende Presse. Farner kannte einige Reporter noch aus der Zeit, bevor er als Liaison Officer nach Den Haag gegangen war. Wie beim letzten Mal saßen er und Terranostra neben dem Staatsanwalt. Farners Hauptsorge galt Giovanni, dass der in seiner Wut auf Martell ausflippen würde. Hatte er ja angekündigt. Aber der Maresciallo blieb ruhig. Jemand musste ihm ins Gewissen geredet haben. Nur einmal, als ein Mann von RAI Bozen nach der Zusammenarbeit von Staatspolizei und Carabinieri fragte und ob das auch in Zukunft so gehandhabt werde, sah er, wie es in Giovanni rumorte. Aber dieser kritische Moment ging vorüber, wohl auch, weil Martell einige Worte der Anerkennung, explizit für den Maresciallo Giovanni Terranostra, fand.

Nach einer Stunde war das Meeting mit der Presse zu Ende. Farner sah noch, wie der Staatsanwalt Giovanni beim Hinausgehen zur Seite nahm und mit ihm redete. Aber da war er mit seinen Gedanken schon im Urlaub.

Die Sonne war herausgekommen. Als sie in Bozen-Süd auf die Autobahn fuhren, legte Anne Felderer ihre Hand auf sein Knie und steuerte es wie einen Schalthebel. »Gas geben musst du.«

Am Rasthaus Laimburg bog er ab, um zu tanken. Als er vor den Tanksäulen hielt, klingelte sein Handy. »Das passt jetzt nicht. Gehst du mal dran. In meiner Manteltasche auf dem Rücksitz.«

Er stieg aus, und während er tankte, konnte er sehen, dass sie mit jemandem sprach. Es dauerte, bis der Tank voll war. Dann ging er hinein, um zu zahlen, und kam wenig später mit einer Tüte zurück.

»Was ist da drin?«, wollte sie wissen.

»Marschverpflegung für eine Naschkatze.«

»Lakritzschnecken*. Du bist ein Schatz.«

Er reichte ihr die Tüte. »Süßholz kann man raspeln oder als Lakritzschnecken verschenken.*«

»Ich mag beides.« Sie wollte das Handy einstecken.

»Das ist meins.«

»Entschuldige.«

»Wer hat angerufen?«

»Scotland Yard«, sagte sie und versuchte, ernst zu bleiben. »Sie haben dir ein Angebot gemacht. Einen wie dich, haben sie gemeint, könnten sie gut gebrauchen.«

»Und? Was hast du ihnen gesagt?«

»Ich habe abgelehnt. Ich hab gesagt, du hättest hier genug zu tun.«

Er gab ihr einen Kuss, startete den Motor und fuhr los.

»Es war deine Mutter. Sie hat mir ein paar Tipps gegeben, wie ich möglichst lange was von dir habe.«

»Sag mal.«

»Vor allem eins – was mir aber selber schon längst klar war.«

»Es ist nicht gut, wenn du das für dich behältst.«

»Man kann es in drei Worten zusammenfassen.«

»Nun sag schon.«

Sie sah ihn an und lächelte und machte zwischen den Worten eine bedeutungsvolle Pause: »Ja … nicht … klammern.«

Anmerkungen

Watteau, Antoine (Seite 8)	Maler (1684–1721) des französischen Rokoko
Fêtes galantes (Seite 9)	Bildgattung der Malerei des Rokoko. Dargestellt werden zumeist verliebte Paare, Tänzer, schöne Damen und Hirten in ländlicher Umgebung.
Gardaland (Seite 10)	Vergnügungspark in der Nähe des Gardasees (zwischen Pacengo und Peschiera del Garda)
Staatspolizei/ Polizia di Stato (Seite 18)	Untersteht dem Innenministerium
Carabinieri (Seite 18)	Unterstehen dem Verteidigungsministerium
Brigadiere (Seite 21)	Höherer Offizier bei den Carabinieri
Kondominium (Seite 22)	Mehrfamilienhaus
Aspetta, Cretino! (Seite 32)	Warte, Kretin!
Zaino (Seite 44)	Rucksack
Molto faticoso (Seite 45)	sehr mühsam
Nusseler (Seite 55)	Walnusslikör, Südtiroler Spezialität
Josefi (Seite 57)	19. März. Namenstag des heiligen Josef.
Briscola (Seite 62)	Italienisches Kartenspiel für zwei bis sechs Personen ohne Farbzwang

Watten (Seite 62)	Kartenspiel, das hauptsächlich in Bayern, Österreich, der Schweiz und Südtirol gespielt wird
Che cosa stai bevendo? (Seite 63)	Was trinken Sie da?
Due volte Maddalena e un Maradea … (Seite 64)	Zwei Magdalener und einen Maradea (Rebsorte aus Kalabrien)
A domani (Seite 65)	Bis morgen
Vin brulé (Seite 65)	Glühwein
Nerazzurri (Seite 67)	Bezeichnung für die Fußballmannschaft von Inter Mailand
Coudenhove-Kalergi, Richard Nikolaus (Seite 68)	Japanisch-österreichischer Schriftsteller, Philosoph und Politiker (1894–1972). Erster Träger des Karlspreises zu Aachen.
Pazza idea di far l'amore con lui. (Seite 69)	Verrückte Idee, mit ihm zu schlafen.
Ferragosto (Seite 78)	Italienischer Feiertag am 15. August
Sei pazzo (Seite 83)	Du bist verrückt
Requiescat in pace (Seite 84)	Er ruhe in Frieden
Waal (Seite 87)	kleiner Kanal zur Bewässerung
Stockfisch-Greaschtl (Seite 122)	Stockfisch-Gröstl, traditionelle Südtiroler Speise

Restaurant in Valeggio (Seite 123)	Das Restaurant ›Gatto Moro‹ in Valeggio sul Mincio
Guarda qui (Seite 132)	Sieh da
Camionista (Seite 134)	Lkw-Fahrer
E ricorda, l'uomo è nostro (Seite 135)	Denk dran, der Mann gehört uns
Era uno scherzo (Seite 135)	Das war ein Scherz
Senzatetto (Seite 143)	Obdachloser
Pezzo di merda (Seite 162)	Stück Scheiße
Cosa facciamo? (Seite 166)	Was machen wir?
D'accordo (Seite 166)	Einverstanden
Konsortialweg (Seite 167)	Landwirtschaftlicher Nutzweg. Das Befahren ist nur Berechtigten erlaubt.
Stai dietro di me (Seite 170)	Bleib hinter mir
Viceversa (Seite 172)	Umgekehrt
Ci vediamo. (Seite 173)	Wir sehen uns.
Mi scusi (Seite 179)	Verzeihung
È il tuo turno (Seite 189)	Du bist dran

Ghiro con pomodorini (Seite 190)	Siebenschläfer mit Kirschtomaten
Disgustoso (Seite 197)	Ekelerregend
Quod licet Jovi, non licet bovi (Seite 197)	Was Jupiter erlaubt ist, ist dem Ochsen nicht erlaubt
Non è niente (Seite 201)	Es ist nichts
Pro Italico Imperio … (Seite 206)	Inschrift von 1936 über dem Portal des Gerichtsgebäudes in Bozen. Der vollständige Text lautet: Pro Italico Imperio virtute iustitia hierarchia unguibus et nostris (Für das italienische Imperium in Tugend, Gerechtigkeit und Hierarchie mit Krallen und Schnauze).
Dio l'abbia in gloria (Seite 208)	Gott sei seiner Seele gnädig
Bruschetta (Seite 216)	Vorspeise. Geröstetes Weißbrot mit Knoblauch und Olivenöl, gewürfelten Tomaten etc.
Les Misérables. Die Elenden (Seite 217)	Roman des französischen Schriftstellers Victor Hugo (1802–1885)
Lakritz (Seite 221)	Süßigkeit aus dem Extrakt der Süßholzwurzel

Der Meran-Krimi rund um Chefinspektor Lukas Farner und Maresciallo Giovanni Terranostra …

Der Banker

Der Mord an dem angesehenen Meraner Bankier Waldner erschüttert die Kurstadt. Entsprechend groß ist das öffentliche Interesse an der Aufklärung des Falls und der Druck auf die Ermittler. Aber für Lukas Farner, Chefinspektor der Meraner Kriminalpolizei, und Giovanni Terranostra, Maresciallo bei den Carabinieri, die der Staatsanwalt zur Zusammenarbeit verdonnert hat, ist es auch eine Zerreißprobe.
Die beiden kennen sich seit ihrer Schulzeit – und können sich nicht ausstehen. Aber als erfahrene Polizisten decken sie nach und nach auf, dass dieser Waldner, der mit einem alten italienischen Militärgewehr hinterrücks erschossen wurde, alles andere als ein Ehrenmann war, und dass es in seinem Umfeld, geschäftlich und privat, einige Leute gab, die ihm den Tod gewünscht haben.

ISBN 978-88-6839-567-4
ISBN 978-88-6839-568-1 (e-Book)

Oberhalb von Meran gibt es einen Platz, der den Beschreibungen des Himmels am nächsten kommt ...

Die Schwärmerei hat Tradition, dachte Waldner und legte die vergilbte Postkarte auf den Nachttisch zurück. Stoddard, der amerikanische Reiseschriftsteller, fiel ihm ein, der etwas Ähnliches gesagt hatte. Rilke, Kafka, Stefan Zweig, alle haben Meran mit dem Paradies verglichen. Früher war ihm das viel zu pathetisch vorgekommen, aber jetzt spürte er selber diese Neigung zur Überschwänglichkeit.

Der warme Abendwind fing sich in den Fenstervorhängen und trug den Geruch frisch gepflückter Äpfel in Franziskas Schlafzimmer. Waldner atmete tief durch, als könne er das Glücksgefühl mit der Luft einsaugen und die Wärme und Leichtigkeit, die er empfand, für immer festhalten. In einem solchen Moment, ging es ihm durch den Kopf, verschwendet man keine Gedanken an regnerische Tage und fragt sich auch nicht, ob man mit 50 zu alt für die Liebe ist. Seine Liebe lag nackt und entspannt in seinen Armen und lächelte ihn an. Zärtlich strich er die blonde Haarsträhne aus ihrem Gesicht.

»Wer hat das geschrieben?«

»Du meinst, die Postkarte?«

»Ja.«

»Ein Freund meines Großvaters. Er hat ihn eingeladen, herzukommen.«

Sie lachte. »Hergelockt hat er ihn. Und einige Monate später hat mein Großvater dieses Haus gekauft.«

Waldner beugte sich über sie und küsste sie auf die Stirn.

»Das war sehr anständig von deinem Großvater. Sonst hätten wir uns wahrscheinlich nie kennengelernt.«

»Wer weiß«, lächelte sie. »Es heißt, Menschen, die füreinander bestimmt sind, begegnen sich auch. – Früher oder später.«

»Ein schönes Märchen.«

Er sah auf die Uhr. »Ich muss gehen.«

Vorsichtig zog er seinen Arm unter ihrem Kopf hervor, um aufzustehen. Er hatte ihr gesagt, dass er nicht die ganze Nacht bleiben könne. Sie hatte es mit einem leisen Schade hingenommen, ohne zu diskutieren. Sie fordert nichts, dachte Waldner, als er sich anzog. Das macht diese Beziehung so frei, so unkompliziert und so anders. Anders als alles, was er bisher mit Frauen erlebt hatte.

Die Nacht zum 22. September war wolkenlos und mild. Im Licht der Straßenlaterne tanzten die Mücken ihren letzten Sommertanz, und die Fledermäuse spielten wie übermütige Kinder Fang mich.

Waldner hielt die junge Frau, die ihn bis zur Straßenpforte begleitet hatte, fest im Arm. »Pass auf dich auf«, sagte sie, gab ihm einen Kuss und ging zum Haus zurück. Er schaute ihr nach, sah, wie sie sich auf der Treppe noch einmal umdrehte, ihm zuwinkte und dann im Haus verschwand.

Langsam löste er sich aus der Verzauberung und machte sich auf den Weg. Wie immer in den letzten Wochen, seit er zum ersten Mal hier heraufgekommen war, hatte er seinen Wagen in der Nähe der Zenoburg abgestellt und war die letzten 300 Meter bis zu ihrem Haus zu Fuß gegangen. Anfangs aus Vorsicht, um ihr Verhältnis nicht ins Gerede zu bringen. Inzwischen war es ihm nicht mehr so wichtig, was die Leute sahen und dachten. Er hatte sich längst entschieden, mit Franziska Dahlberg ein neues Leben anzufangen. Trotzdem war es dabei geblieben. Der kleine Fußmarsch zu ihr war zu einer Art Ritual geworden, das ihm half, den Stress des Tages abzuschütteln, bevor er sie in seine Arme schloss. Und der Rückweg ließ ihm Zeit, sich wieder den Unabänderlichkeiten des Alltags zu stellen.

Er dachte an Tessa, seine Frau, die in den nächsten Tagen Post von seinem Anwalt bekommen würde. An seine Tochter Leonie, die sich ihm immer mehr entzog und die er nach einem heftigen Streit, der schon einige Tage zurücklag, nicht mehr gesehen hatte. Und er dachte an den Mann, den er morgen in der Schweiz treffen würde. Wenn alles wie vereinbart über die Bühne ging, konnten sich einige Herrschaften hier auf ein paar schlaflose Nächte gefasst machen.

Waldner hatte seinen Wagen erreicht, blieb einen Moment stehen und blickte sich um. Er glaubte Schritte gehört zu haben und das Knacken eines trockenen Zweiges. Aber die Straße war leer. Da war nichts. Er öffnete die Zentralverriegelung und trat an den Wagen, um einzusteigen. Wieder war da ein Geräusch, diesmal hart und metallisch. Das war ... Plötzlich ging alles ganz schnell und ihm blieb keine Zeit mehr, die Ursache des Geräusches herauszufinden.

Waldner sah das Mündungsfeuer, bevor er den Schuss hörte. Instinktiv ließ er sich zu Boden fallen. Das Geschoss verfehlte ihn und schlug hinter ihm in einen Baum ein. Er hörte das Nachladegeräusch. Panik überfiel ihn. Er sprang auf und lief auf die Mauer zu, die die alte Burganlage umgab. Die Mauer war nicht hoch, aber darüber war ein Zaun. Seine Finger verkrallten sich im Maschendraht. Es gelang ihm, sich hochzuziehen und auf der anderen Seite fallen zu lassen. Er stürzte, rappelte sich wieder auf. Seine Hände bluteten. Keuchend rannte er weiter.

Der zweite Schuss streifte seinen Unterarm und fetzte ihm die Armbanduhr vom Handgelenk. Er stolperte, verlor einen Schuh, fing sich wieder und hastete durch das Unterholz eine kleine Anhöhe hinauf. Der dritte Schuss traf ihn in den Rücken. Der Schmerz breitete sich warm und weich wie eine Emulsion in seinem Körper aus. Das Gelände vor ihm fiel steil ab. Er taumelte, verlor den Boden unter den Füßen und stürzte in die Tiefe. Als sein Fall schon nach wenigen Metern von einem Strauch und zwei kleinen Erlenbäumen, die in der Felswand wuchsen, abgefangen wurde, war er nicht mehr am Leben.

Der Baron

Seit Jahrzehnten gehört ‚Der große Preis von Meran', eines der bedeutendsten und höchstdotierten Hindernisrennen Europas, zu den Höhepunkten des Jahres. Die Stadt an der Passer wird dann jedes Mal zum Mekka aller Pferdeliebhaber. Aber diesmal überschattet ein tragischer Todesfall das sportliche und gesellschaftliche Großereignis. Der Fabrikant und Rennstallbesitzer Berthold Warstein ist zwei Tage vor dem Rennen unter rätselhaften Umständen ums Leben gekommen.. Lukas Farner und Giovanni Terranostra ermitteln, dass der Baron, wie er genannt wurde, einen Feind hatte, der eigentlich keiner war.

ISBN 978-88-6839-626-8
ISBN 978-88-6839-627-5 (e-Book)

Bibliografische Information der Deutschen Nationalbibliothek
Die Deutsche Nationalbibliothek verzeichnet diese Publikation in der Deutschen Nationalbibliografie; detaillierte bibliografische Daten sind im Internet abrufbar: http://dnb.d-nb.de

1. Auflage 2023

Korrektorat: Michael Supanz, Klagenfurt
Coverfoto: Archiv Athesia-Tappeiner Verlag
Umschlaggestaltung: Nele Schütz Design
Design & Layout: Athesia-Tappeiner Verlag
Druck: Finidr, Tschechien
Papier: Umschlag Symbol Card, Innenteil Munken Print White

Gesamtkatalog unter
www.athesia-tappeiner.com

Fragen und Hinweise bitte an
buchverlag@athesia.it

ISBN 978-88-6839-624-4
ISBN 978-88-6839-625-1 (e-Book)

FSC www.fsc.org MIX Aus verantwortungsvollen Quellen FSC® C014138

Bildbeschreibung Umschlag
Altstadt Meran

Dieses Buch wurde der Umwelt zuliebe nicht mit einer Schutzfolie eingeschweißt.